CLÁSICOS ESENCIALES SANTILLANA

1. *Romancero.*
   Selección, estudio y notas por Manuel Morillo Caballero.

2. *Lazarillo de Tormes.*
   Estudio y notas por Eugenio Alonso Martín.

3. Miguel de Cervantes: *Don Quijote de la Mancha.*
   Selección, estudio y notas por Milagros Rodríguez Cáceres.

4. *Antología poética del Renacimiento al Barroco.*
   Selección, estudio y notas por Edelmira Martínez Fuertes.

5. Tirso de Molina: *El Burlador de Sevilla.*
   José Zorrilla: *Don Juan Tenorio.*
   Estudio y notas por Begoña Alonso Monedero.

6. Gustavo Adolfo Bécquer: *Rimas* y *Leyendas.*
   Selección, estudio y notas por Abraham Madroñal Durán.

7. *Antología de la novela realista.*
   Selección, estudio y notas por Carmen Herrero Aísa.

8. *Antología poética de Antonio Machado.*
   Selección, estudio y notas por Luis García-Camino.

9. Miguel de Unamuno: *Niebla.*
   Estudio y notas por Miguel Ángel García López.

10. Miguel Mihura: *Tres sombreros de copa.*
    Estudio y notas por Anselmo Rosales Montero.

Don Quijote
de la Mancha

MIGUEL DE CERVANTES SAAVEDRA

EL INGENIOSO HIDALGO DON QUIJOTE DE LA MANCHA

Selección, estudio y notas por
Milagros Rodríguez Cáceres

Dirección:	Sergio Sánchez Cerezo
Asesoría literaria:	Eugenio Alonso Martín
Edición:	Alberto Martín Baró, Mercedes Rubio
Corrección:	Rocío Bermúdez de Castro
Diseño de cubierta:	Isaac Zamora, Teresa Perelétegui
Diseño de interior:	José Luis Andrade
Selección de ilustraciones:	Maryse Pinet, Mercedes Barcenilla
Composición y ajuste:	Ángeles Bárzano, Francisco Lozano
Realización:	Miguel García
Dirección de realización:	Francisco Romero

© De esta edición: 1995, Santillana, S. A.
  Elfo, 32. 28027 Madrid

Aguilar, Altea, Taurus, Alfaguara, S. A.
Beazley, 3860. 1437 Buenos Aires

Aguilar, Altea, Taurus, Alfaguara, S. A. de C. V.
Avda. Universidad, 767, Col. Del Valle
México, D. F. C. P. 03100

Editorial Santillana, S. A.
Carrera 13, n.º 63-39, piso 12
Santafé de Bogotá - Colombia

Aguilar Chilena de Ediciones, Ltda.
Avda. Pedro de Valdivia, 942
Santiago - Chile

Ediciones Santillana, S. A.
Boulevard España, 2418
Montevideo - Uruguay

Santillana Publishing Co.
901 W. Walnut Street
Compton, California 90220

Printed in Spain
Impreso en España por
Unigraf, S. A., Móstoles (Madrid)
ISBN: 84-294-4559-5
Depósito legal: M-31952-1995

Índice

Presentación

El ingenioso hidalgo don Quijote de la Mancha
*es la más genial creación humorística de todos
los tiempos. Su máximo valor está en el juego de
contrastes y perspectivas, en la benévola ironía
con que Cervantes maneja unas criaturas ficticias
ricas en facetas, que evolucionan y crecen ante
nuestros ojos, lejos de los estereotipos cómicos al uso.*

*El que podría haber sido simplemente
un loco grotesco se va convirtiendo en un personaje
lleno de humanidad, entrañablemente generoso,
que conquista al lector para su causa.*

*En las páginas de esta novela bulle la
agitada vida de la España barroca, vista desde
el escepticismo y la tolerancia por un hombre
al que las adversidades no hicieron perder el talante
comprensivo y bienhumorado.*

El Quijote *es, en definitiva, un depurado
fruto de la lengua castellana, que luce todas
sus galas expresivas con una riqueza de registros y
matices difícilmente superable.*

Nuestra edición

En la edición de esta antología del *Quijote* hemos seguido fielmente los textos primitivos de 1605 y 1615 para la primera y segunda parte, permitiéndonos tan sólo pequeñas modificaciones cuando nos hallamos ante un error evidente, nunca en los pasajes dudosos. Actualizamos la puntuación y también la ortografía en todo lo que, presumiblemente, no tiene valor fonológico; se respetan, en cambio, las vacilaciones vocálicas del original, la reducción de los grupos cultos y todas aquellas formas que no responden exclusivamente a hábitos ortográficos.

Primera parte

DEL INGENIOSO HIDALGO
DON QUIJOTE DE LA MANCHA

CAPÍTULO I

Que trata de la condición y ejercicio del famoso hidalgo don Quijote de la Mancha

En un lugar de la Mancha, de cuyo nombre no quiero acordarme[1], no ha mucho tiempo que vivía un hidalgo de los de lanza en astillero, adarga antigua, rocín flaco y galgo corredor[2]. Una olla de algo más vaca que carnero, salpicón las más noches, duelos y quebrantos los sábados, lentejas los viernes, algún palomino de añadidura los domingos, consumían las tres partes de su hacienda[3]. El resto della concluían sayo de velarte, calzas de velludo para las fiestas, con sus pantuflos de lo mesmo, y los días de entresemana se honraba con su vellorí de lo más fino[4]. Tenía en su casa una ama que pasaba de los cuarenta, y una sobrina que no llegaba a los veinte, y un mozo de campo y plaza[5] que así ensillaba el rocín como tomaba la podadera. Frisaba la edad de nuestro hidalgo con los cincuenta años. Era de complexión recia, seco de carnes,

---

[1] Cervantes omite deliberadamente este dato, que considera poco importante.

[2] Los hidalgos constituían el grado inferior de la nobleza. Nuestro protagonista conservaba las armas de sus antepasados en el lugar destinado a este fin (*astillero*); un escudo de cuero ovalado (*adarga*) y un caballo de mal aspecto (*rocín*) completaban su ajuar.

[3] *salpicón*: guiso de carne picada con sal, aceite, pimienta, vinagre y cebolla; *duelos y quebrantos*: plato típico manchego con huevos revueltos y torreznos.

[4] La modesta renta de nuestro héroe no le impedía ir decorosamente vestido. Así, el sayo era de paño lustroso de color negro (*velarte*); las calzas para las fiestas y los pantuflos (chinelas), de terciopelo (*velludo*), y las prendas de diario, de paño entrefino pardo (*vellorí*).

[5] *mozo de campo y plaza*: el que se ocupa tanto de la labranza como de atender a la casa y acompañar a sus señores.

enjuto de rostro, gran madrugador y amigo de la caza. Quieren decir[6] que tenía el sobrenombre de Quijada o Quesada, que en esto hay alguna diferencia en los autores que deste caso escriben; aunque por conjeturas verosímiles se deja entender que se llamaba Quejana. Pero esto importa poco a nuestro cuento; basta que en la narración dél no se salga un punto de la verdad.

Es, pues, de saber que este sobredicho hidalgo, los ratos que estaba ocioso –que eran los más del año–, se daba a leer libros de caballerías con tanta afición y gusto, que olvidó casi de todo punto el ejercicio de la caza, y aun la administración de su hacienda; y llegó a tanto su curiosidad y desatino en esto, que vendió muchas hanegas[7] de tierra de sembradura para comprar libros de caballerías en que leer y, así, llevó a su casa todos cuantos pudo haber dellos; y de todos, ningunos le parecían tan bien como los que compuso el famoso Feliciano de Silva[8], porque la claridad de su prosa y aquellas entricadas[9] razones suyas le parecían de perlas, y más cuando llegaba a leer aquellos requiebros y cartas de desafíos donde en muchas partes hallaba escrito: «La razón de la sinrazón que a mi razón se hace, de tal manera mi razón enflaquece, que con razón me quejo de la vuestra fermosura». Y también cuando leía: «...los altos cielos que de vuestra divinidad divinamente con las estrellas os fortifican, y os hacen merecedora del merecimiento que merece la vuestra grandeza».

Con estas razones perdía el pobre caballero el juicio, y desvelábase por entenderlas y desentrañarles el sentido, que no se lo sacara ni las entendiera el mesmo Aristóteles, si resucitara para solo ello [...].

En resolución, él se enfrascó tanto en su lectura, que se le pasaban las noches leyendo de claro en claro, y los días de turbio en turbio; y así, del poco dormir y del mucho leer, se le secó el celebro, de manera que vino a perder el juicio. Llenósele la fantasía de todo aquello que leía en los libros, así de encantamentos como de pendencias, batallas, desafíos, heridas, requiebros, amores, tormentas y disparates imposibles; y asentósele de tal modo en la imaginación que era verdad toda aquella máquina[10] de aquellas sonadas soñadas invenciones que leía, que para él no había otra historia más cierta en el mundo. [...]

En efeto, rematado ya su juicio, vino a dar en el más extraño pensamiento que jamás dio loco en el mundo, y fue que le pareció convenible

---

[6] *Quieren decir:* en el sentido impersonal de 'dicen'.

[7] *hanega:* fanega, medida agraria variable, que en Castilla equivale a unos 6.400 m^2.

[8] *Feliciano de Silva:* escritor español (1492?-1558?), uno de los continuadores del ciclo caballeresco de Amadís.

[9] *entricadas:* intrincadas, complicadas, confusas.

[10] *máquina:* conjunto, multitud, abundancia.

y necesario, así para el aumento de su honra como para el servicio de su república, hacerse caballero andante, y irse por todo el mundo con sus armas y caballo a buscar las aventuras y a ejercitarse en todo aquello que él había leído que los caballeros andantes se ejercitaban, deshaciendo todo género de agravio, y poniéndose en ocasiones y peligros donde, acabándolos, cobrase eterno nombre y fama. Imaginábase el pobre ya coronado por el valor de su brazo, por lo menos, del imperio de Trapisonda; y así, con estos tan agradables pensamientos, llevado del extraño gusto que en ellos sentía, se dio priesa a poner en efeto lo que deseaba. Y lo primero que hizo fue limpiar unas armas que habían sido de sus bisabuelos, que, tomadas de orín y llenas de moho, luengos siglos había que estaban puestas y olvidadas en un rincón. Limpiólas y aderezólas lo mejor que pudo; pero vio que tenían una gran falta, y era que no tenían celada de encaje, sino morrión simple[11]; mas a esto suplió su industria[12], porque de cartones hizo un modo de media celada, que, encajada con el morrión, hacían una apariencia de celada entera. Es verdad que para probar si era fuerte y podía estar al riesgo de una cuchillada, sacó su espada y le dio dos golpes, y con el primero y en un punto deshizo lo que había hecho en una semana; y no dejó de parecerle mal la facilidad con que la había hecho pedazos, y, por asegurarse deste peligro, la tornó a hacer de nuevo, poniéndole unas barras de hierro por de dentro, de tal manera que él quedó satisfecho de su fortaleza y, sin querer hacer nueva experiencia della, la diputó[13] y tuvo por celada finísima de encaje.

Fue luego a ver su rocín, y aunque tenía más cuartos que un real[14] y más tachas que el caballo de Gonela[15], que *tantum pellis et ossa fuit,* le pareció que ni el Bucéfalo de Alejandro ni Babieca el del Cid con él se igualaban. Cuatro días se le pasaron en imaginar qué nombre le pondría; porque –según se decía él a sí mesmo– no era razón que caballo de caballero tan famoso, y tan bueno él por sí, estuviese sin nombre conocido; [...] y así, después de muchos nombres que formó, borró y quitó, añadió, deshizo y tornó a hacer en su memoria e imaginación, al fin le vino a llamar *Rocinante,* nombre, a su parecer, alto, sonoro y significativo de lo que había sido cuando fue rocín, antes

---

[11] *morrión simple:* pieza de la armadura que sólo protegía la parte superior de la cabeza; en cambio, la *celada de encaje* se ajustaba a la coraza.

[12] *industria:* habilidad.

[13] *diputó:* consideró.

[14] *tenía más cuartos que un real:* juego de palabras con dos acepciones de *cuartos:* 'moneda de cobre de poco valor' y 'enfermedad que sufren las caballerías en los cascos'.

[15] *Gonela:* Pietro Gonnella era un bufón de la corte de Ferrara cuyo caballo tenía fama de ser extremadamente flaco: *tantum pellis et ossa fuit,* 'todo piel y huesos'.

de lo que ahora era, que era antes y primero de todos los rocines del mundo[16].

Puesto nombre, y tan a su gusto, a su caballo, quiso ponérsele a sí mismo, y en este pensamiento duró otros ocho días, y al cabo se vino a llamar *don Quijote*[17]; de donde, como queda dicho, tomaron ocasión los autores desta tan verdadera historia que, sin duda, se debía de llamar Quijada, y no Quesada, como otros quisieron decir. Pero, acordándose que el valeroso Amadís no sólo se había contentado con llamarse Amadís a secas, sino que añadió el nombre de su reino y patria, por hacerla famosa, y se llamó Amadís de Gaula, así quiso, como buen caballero, añadir al suyo el nombre de la suya y llamarse *don Quijote de la Mancha,* con que, a su parecer, declaraba muy al vivo su linaje y patria, y la honraba con tomar el sobrenombre della.

Limpias, pues, sus armas, hecho del morrión celada, puesto nombre a su rocín y confirmándose a sí mismo, se dio a entender que no le faltaba otra cosa sino buscar una dama de quien enamorarse; porque el caballero andante sin amores era árbol sin hojas y sin fruto y cuerpo sin alma. [...]

[...] En un lugar cerca del suyo había una moza labradora de muy buen parecer, de quien él un tiempo anduvo enamorado, aunque según se entiende, ella jamás lo supo ni le dio cata dello[18].

Llamábase Aldonza Lorenzo, y a ésta le pareció ser bien darle título de señora de sus pensamientos, y, buscándole nombre que no desdijese mucho del suyo y que tirase y se encaminase al de princesa y gran señora, vino a llamarla *Dulcinea del Toboso* porque era natural del Toboso; nombre, a su parecer, músico y peregrino y significativo, como todos los demás que a él y a sus cosas había puesto.

---

[16] Antes había sido *rocín,* y ahora era *ante-rocín* (*Rocinante*), es decir, el primero entre los de su especie.

[17] *quijote:* pieza de la armadura que protege el muslo.

[18] *ni le dio cata dello:* ni le dio muestras de haberse percatado de que él estaba enamorado de ella.

CAPÍTULO II

Que trata de la primera salida que de su tierra hizo el ingenioso don Quijote

Hechas, pues, estas prevenciones[1], no quiso aguardar más tiempo a poner en efeto su pensamiento, apretándole a ello la falta que él pensaba que hacía en el mundo su tardanza[2], según eran los agravios que pensaba deshacer, tuertos que enderezar[3], sinrazones que emendar, y abusos que mejorar, y deudas que satisfacer. Y así, sin dar parte a persona alguna de su intención, y sin que nadie le viese, una mañana, antes del día, que era uno de los calurosos del mes de julio, se armó de todas sus armas, subió sobre Rocinante, puesta su mal compuesta celada, embrazó su adarga, tomó su lanza, y por la puerta falsa de un corral salió al campo, con grandísimo contento y alborozo de ver con cuánta facilidad había dado principio a su buen deseo. Mas apenas se vio en el campo, cuando le asaltó un pensamiento terrible, y tal, que por poco le hiciera dejar la comenzada empresa; y fue que le vino a la memoria que no era armado caballero, y que, conforme a ley de caballería, no podía ni debía tomar armas con ningún caballero; y puesto que lo fuera, había de llevar armas blancas, como novel caballero, sin empresa en el escudo, hasta que por su esfuerzo la ganase[4]. Estos pensamientos le hicieron titubear en su propósito; mas, pudiendo más su locura que otra razón alguna, propuso de hacerse armar caballero del primero que topase, a imitación de otros muchos que así lo hicieron, según él había leído en los libros que tal le tenían. En lo de las armas blancas, pensaba limpiarlas de manera, en teniendo lugar, que lo fuesen más que un armiño; y con esto se quietó y prosiguió su camino, sin llevar otro que aquel que su caballo quería, creyendo que en aquello consistía la fuerza de las aventuras.

[...]

[...] lo que yo he podido averiguar en este caso, y lo que he hallado escrito en los anales de la Mancha, es que él anduvo todo aquel día, y, al anochecer, su rocín y él se hallaron cansados y muertos de hambre; y que, mirando a todas partes por ver si descubriría algún castillo o

---

[1] *prevenciones:* preparativos.

[2] Es decir, creía que su tardanza daba lugar a una carencia grave en el mundo.

[3] *tuertos que enderezar:* injusticias que corregir.

[4] Para poder enfrentarse a otros (*tomar armas*), tenía antes que ser armado caballero. Era una ceremonia por la que un caballero otorgaba a otro esa dignidad. Aun en el caso de que la lograra, don Quijote todavía no podía llevar en su escudo una leyenda o divisa (*empresa*) que pregonase sus hazañas.

alguna majada de pastores donde recogerse y adonde pudiese remediar su mucha hambre y necesidad, vio, no lejos del camino por donde iba, una venta, que fue como si viera una estrella que, no a los portales, sino a los alcázares de su redención le encaminaba[5]. Diose priesa a caminar, y llegó a ella a tiempo que anochecía.

Estaban acaso[6] a la puerta dos mujeres mozas, destas que llaman del partido[7], las cuales iban a Sevilla con unos arrieros[8] que en la venta aquella noche acertaron a hacer jornada, y como a nuestro aventurero todo cuanto pensaba, veía o imaginaba le parecía ser hecho y pasar al modo de lo que había leído, luego[9] que vio la venta se le representó que era un castillo con sus cuatro torres y chapiteles de luciente plata, sin faltarle su puente levadiza y honda cava, con todos aquellos adherentes que semejantes castillos se pintan. Fuese llegado a la venta que a él le parecía castillo, y a poco trecho della detuvo las riendas a Rocinante, esperando que algún enano se pusiese entre las almenas a dar señal con alguna trompeta de que llegaba caballero al castillo. Pero, como vio que se tardaban y que Rocinante se daba priesa por llegar a la caballeriza, se llegó a la puerta de la venta, y vio a las dos destraídas mozas que allí estaban, que a él le parecieron dos hermosas doncellas o dos graciosas damas que delante de la puerta del castillo se estaban solazando. En esto sucedió acaso que un porquero que andaba recogiendo de unos rastrojos una manada de puercos –que, sin perdón, así se llaman– tocó un cuerno, a cuya señal ellos se recogen, y al instante se le representó a don Quijote lo que deseaba, que era que algún enano hacía señal de su venida, y así, con extraño contento llegó a la venta y a las damas, las cuales, como vieron venir un hombre de aquella suerte armado, y con lanza y adarga, llenas de miedo se iban a entrar en la venta; pero don Quijote, coligiendo por su huida su miedo, alzándose la visera de papelón y descubriendo su seco y polvoroso rostro, con gentil talante y voz reposada les dijo:

–No fuyan las vuestras mercedes ni teman desaguisado alguno; ca a la orden de caballería que profeso non toca ni atañe facerle a ninguno, cuanto más a tan altas doncellas como vuestras presencias demuestran[10].

---

[5] Alusión a la estrella que guió a los Reyes Magos; pero esta vez no conduce a un humilde portal, sino a los alcázares de la gloria.

[6] *acaso:* por casualidad.

[7] *mozas del partido:* rameras, prostitutas.

[8] *arrieros:* en el texto original se lee *harrieros*, derivado de la interjección *¡harre!*, con hache aspirada.

[9] *luego:* en la lengua clásica, 'en seguida'.

[10] En los primeros tiempos, el habla del protagonista imita la de los libros que lo enloquecieron, llena de expresiones altisonantes y de arcaísmos, como el mantenimiento de la *f* (*fuyan:* huyan), la conjunción causal *ca*, porque, o las formas verbales en *-edes* (*acuitedes*, de *acuitar*, afligir, poner en apuro, *mostredes*, de *mostrar*) que en seguida aparecerán.

Mirábanle las mozas, y andaban con los ojos buscándole el rostro, que la mala visera le encubría; mas como se oyeron llamar doncellas, cosa tan fuera de su profesión, no pudieron tener la risa, y fue de manera que don Quijote vino a correrse[11] y a decirles:

–Bien parece la mesura en las fermosas, y es mucha sandez además la risa que de leve causa procede; pero non vos lo digo porque os acuitedes ni mostredes mal talante; que el mío non es de ál[12] que de serviros.

El lenguaje, no entendido de las señoras, y el mal talle de nuestro caballero acrecentaba en ellas la risa y en él el enojo, y pasara muy adelante si a aquel punto no saliera el ventero, hombre que, por ser muy gordo, era muy pacífico, el cual, viendo aquella figura contrahecha, armada de armas tan desiguales como eran la brida, lanza, adarga y coselete[13], no estuvo en nada en acompañar a las doncellas en las muestras de su contento. Mas, en efecto, temiendo la máquina[14] de tantos pertrechos, determinó de hablarle comedidamente [...].

[El ventero opta por seguir la corriente al pintoresco visitante.]

Pusiéronle la mesa a la puerta de la venta, por el fresco, y trújole el huésped[15] una porción de mal remojado y peor cocido bacallao y un pan tan negro y mugriento como sus armas; pero era materia de grande risa verle comer, porque, como tenía puesta la celada y alzada la visera, no podía poner nada en la boca con sus manos si otro no se lo daba y ponía[16], y, ansí, una de aquellas señoras servía deste menester. Mas al darle de beber, no fue posible, ni lo fuera si el ventero no horadara una caña, y puesto el un cabo en la boca, por el otro le iba echando el vino; y todo esto lo recebía en paciencia, a trueco de no romper las cintas de la celada. Estando en esto, llegó acaso a la venta un castrador de puercos, y así como llegó, sonó su silbato de cañas cuatro o cinco veces, con lo cual acabó de confirmar don Quijote que estaba en algún famoso castillo, y que le servían con música, y que el abadejo eran truchas, el pan candeal y las rameras damas, y el ventero castellano[17] del castillo, y con esto daba por bien empleada su determinación y salida. Mas lo que más le fatigaba era el no verse armado caballero, por parecerle que no se podría poner legítimamente en aventura alguna sin recibir la orden de caballería.

---

[11] *correrse:* avergonzarse y, en este caso, también ofenderse.

[12] *ál:* otra cosa.

[13] *coselete:* coraza ligera de cuero que usaban los soldados de infantería.

[14] *máquina:* ver nota 10, cap. I de la primera parte.

[15] En el lenguaje clásico, la palabra *huésped* designa a menudo al que hospeda a otro, y no al hospedado. Sin embargo, al comienzo del próximo capítulo aparece con el sentido que hoy es habitual.

[16] No podía coger la comida porque mantenía (*tenía*) alzada la visera con las manos.

[17] *castellano:* dueño del presunto castillo.

CAPÍTULO III

Donde se cuenta la graciosa manera que tuvo don Quijote en armarse caballero

Y así, fatigado deste pensamiento, abrevió su venteril y limitada cena; la cual acabada, llamó al ventero y, encerrándose con él en la caballeriza, se hincó de rodillas ante él, diciéndole:

–No me levantaré jamás de donde estoy, valeroso caballero, fasta que la vuestra cortesía me otorgue un don que pedirle quiero, el cual redundará en alabanza vuestra y en pro del género humano.

El ventero, que vio a su huésped a sus pies y oyó semejantes razones, estaba confuso mirándole, sin saber qué hacerse ni decirle, y porfiaba con él que se levantase, y jamás quiso, hasta que le hubo de decir que él le otorgaba el don que le pedía.

[Lo que don Quijote pide es que le arme caballero al día siguiente, tras haber velado las armas durante toda la noche. El ventero, gran socarrón, le sigue de nuevo el juego.]

[...] Y así, se dio luego orden cómo velase las armas en un corral grande que a un lado de la venta estaba; y recogiéndolas don Quijote todas, las puso sobre una pila que junto a un pozo estaba y, embrazando su adarga, asió de su lanza, y con gentil continente se comenzó a pasear delante de la pila; y cuando comenzó el paseo, comenzaba a cerrar la noche.

[...] Acabó de cerrar la noche, pero con tanta claridad de la luna, que podía competir con el que se la prestaba[1]; de manera que cuanto el novel caballero hacía era bien visto de todos. Antojósele en esto a uno de los arrieros que estaban en la venta ir a dar agua a su recua, y fue menester quitar las armas de don Quijote, que estaban sobre la pila; el cual, viéndole llegar, en voz alta le dijo:

–¡Oh tú, quienquiera que seas, atrevido caballero, que llegas a tocar las armas del más valeroso andante que jamás se ciñó espada! Mira lo que haces y no las toques, si no quieres dejar la vida en pago de tu atrevimiento.

No se curó el arriero destas razones –y fuera mejor que se curara, porque fuera curarse en salud[2]–; antes, trabando de las correas, las arrojó gran trecho de sí. Lo cual, visto por don Quijote, alzó los ojos al cielo y, puesto el pensamiento –a lo que pareció– en su señora Dulcinea, dijo:

....

[1] Con el sol, naturalmente.

[2] Juego de palabras entre *curarse*, preocuparse, y *curarse en salud*, prevenirse.

–Acorredme[3], señora mía, en esta primera afrenta que a este vuestro avasallado pecho se le ofrece; no me desfallezca en este primer trance vuestro favor y amparo.

Y diciendo estas y otras semejantes razones, soltanto la adarga, alzó la lanza a dos manos y dio con ella tan gran golpe al arriero en la cabeza, que le derribó en el suelo tan maltrecho, que si segundara con otro[4], no tuviera necesidad de maestro[5] que le curara. Hecho esto, recogió sus armas y tornó a pasearse con el mismo reposo que primero. Desde allí a poco, sin saberse lo que había pasado –porque aún estaba aturdido el arriero–, llegó otro con la mesma intención de dar agua a sus mulos y, llegando a quitar las armas para desembarazar la pila, sin hablar don Quijote palabra y sin pedir favor a nadie, soltó otra vez la adarga y alzó otra vez la lanza, y, sin hacerla pedazos, hizo más de tres la cabeza del segundo arriero, porque se la abrió por cuatro. Al ruido acudió toda la gente de la venta, y entre ellos el ventero. Viendo esto don Quijote, embrazó su adarga y, puesta mano a su espada, dijo:

–¡Oh señora de la fermosura, esfuerzo y vigor del debilitado corazón mío! Ahora es tiempo que vuelvas los ojos de tu grandeza a este tu cautivo caballero, que tamaña aventura está atendiendo[6].

Con esto cobró, a su parecer, tanto ánimo, que si le acometieran todos los arrieros del mundo, no volviera el pie atrás. Los compañeros de los heridos, que tales los vieron, comenzaron desde lejos a llover piedras sobre don Quijote, el cual, lo mejor que podía, se reparaba[7] con su adarga, y no se osaba apartar de la pila por no desamparar las armas. El ventero daba voces que le dejasen, porque ya les había dicho cómo era loco, y que por loco se libraría aunque los matase a todos.

[Para evitar males mayores, el ventero propone a don Quijote celebrar la ceremonia inmediatamente. Éste acepta, profiriendo mil amenazas contra los que, una vez armado, se atrevan a atacarlo.]

Advertido y medroso desto el castellano, trujo luego un libro donde asentaba la paja y cebada que daba a los arrieros, y con un cabo de vela que le traía un muchacho, y con las dos ya dichas doncellas, se vino adonde don Quijote estaba, al cual mandó hincar de rodillas; y, leyendo en su manual –como que decía alguna devota oración–, en mitad de la le-

---

[3] *acorredme*: socorredme, ayudadme.

[4] *segundara con otro*: le diera un segundo golpe.

[5] *maestro*: médico, cirujano.

[6] *atendiendo*: esperando.

[7] *se reparaba*: se defendía, se protegía.

yenda[8] alzó la mano y diole sobre el cuello un buen golpe, y tras él, con su mesma espada, un gentil espaldarazo, siempre murmurando entre dientes, como que rezaba. Hecho esto, mandó a una de aquellas damas que le ciñese la espada, la cual lo hizo con mucha desenvoltura y discreción, porque no fue menester poca para no reventar de risa a cada punto de las ceremonias; pero las proezas que ya habían visto del novel caballero les tenía la risa a raya. Al ceñirle la espada, dijo la buena señora:

–Dios haga a vuestra merced muy venturoso caballero y le dé ventura en lides.

[...]

Hechas, pues, de galope y aprisa las hasta allí nunca vistas ceremonias, no vio la hora don Quijote de verse a caballo y salir buscando las aventuras, y, ensillando luego a Rocinante, subió en él, y abrazando a su huésped, le dijo cosas tan extrañas, agradeciéndole la merced de haberle armado caballero, que no es posible acertar a referirlas. El ventero, por verle ya fuera de la venta, con no menos retóricas, aunque con más breves palabras, respondió a las suyas y, sin pedirle la costa de la posada, le dejó ir a la buen hora.

CAPÍTULO IV

De lo que le sucedió a nuestro caballero cuando salió de la venta

La del alba sería[1] cuando don Quijote salió de la venta, tan contento, tan gallardo, tan alborozado por verse ya armado caballero, que el gozo le reventaba por las cinchas del caballo. Mas viniéndole a la memoria los consejos de su huésped cerca[2] de las prevenciones tan necesarias que había de llevar consigo, especial[3] la de los dineros y camisas[4], de-

---

[8] *leyenda:* lectura.

[1] Se omite la palabra *hora*, con que finaliza el capítulo anterior: *La hora del alba sería...*

[2] *cerca:* acerca, sobre.

[3] *especial:* especialmente.

[4] Para burlarse de él, el ventero había dicho a don Quijote que, aunque en los libros no se habla de ello, los caballeros deben llevar la bolsa bien repleta de dinero, así como camisas limpias y ungüentos para curar sus heridas.

La del alba sería cuando Don Quijote salió de la venta, tan contento, tan gallardo, tan alborozado por verse ya armado caballero que el gozo le reventaba por las cinchas del caballo.

(Don Quijote de la Mancha, cap IV)

Azulejos que pueden verse en la Venta de Don Quijote, en Puerto Lápice (Ciudad Real).

terminó volver a su casa y acomodarse de todo, y de un escudero, haciendo cuenta de recebir a un labrador vecino suyo, que era pobre y con hijos, pero muy a propósito para el oficio escuderil de la caballería. Con este pensamiento guió a Rocinante hacia su aldea, el cual, casi conociendo la querencia, con tanta gana comenzó a caminar, que parecía que no ponía los pies en el suelo.

> [Se encuentra luego don Quijote con un labrador que está golpeando a su criado. Le obliga a soltarlo, pero, en cuanto desaparece, el muchacho recibe doble ración de palos. Se cierra el ciclo con el episodio de los mercaderes toledanos; irritado por sus burlas, arremete contra ellos y termina apaleado.]

CAPÍTULO V

Donde se prosigue la narración de la desgracia de nuestro caballero

Viendo, pues, que, en efeto, no podía menearse, acordó de acogerse a su ordinario remedio, que era pensar en algún paso de sus libros, y trújole su locura a la memoria aquel de Valdovinos y del marqués de Mantua, cuando Carloto le dejó herido en la montiña[1], historia sabida de los niños, no ignorada de los mozos, celebrada y aun creída de los viejos, y, con todo esto, no más verdadera que los milagros de Mahoma[2].

Ésta, pues, le pareció a él que le venía de molde para el paso en que se hallaba; y así, con muestras de grande sentimiento, se comenzó a volcar por la tierra, y a decir con debilitado aliento lo mesmo que dicen decía el herido caballero del bosque:

–¿Dónde estás, señora mía,
que no te duele mi mal?
O no lo sabes, señora,
o eres falsa y desleal.

Y desta manera fue prosiguiendo el romance, hasta aquellos versos que dicen:

–¡Oh noble marqués de Mantua,
mi tío y señor carnal![3]

Y quiso la suerte que, cuando llegó a este verso, acertó a pasar por allí un labrador de su mesmo lugar y vecino suyo, que venía de llevar una carga de trigo al molino; el cual, viendo aquel hombre allí tendido, se llegó a él y le preguntó que quién era y qué mal sentía, que tan tristemente se quejaba. Don Quijote creyó, sin duda, que aquél era el marqués de Mantua, su tío, y así, no le respondió otra cosa si no fue proseguir en su romance, donde le daba cuenta de su desgracia y de los amores del hijo del Emperante[4] con su esposa, todo de la misma manera que el romance lo canta.

....

[1] *montiña:* montaña; es palabra propia del romancero.

[2] El episodio que ahora recuerda don Quijote se narra en el célebre romance carolingio; pero algunos de los versos que recita a continuación pertenecen a otros poemas.

[3] Se ha señalado este pasaje como prueba de que Cervantes pudo inspirarse para su historia en el anónimo *Entremés de los romances,* cuyo protagonista, el labrador Bartolo, enloquece por la lectura del romancero y se cree uno de sus héroes.

[4] *hijo del Emperante:* se refiere al hijo del emperador Carlomagno.

El labrador estaba admirado oyendo aquellos disparates; y quitándole la visera, que ya estaba hecha pedazos, de los palos, le limpió el rostro, que le tenía cubierto de polvo, y apenas le hubo limpiado, cuando le conoció y le dijo:

–Señor Quijana –que así se debía de llamar cuando él tenía juicio y no había pasado de hidalgo sosegado a caballero andante[5]–, ¿quién ha puesto a vuestra merced desta suerte?

Pero él seguía con su romance a cuanto le preguntaba. Viendo esto el buen hombre, lo mejor que pudo le quitó el peto y espaldar, para ver si tenía alguna herida; pero no vio sangre ni señal alguna. Procuró levantarle del suelo, y no con poco trabajo le subió sobre su jumento, por parecer caballería más sosegada. Recogió las armas, hasta las astillas de lanza, y liólas sobre Rocinante, al cual tomó de la rienda, y del cabestro al asno, y se encaminó hacia su pueblo, bien pensativo de oír los disparates que don Quijote decía; y no menos iba don Quijote, que, de puro molido y quebrantado, no se podía tener sobre el borrico, y de cuando en cuando daba unos suspiros que los ponía en el cielo [...].

En estas pláticas y en otras semejantes llegaron al lugar, a la hora que anochecía; pero el labrador aguardó a que fuese algo más noche, porque[6] no viesen al molido hidalgo tan mal caballero[7]. Llegada, pues, la hora que le pareció, entró en el pueblo, y en la casa de don Quijote, la cual halló toda alborotada; y estaban en ella el cura y el barbero del lugar, que eran grandes amigos de don Quijote, que estaba diciéndoles su ama a voces:

–¿Qué le parece a vuestra merced, señor licenciado Pero Pérez –que así se llamaba el cura–, de la desgracia de mi señor? Tres días ha que no parecen él, ni el rocín, ni la adarga, ni la lanza, ni las armas. ¡Desventurada de mí!, que me doy a entender, y así es ello la verdad como nací para morir, que estos malditos libros de caballerías que él tiene y suele leer tan de ordinario le han vuelto el juicio [...].

–Esto digo yo también –dijo el cura–, y a fe que no se pase el día de mañana sin que dellos no haga acto público[8], y sean condenados al fuego, porque no den ocasión a quien los leyere de hacer lo que mi buen amigo debe de haber hecho.

[...]

---

[5] Recuérdese que en el capítulo I se ha dicho que el infeliz hidalgo se llama Quijada, Quesada o Quejana. Ahora, en cambio, se le denomina Quijana.

[6] *porque:* por que, para que.

[7] *tan mal caballero:* porque apenas se podía tener en su cabalgadura que, para más inri, era un borrico.

[8] *acto público:* auto de fe, ceremonia en que se castigaba públicamente a los herejes.

Lleváronle luego a la cama, y, catándole las feridas[9], no le hallaron ninguna; y él dijo que todo era molimiento, por haber dado una gran caída con Rocinante, su caballo, combatiéndose con diez jayanes[10], los más desaforados y atrevidos que se pudieran fallar en gran parte de la tierra.

[...]

[En el capítulo VI asistimos al escrutinio que el cura y el barbero hacen de los libros de don Quijote, que en su inmensa mayoría son destinados al fuego.]

CAPÍTULO VII

De la segunda salida de nuestro buen caballero don Quijote de la Mancha

[...]

Aquella noche quemó y abrasó el ama cuantos libros había en el corral y en toda la casa, y tales debieron de arder que merecían guardarse en perpetuos archivos; mas no lo permitió su suerte y la pereza del escrutiñador, y así se cumplió el refrán en ellos de que pagan a las veces justos por pecadores.

Uno de los remedios que el cura y el barbero dieron, por entonces, para el mal de su amigo fue que le murasen y tapiasen el aposento de los libros, porque cuando se levantase no los hallase –quizá quitando la causa, cesaría el efeto–, y que dijesen que un encantador se los había llevado, y el aposento y todo[1]; y así fue hecho con mucha presteza. De allí a dos días se levantó don Quijote, y lo primero que hizo fue ir a ver sus libros; y como no hallaba el aposento donde le había dejado, andaba de una en otra parte buscándole. Llegaba adonde solía tener la puerta, y tentábala con las manos, y volvía y revolvía los ojos por

---

[9] *catándole las feridas:* mirándole las heridas. El narrador imita el habla arcaizante del personaje; esto mismo volverá a ocurrir en otras muchas ocasiones.

[10] *con diez jayanes:* con diez tipos de gran estatura y fuerza. Esta clase de ponderaciones son tópicas en los libros de caballerías.

[1] No es ésta la única vez en que los que rodean a don Quijote se sirven de la ficción caballeresca para sus propios fines.

todo, sin decir palabra; pero al cabo de una buena pieza[2], preguntó a su ama que hacia qué parte estaba el aposento de sus libros. El ama, que ya estaba bien advertida de lo que había de responder, le dijo:

–¿Qué aposento, o qué nada, busca vuestra merced? Ya no hay aposento ni libros en esta casa, porque todo se lo llevó el mesmo diablo.

–No era diablo –replicó la sobrina–, sino un encantador que vino sobre una nube una noche, después del día que vuestra merced de aquí se partió, y apeándose de una sierpe en que venía caballero, entró en el aposento, y no sé lo que se hizo dentro, que a cabo de poca pieza salió volando por el tejado, y dejó la casa llena de humo; y cuando acordamos a mirar lo que dejaba hecho, no vimos libro ni aposento alguno. Sólo se nos acuerda muy bien a mí y al ama que, al tiempo del partirse aquel mal viejo, dijo en altas voces que por enemistad secreta que tenía al dueño de aquellos libros y aposento, dejaba hecho el daño en aquella casa que después se vería. Dijo también que se llamaba el sabio Muñatón.

–Frestón diría –dijo don Quijote.

–No sé –respondió el ama– si se llamaba Frestón o Fritón; sólo sé que acabó en *tón* su nombre.

–Así es –dijo don Quijote–, que ése es un sabio encantador, grande enemigo mío, que me tiene ojeriza, porque sabe por sus artes y letras que tengo de venir, andando los tiempos, a pelear en singular batalla con un caballero a quien él favorece, y le tengo de vencer, sin que él lo pueda estorbar, y por esto procura hacerme todos los sinsabores que puede; y mándole[3] yo que mal podrá él contradecir ni evitar lo que por el cielo está ordenado.

[...]

Es, pues, el caso que él estuvo quince días en casa muy sosegado, sin dar muestras de querer segundar[4] sus primeros devaneos, en los cuales días pasó graciosísimos cuentos[5] con sus dos compadres, el cura y el barbero, sobre que él decía que la cosa de que más necesidad tenía el mundo era de caballeros andantes y de que en él se resucitase la caballería andantesca. El cura algunas veces le contradecía, y otras concedía, porque si no guardaba este artificio, no había poder averiguarse con él[6].

En este tiempo solicitó don Quijote a un labrador vecino suyo, hombre de bien –si es que este título se puede dar al que es pobre[7]–,

---

[2] *pieza:* rato.
[3] *mándole:* le auguro.
[4] *segundar:* repetir.
[5] *pasó... cuentos:* mantuvo coloquios o discusiones.
[6] *averiguarse con él:* entenderse con él.
[7] *pobre:* es decir, que no tiene bienes, de ahí la duda del narrador de llamarle «hombre de bien».

pero de muy poca sal en la mollera. En resolución, tanto le dijo, tanto le persuadió y prometió, que el pobre villano se determinó de salirse con él y servirle de escudero. Decíale, entre otras cosas, don Quijote que se dispusiese a ir con él de buena gana, porque tal vez[8] le podía suceder aventura que ganase, en quítame allá esas pajas, alguna ínsula[9] y le dejase a él por gobernador della. Con estas promesas y otras tales, Sancho Panza, que así se llamaba el labrador, dejó su mujer y hijos y asentó por escudero de su vecino.

Dio luego don Quijote orden en buscar dineros, y, vendiendo una cosa, y empeñando otra, y malbaratándolas todas, llegó[10] una razonable cantidad. Acomodóse asimesmo de una rodela[11], que pidió prestada a un su amigo, y, pertrechando su rota celada lo mejor que pudo, avisó a su escudero Sancho del día y la hora que pensaba ponerse en camino para que él se acomodase de lo que viese que más le era menester. Sobre todo le encargó que llevase alforjas; e dijo que sí llevaría, y que ansimesmo pensaba llevar un asno que tenía muy bueno, porque él no estaba duecho[12] a andar mucho a pie. En lo del asno reparó un poco don Quijote, imaginando si se le acordaba si algún caballero andante había traído escudero caballero asnalmente; pero nunca le vino alguno a la memoria. Mas, con todo esto, determinó que le llevase, con presupuesto[13] de acomodarle de más honrada caballería en habiendo ocasión para ello, quitándole el caballo al primer descortés caballero que topase. Proveyóse de camisas y de las demás cosas que él pudo, conforme al consejo que el ventero le había dado; todo lo cual hecho y cumplido, sin despedirse Panza de sus hijos y mujer, ni don Quijote de su ama y sobrina, una noche se salieron del lugar sin que persona los viese; en la cual caminaron tanto, que al amanecer se tuvieron por seguros de que no los hallarían aunque los buscasen.

Iba Sancho Panza sobre su jumento como un patriarca, con sus alforjas y su bota, y con mucho deseo de verse ya gobernador de la ínsula que su amo le había prometido. [...]

---

[8] *tal vez:* alguna vez.

[9] *que ganase... alguna ínsula:* que ganase en un momento alguna isla.

[10] *llegó:* allegó, juntó.

[11] *rodela:* escudo redondo que se sostenía con el brazo izquierdo para proteger el pecho.

[12] *duecho:* rusticismo, 'ducho', 'diestro'.

[13] *presupuesto:* intención.

CAPÍTULO VIII

**Del buen suceso que el valeroso don Quijote
tuvo en la espantable y jamás imaginada aventura
de los molinos de viento, con otros sucesos
dignos de felice recordación**[1]

En esto, descubrieron treinta o cuarenta molinos de viento que hay en aquel campo, y así como don Quijote los vio, dijo a su escudero:

–La ventura va guiando nuestras cosas mejor de lo que acertáramos a desear; porque ves allí, amigo Sancho Panza, donde se descubren treinta o pocos más desaforados gigantes, con quien pienso hacer batalla y quitarles a todos las vidas, con cuyos despojos comenzaremos a enriquecer; que ésta es buena guerra, y es gran servicio de Dios quitar tan mala simiente de sobre la faz de la tierra.

–¿Qué gigantes? –dijo Sancho Panza.

–Aquellos que allí ves –respondió su amo– de los brazos largos, que los suelen tener algunos de casi dos leguas.

–Mire vuestra merced –respondió Sancho– que aquellos que allí se parecen no son gigantes, sino molinos de viento, y lo que en ellos parecen brazos son las aspas, que, volteadas del viento, hacen andar la piedra del molino.

–Bien parece –respondió don Quijote– que no estás cursado en esto de las aventuras; ellos son gigantes, y si tienes miedo, quítate de ahí, y ponte en oración en el espacio que yo voy a entrar con ellos en fiera y desigual batalla.

Y diciendo esto, dio de espuelas a su caballo Rocinante, sin atender a las voces que su escudero Sancho le daba, advirtiéndole que, sin duda alguna, eran molinos de viento, y no gigantes, aquellos que iba a acometer. Pero él iba tan puesto en que eran gigantes, que ni oía las voces de su escudero Sancho, ni echaba de ver, aunque estaba ya bien cerca, lo que eran; antes iba diciendo en voces altas:

–¡Non fuyades[2], cobardes y viles criaturas, que un solo caballero es el que os acomete!

Levantóse en esto un poco de viento, y las grandes aspas comenzaron a moverse, lo cual visto por don Quijote, dijo:

---

[1] El título es una clara parodia del género caballeresco; lo volveremos a ver en otras muchas ocasiones.

[2] *fuyades:* arcaísmo, 'huyáis'.

–Pues aunque mováis más brazos que los del gigante Briareo[3], me lo habéis de pagar.

Y en diciendo esto, y encomendándose de todo corazón a su señora Dulcinea, pidiéndole que en tal trance le socorriese, bien cubierto de su rodela, con la lanza en el ristre[4], arremetió a todo galope de Rocinante y embistió con el primero molino que estaba delante; y dándole una lanzada en el aspa, la volvió el viento con tanta furia, que hizo la lanza pedazos, llevándose tras sí al caballo y al caballero, que fue rodando muy maltrecho por el campo. Acudió Sancho Panza a socorrerle, a todo el correr de su asno, y cuando llegó, halló que no se podía menear: tal fue el golpe que dio con él Rocinante.

–¡Válame Dios! –dijo Sancho–. ¿No le dije yo a vuestra merced que mirase bien lo que hacía, que no eran sino molinos de viento, y no lo podía ignorar sino quien llevase otros tales en la cabeza?

–Calla, amigo Sancho –respondió don Quijote–; que las cosas de la guerra, más que otras, están sujetas a continua mudanza; cuanto más, que yo pienso, y es así verdad, que aquel sabio Frestón que me robó el aposento y los libros ha vuelto estos gigantes en molinos por quitarme la

Así vio el dibujante y grabador francés Gustavo Doré el episodio de los molinos de viento.

---

[3] *Briareo:* gigante mitológico que tenía cien brazos.
[4] *ristre:* hierro del peto de la armadura al que se sujetaba la lanza.

gloria de su vencimiento: tal es la enemistad que me tiene; mas al cabo al cabo, han de poder poco sus malas artes contra la bondad de mi espada.

> [Al otro día don Quijote y Sancho topan con la comitiva que acompaña a una dama vizcaína. Imagina el caballero que llevan forzadas a unas doncellas e intenta liberarlas. Presenta batalla y tiene un violento enfrentamiento con un escudero. En este punto crucial queda interrumpido el relato porque el cronista al que sigue nuestro narrador no aporta más datos.]

CAPÍTULO IX

Donde se concluye y da fin a la estupenda batalla que el gallardo vizcaíno[1] y el valiente manchego tuvieron

Dejamos en la primera parte desta historia[2] al valeroso vizcaíno y al famoso don Quijote con las espadas altas y desnudas, en guisa de descargar dos furibundos fendientes[3], tales que si en lleno se acertaban, por los menos se dividirían y fenderían de arriba abajo y abrirían como una granada; y que en aquel punto tan dudoso paró y quedó destroncada[4] tan sabrosa historia, sin que nos diese noticia su autor dónde se podría hallar lo que della faltaba.

Causóme esto mucha pesadumbre, porque el gusto de haber leído tan poco se volvía en disgusto, de pensar el mal camino que se ofrecía para hallar lo mucho que, a mi parecer, faltaba de tan sabroso cuento. [...]

Estando yo un día en el Alcaná[5] de Toledo, llegó un muchacho a vender unos cartapacios y papeles viejos a un sedero; y como yo soy aficionado a leer, aunque sean los papeles rotos de las calles, llevado desta mi natural inclinación, tomé un cartapacio de los que el mucha-

---

[1] *vizcaíno:* en el lenguaje clásico, significa 'vasco'.

[2] Cervantes dividió esta primera entrega de su obra en cuatro partes, la primera de las cuales llega hasta el capítulo VIII. Al publicar la continuación del libro en 1615, prescindió de las divisiones internas.

[3] *fendiente:* hendiente, golpe de espada que va de arriba abajo.

[4] *destroncada:* cortada, interrumpida.

[5] *Alcaná:* calle en que se concentraban gran número de tiendas.

cho vendía, y vile con caracteres que conocí ser arábigos. Y puesto que aunque los conocía no los sabía leer, anduve mirando si parecía por allí algún morisco aljamiado[6] que los leyese, y no fue muy dificultoso hallar intérprete semejante, pues aunque le buscara de otra mejor y más antigua lengua, le hallara[7]. En fin, la suerte me deparó uno, que, diciéndole mi deseo y poniéndole el libro en las manos, le abrió por medio, y leyendo un poco en él, se comenzó a reír.

Preguntéle yo que de qué se reía, y respondióme que de una cosa que tenía aquel libro escrita en el margen por anotación. Díjele que me la dijese, y él, sin dejar la risa, dijo:

–Está, como he dicho, aquí en el margen escrito esto: «Esta Dulcinea del Toboso, tantas veces en esta historia referida, dicen que tuvo la mejor mano para salar puercos que otra mujer de toda la Mancha.»

Cuando yo oí decir «Dulcinea del Toboso», quedé atónito y suspenso, porque luego se me representó que aquellos cartapacios contenían la historia de don Quijote. Con esta imaginación, le di priesa que leyese el principio, y, haciéndolo ansí, volviendo de improviso el arábigo en castellano, dijo que decía: *Historia de don Quijote de la Mancha, escrita por Cide Hamete Benengeli, historiador arábigo*[8]. Mucha discreción fue menester para disimular el contento que recebí cuando llegó a mis oídos el título del libro; y, salteándosele[9] al sedero, compré al muchacho todos los papeles y cartapacios por medio real; que si él tuviera discreción y supiera lo que yo los deseaba, bien se pudiera prometer y llevar más de seis reales de la compra. Apartéme luego con el morisco por el claustro de la iglesia mayor, y roguéle me volviese aquellos cartapacios, todos los que trataban de don Quijote, en lengua castellana, sin quitarles ni añadirles nada, ofreciéndole la paga que él quisiese.

[El autor se lleva al morisco a casa para que le traduzca el manuscrito, cosa que hace en poco más de un mes y medio. Esa traducción es la que vamos a leer a partir de este momento. Sigue, pues, el relato de la aventura del vizcaíno.]

Puestas y levantadas en alto las cortadoras espadas de los dos valerosos y enojados combatientes, no parecía sino que estaban amenazan-

---

[6] *aljamiado:* que sabe hablar castellano.

[7] Se refiere a la lengua hebrea, que era considerada la más antigua de todas. Ciertamente no le hubiera resultado muy difícil encontrar algún judío en esa calle.

[8] A partir de este capítulo, el narrador que hasta ahora conocemos (el propio Cervantes), que recopilaba datos de diversas fuentes, deja paso a un supuesto cronista moro.

[9] *salteándosele:* arrebatándoselo.

do al cielo, a la tierra y al abismo: tal era el denuedo y continente[10] que tenían. Y el primero que fue a descargar el golpe fue el colérico vizcaíno; el cual fue dado con tanta furia, que, a no volvérsele la espada en el camino, aquel solo golpe fuera bastante para dar fin a su rigurosa contienda y a todas las aventuras de nuestro caballero; mas la buena suerte, que para mayores cosas le tenía guardado, torció la espada de su contrario, de modo que, aunque le acertó en el hombro izquierdo, no le hizo otro daño que desarmarle todo aquel lado, llevándole, de camino, gran parte de la celada, con la mitad de la oreja; que todo ello con espantosa ruina vino al suelo, dejándole muy maltrecho.

¡Válame Dios, y quién será aquel que buenamente pueda contar ahora la rabia que entró en el corazón de nuestro manchego, viéndose parar de aquella manera! No se diga más sino que fue de manera, que se alzó de nuevo en los estribos, y apretando más la espada en las dos manos, con tal furia descargó sobre el vizcaíno, acertándole de lleno sobre la almohada y sobre la cabeza, que, sin ser parte tan buena defensa, como si cayera sobre él una montaña, comenzó a echar sangre por las narices y por la boca, y por los oídos, y a dar muestras de caer de la mula abajo, de donde cayera, sin duda, si no se abrazara con el cuello; pero, con todo eso, sacó los pies de los estribos y luego soltó los brazos, y la mula, espantada del terrible golpe, dio a correr por el campo, y a pocos corcovos[11] dio con su dueño en tierra.

Estábaselo con mucho sosiego mirando don Quijote, y como lo vio caer, saltó de su caballo y con mucha ligereza se llegó a él, y poniéndole la punta de la espada en los ojos, le dijo que se rindiese; si no, que le cortaría la cabeza. Estaba el vizcaíno tan turbado, que no podía responder palabra; y él lo pasara mal, según estaba ciego don Quijote, si las señoras del coche, que hasta entonces con gran desmayo habían mirado la pendencia, no fueran adonde estaba y le pidieran con mucho encarecimiento les hiciese tan gran merced y favor de perdonar la vida a aquel su escudero. A lo cual don Quijote respondió con mucho entono y gravedad:

–Por cierto, fermosas señoras, yo soy muy contento de hacer lo que me pedís; mas ha de ser con una condición y concierto, y es que este caballero me ha de prometer de ir al lugar del Toboso y presentarse de mi parte ante la sin par doña Dulcinea, para que ella haga dél lo que más fuere de su voluntad.

Las temerosas y desconsoladas señoras, sin entrar en cuenta de lo que don Quijote pedía, y sin preguntar quién Dulcinea fuese, le prometieron que el escudero haría todo aquello que de su parte le fuese mandado.

---

[10] *denuedo y continente:* valor y actitud.
[11] *corcovos:* saltos que dan algunos animales encorvando el lomo.

–Pues en fe de esa palabra, yo no le haré más daño, puesto que me lo tenía bien merecido[12].

> [Nuestros protagonistas quedan maltrechos; pero don Quijote dice conocer la fórmula del bálsamo de Fierabrás, que todo lo cura. Pasan la noche con unos cabreros; el hidalgo pronuncia el discurso sobre la Edad de Oro. Le cuentan la historia de Grisóstomo, que ha muerto de amor por culpa de la desdeñosa Marcela, y asisten al entierro. Más tarde, por culpa de Rocinante, se enfrenta don Quijote a unos yegüeros gallegos y, una vez más, salen magullados amo y criado. Llegan de nuevo a una venta que don Quijote vuelve a confundir con un castillo.]

Capítulo XVI

De lo que le sucedió al ingenioso hidalgo en la venta que él imaginaba ser castillo

El ventero, que vio a don Quijote atravesado en el asno, preguntó a Sancho qué mal traía. Sancho le respondió que no era nada, sino que había dado una caída de una peña abajo, y que venía algo brumadas[1] las costillas. Tenía el ventero por mujer a una, no de la condición que suelen tener las de semejante trato[2], porque naturalmente era caritativa y se dolía de las calamidades de sus prójimos; y así, acudió luego a curar a don Quijote y hizo que una hija suya, doncella, muchacha y de muy buen parecer, la ayudase a curar a su huésped. Servía en la venta, asimesmo, una moza asturiana, ancha de cara, llana de cogote, de nariz roma, del un ojo tuerta y del otro no muy sana. Verdad es que la gallardía del cuerpo suplía las demás faltas[3]: no tenía siete palmos de los pies a la cabeza, y las espaldas, que algún tanto le cargaban, la hacían mirar al suelo más de lo que ella quisiera. Esta gentil moza, pues, ayudó a la doncella, y las dos hicieron una muy mala cama a don Quijote, en un

---

[12] *puesto que me lo tenía bien merecido:* aunque lo tenía bien merecido de mí (*me* con valor ético).

[1] *brumadas:* magulladas.

[2] Los venteros tenían fama de desalmados, de abusar de los viandantes.

[3] Como en seguida veremos, se trata de una ironía.

camaranchón que, en otros tiempos, daba manifiestos indicios que había servido de pajar muchos años[4]. En la cual[5] también alojaba un arriero, que tenía su cama hecha un poco más allá de la de nuestro don Quijote. Y aunque era de las enjalmas[6] y mantas de sus machos, hacía mucha ventaja a la de don Quijote, que sólo contenía cuatro mal lisas tablas, sobre dos no muy iguales bancos, y un colchón que en lo sutil parecía colcha, lleno de bodoques[7] que, a no mostrar que eran de lana por algunas roturas, al tiento, en la dureza, semejaban de guijarro, y dos sábanas hechas de cuero de adarga[8], y una frazada[9], cuyos hilos, si se quisieran contar, no se perdiera uno solo de la cuenta.

En esta maldita cama se acostó don Quijote, y luego la ventera y su hija le emplastaron de arriba abajo, alumbrándoles Maritornes, que así se llamaba la asturiana; y como al bizmalle[10] viese la ventera tan acardenalado a partes a don Quijote, dijo que aquello más parecían golpes que caída.

–No fueron golpes –dijo Sancho–; sino que la peña tenía muchos picos y tropezones–. Y que cada uno había hecho su cardenal. Y también le dijo–: Haga vuestra merced, señora, de manera que queden algunas estopas[11], que no faltará quien las haya menester; que también me duelen a mí un poco los lomos.

–Desa manera –respondió la ventera–, también debistes vos de caer.

–No caí –dijo Sancho Panza–; sino que del sobresalto que tomé de ver caer a mi amo, de tal manera me duele a mí el cuerpo, que me parece que me han dado mil palos.

–Bien podrá ser eso –dijo la doncella–; que a mí me ha acontecido muchas veces soñar que caía de una torre abajo, y que nunca acababa de llegar al suelo, y cuando despertaba del sueño, hallarme tan molida y quebrantada como si verdaderamente hubiera caído.

–Ahí está el toque[12], señora –respondió Sancho Panza–: que yo, sin soñar nada, sino estando más despierto que ahora estoy, me hallo con pocos menos cardenales que mi señor don Quijote.

....

[4] Un camaranchón (desván) que daba manifiestos indicios de que, en otros tiempos, había servido de pajar muchos años.

[5] *En la cual* [venta].

[6] *enjalma:* albarda ligera.

[7] *bodoques:* pellas o bultos que se forman en la lana.

[8] Las pieles con que se fabricaban los escudos (*adargas*) eran de las más ásperas y toscas.

[9] *frazada:* manta peluda.

[10] *bizmalle:* bizmarle, aplicarle los emplastos (bizmas); forma habitual del infinitivo en la lengua clásica, por asimilación de la *r* a la *l*.

[11] *estopas:* telas gruesas fabricadas con este material que se utilizaban para hacer emplastos.

[12] *toque:* punto esencial en que consiste algo.

–¿Cómo se llama este caballero? –preguntó la asturiana Maritornes.

–Don Quijote de la Mancha –respondió Sancho Panza–; y es caballero aventurero, y de los mejores y más fuertes que de luengos tiempos acá se han visto en el mundo.

–¿Qué es caballero aventurero? –replicó la moza.

–¿Tan nueva sois en el mundo que no lo sabéis vos? –respondió Sancho Panza–. Pues sabed, hermana mía, que caballero aventurero es una cosa que en dos palabras se ve apaleado y emperador. Hoy está la más desdichada criatura del mundo y la más menesterosa, y mañana tendría dos o tres coronas de reinos que dar a su escudero[13].

–Pues ¿cómo vos, siéndolo deste tan buen señor –dijo la ventera–, no tenéis, a lo que parece, siquiera algún condado?

–Aún es temprano –respondió Sancho–, porque no ha sino un mes[14] que andamos buscando las aventuras, y hasta ahora no hemos topado con ninguna que lo sea[15]. Y tal vez hay que se busca una cosa y se halla otra. Verdad es que, si mi señor don Quijote sana desta herida o caída y yo no quedo contrecho[16] della, no trocaría mis esperanzas con el mejor título de España.

Todas estas pláticas estaba escuchando, muy atento, don Quijote, y sentándose en el lecho como pudo, tomando de la mano a la ventera, le dijo:

–Creedme, fermosa señora, que os podéis llamar venturosa por haber alojado en este vuestro castillo a mi persona, que es tal, que si yo no la alabo es por lo que suele decirse que la alabanza propia envilece; pero mi escudero os dirá quién soy. Sólo os digo que tendré eternamente escrito en mi memoria el servicio que me habedes fecho, para agradecéroslo mientras la vida me durare; y pluguiera a los altos cielos que el amor no me tuviera tan rendido y tan sujeto a sus leyes, y los ojos de aquella hermosa ingrata que digo entre mis dientes; que los desta fermosa doncella fueran señores de mi libertad.

Confusas estaban la ventera y su hija y la buena de Maritornes oyendo las razones del andante caballero, que así las entendían como si hablara en griego, aunque bien alcanzaron que todas se encaminaban a ofrecimiento y requiebros; y, como no usadas[17] a semejante lenguaje, mirábanle y admirábanse y parecíales otro hombre de los que se usa-

---

[13] Sancho, a pesar del sentido común que lo caracteriza, da algunas muestras de ingenuidad y se deja arrastrar a veces por la ficción de su señor.

[14] Sancho miente deliberadamente, ya que sólo hace tres días que salieron del pueblo.

[15] Juega con la semejanza y el común origen etimológico de *aventura* y *ventura* (dicha, fortuna).

[16] *contrecho:* tullido, baldado.

[17] *no usadas:* no acostumbradas.

ban; y, agradeciéndole con venteriles razones sus ofrecimientos, le dejaron, y la asturiana Maritornes curó a Sancho, que no menos lo había menester que su amo.

Había el arriero concertado con ella que aquella noche se refocilarían[18] juntos, y ella le había dado palabra de que, en estando sosegados los huéspedes y durmiendo sus amos, le iría a buscar y satisfacerle el gusto en cuanto le mandase. Y cuéntase desta buena moza que jamás dio semejantes palabras que no las cumpliese, aunque las diese en un monte y sin testigo alguno, porque presumía muy de hidalga[19], y no tenía por afrenta estar en aquel ejercicio de servir en la venta, porque decía ella que desgracias y malos sucesos la habían traído a aquel estado.

El duro, estrecho, apocado y fementido[20] lecho de don Quijote estaba primero en mitad de aquel estrellado establo[21]; y luego, junto a él, hizo el suyo Sancho, que sólo contenía una estera de enea y una manta, que antes mostraba ser de anjeo tundido[22] que de lana. Sucedía a estos dos lechos el del arriero, fabricado, como se ha dicho, de las enjalmas y de todo el adorno de los dos mejores mulos que traía, aunque eran doce, lucios, gordos y famosos[23], porque era uno de los ricos arrieros de Arévalo, según lo dice el autor desta historia, que deste arriero hace particular mención, porque le conocía muy bien, y aun quieren decir que era algo pariente suyo[24]. [...]

Digo, pues, que después de haber visitado el arriero a su recua y dádole el segundo pienso, se tendió en sus enjalmas y se dio a esperar a su puntualísima Maritornes. Ya estaba Sancho bizmado y acostado, y, aunque procuraba dormir, no lo consentía el dolor de sus costillas; y don Quijote, con el dolor de las suyas, tenía los ojos abiertos como liebre. Toda la venta estaba en silencio, y en toda ella no había otra luz que la que daba una lámpara, que colgada en medio del portal ardía.

Esta maravillosa quietud, y los pensamientos que siempre nuestro caballero traía de los sucesos que a cada paso se cuentan en los libros

---

[18] *se refocilarían:* se divertirían, lo pasarían bien.

[19] Maritornes presume de hidalga porque es natural de Asturias, cuna de muchas familias de la baja nobleza. El autor ironiza sobre su sentido del honor.

[20] *apocado y fementido:* malo y falso, que apenas se le puede considerar lecho.

[21] El lecho de don Quijote era el primero que se encontraba al entrar en aquel establo a través de cuyo techo agrietado se podían ver las estrellas.

[22] *anjeo tundido:* lienzo basto pelado; se llamaba así porque procedía de la localidad francesa de Anjou.

[23] *lucios:* limpios, relucientes; *famosos:* excelentes.

[24] Recordemos que el autor es el moro Cide Hamete Benengeli. Se alude al hecho de que buena parte de los arrieros eran moriscos.

autores de su desgracia, le trujo a la imaginación una de las extrañas locuras que buenamente imaginarse pueden; y fue que él se imaginó haber llegado a un famoso castillo –que, como se ha dicho, castillos eran a su parecer todas las ventas donde alojaba–, y que la hija del ventero lo era del señor del castillo, la cual, vencida de su gentileza, se había enamorado dél y prometido que aquella noche, a furto[25] de sus padres, vendría a yacer con él una buena pieza; y, teniendo toda esta quimera, que él se había fabricado, por firme y valedera, se comenzó a acuitar[26] y a pensar en el peligroso trance en que su honestidad se había de ver, y propuso en su corazón de no cometer alevosía a su señora Dulcinea del Toboso, aunque la mesma reina Ginebra con su dama Quintañona[27] se le pusiesen delante.

Pensando, pues, en estos disparates, se llegó el tiempo y la hora –que para él fue menguada[28]– de la venida de la asturiana, la cual, en camisa y descalza, cogidos los cabellos en una albanega de fustán[29], con tácitos y atentados pasos, entró en el aposento donde los tres alojaban, en busca del arriero. Pero apenas llegó a la puerta, cuando don Quijote la sintió, y, sentándose en la cama, a pesar de sus bizmas y con dolor de sus costillas, tendió los brazos para recebir a su fermosa doncella. La asturiana, que, toda recogida y callando, iba con las manos delante, buscando a su querido, topó con los brazos de don Quijote, el cual la asió fuertemente de una muñeca, y tirándola hacia sí, sin que ella osase hablar palabra, la hizo sentar sobre la cama. Tentóle luego la camisa, y, aunque ella era de arpillera, a él le pareció ser de finísimo y delgado cendal. Traía en las muñecas unas cuentas de vidrio; pero a él le dieron vislumbres de preciosas perlas orientales. Los cabellos, que en alguna manera tiraban a crines, él los marcó por hebras de lucidísimo oro de Arabia, cuyo resplandor al del mesmo sol escureía. Y el aliento, que, sin duda alguna, olía a ensalada fiambre y trasnochada, a él le pareció que arrojaba de su boca un olor suave y aromático [...].

Maritornes estaba congojadísima y trasudando, de verse tan asida a don Quijote, y, sin entender ni estar atenta a las razones que le decía, procuraba, sin hablar palabra, desasirse. El bueno del arriero, a quien tenían despierto sus malos deseos, desde el punto que entró su coima[30] por la puerta, la sintió, estuvo atentamente escuchando todo lo

---

[25] *a furto:* a hurtadillas, a escondidas.
[26] *acuitar:* afligir.
[27] Ginebra, de la que se enamoró Lanzarote, era la esposa del mítico rey Arturo. Su dama de compañía fue introducida en las versiones castellanas de la leyenda.
[28] *menguada:* desgraciada, desafortunada.
[29] *albanega de fustán:* redecilla de tela de algodón.
[30] *coima:* manceba, mujer que vive con un hombre como si fuera su marido.

que don Quijote decía, y, celoso de que la asturiana le hubiese faltado la palabra por otro, se fue llegando más al lecho de don Quijote, y estúvose quedo hasta ver en qué paraban aquellas razones que él no podía entender. Pero, como vio que la moza forcejaba por desasirse y don Quijote trabajaba por tenella, pareciéndole mal la burla, enarboló el brazo en alto y descargó tan terrible puñada sobre las estrechas quijadas del enamorado caballero, que le bañó toda la boca en sangre; y, no contento con esto, se le subió encima de las costillas, y con los pies más que de trote, se las paseó todas de cabo a cabo.

El lecho, que era un poco endeble y de no firmes fundamentos, no pudiendo sufrir la añadidura del arriero, dio consigo en el suelo, a cuyo gran ruido despertó el ventero, y luego imaginó que debían de ser pendencias de Maritornes, porque, habiéndola llamado a voces, no respondía. Con esta sospecha se levantó, y, encendiendo un candil, se fue hacia donde había sentido la pelaza[31]. La moza, viendo que su amo venía, y que era de condición terrible, toda medrosica y alborotada, se acogió a la cama de Sancho Panza, que aún dormía, y allí se acurrucó y se hizo un ovillo. El ventero entró diciendo:

–¿Adónde estás, puta? A buen seguro que son tus cosas éstas.

En esto, despertó Sancho, y, sintiendo aquel bulto casi encima de sí, pensó que tenía la pesadilla, y comenzó a dar puñadas a una y otra parte, y, entre otras, alcanzó con no sé cuántas a Maritornes, la cual, sentida del dolor, echando a rodar la honestidad[32], dio el retorno a Sancho con tantas, que, a su despecho, le quitó el sueño; el cual, viéndose tratar de aquella manera y sin saber de quién, alzándose como pudo, se abrazó con Maritornes, y comenzaron entre los dos la más reñida y graciosa escaramuza del mundo.

Viendo, pues, el arriero, a la lumbre del candil del ventero, cuál andaba su dama, dejando a don Quijote, acudió a dalle el socorro necesario. Lo mismo hizo el ventero, pero con intención diferente, porque fue a castigar a la moza, creyendo, sin duda, que ella sola era la ocasión de toda aquella armonía[33]. Y así, como suele decirse: el gato al rato, el rato a la cuerda, la cuerda al palo[34], daba el arriero a Sancho, Sancho a la moza, la moza a él, el ventero a la moza, y todos menudeaban con

[31] *pelaza:* riña, pelea.
[32] Es una muestra más de la ironía cervantina. Recordemos que hace poco se ha dicho que Maritornes *presumía muy de hidalga* (ver nota 19).
[33] Opinan unos que la frase es irónica; otros, en cambio, atribuyen a *armonía* la acepción poco habitual de 'ruido'.
[34] Alusión a un cuento y juego infantil de origen folclórico en el que se produce una cadena donde cada uno de los personajes golpea al siguiente: el gato al ratón, el ratón a la cuerda...

tanta priesa, que no se daban punto de reposo; y fue lo bueno que al ventero se le apagó el candil, y, como quedaron ascuras, dábanse tan sin compasión todos a bulto, que a doquiera que ponían la mano no dejaban cosa sana.

[...]

CAPÍTULO XVII

Donde se prosiguen los innumerables trabajos que el bravo don Quijote y su buen escudero Sancho Panza pasaron en la venta que, por su mal, pensó que era castillo

[Don Quijote se dispone a preparar el bálsamo mágico de que antes ha hablado.]

En resolución, él tomó sus simples[1], de los cuales hizo un compuesto, mezclándolos todos y cociéndolos un buen espacio, hasta que le pareció que estaban en su punto. Pidió luego alguna redoma para echallo, y como no la hubo en la venta, se resolvió de ponello en una alcuza o aceitera de hoja de lata, de quien el ventero le hizo grata donación. Y luego dijo sobre la alcuza más de ochenta paternostres y otras tantas avemarías, salves y credos, y a cada palabra acompañaba una cruz, a modo de bendición [...].

Hecho esto, quiso él mesmo hacer luego la experiencia de la virtud de aquel precioso bálsamo que él se imaginaba, y así, se bebió, de lo que no pudo caber en la alcuza y quedaba en la olla donde se había cocido, casi media azumbre[2]; y apenas lo acabó de beber, cuando comenzó a vomitar, de manera que no le quedó cosa en el estómago; y con las ansias y agitación del vómito le dio un sudor copiosísimo, por lo cual mandó que le arropasen y le dejasen solo. Hiciéronlo ansí, y quedóse dormido más de tres horas, al cabo de las cuales despertó y se sintió aliviadísimo del cuerpo, y en tal manera mejor de su quebrantamiento, que se tuvo por sano; y verdaderamente creyó que había acertado con el bálsamo de Fierabrás, y que con aquel remedio podía aco-

---

[1] *simples:* materiales que sirven ellos solos de medicamentos o entran en su composición.

[2] *azumbre:* medida de capacidad equivalente a unos 2 litros.

meter desde allí adelante, sin temor alguno, cualesquiera ruinas[3], batallas y pendencias, por peligrosas que fuesen.

Sancho Panza, que también tuvo a milagro la mejoría de su amo, le rogó que le diese a él lo que quedaba en la olla, que no era poca cantidad. Concedióselo don Quijote, y él, tomándola a dos manos, con buena fe y mejor talante, se la echó a pechos, y envasó[4] bien poco menos que su amo. Es, pues, el caso que el estómago del pobre Sancho no debía de ser tan delicado como el de su amo, y así, primero que vomitase, le dieron tantas ansias y bascas, con tantos trasudores y desmayos, que él pensó bien y verdaderamente que era llegada su última hora; y viéndose tan afligido y congojado, maldecía el bálsamo y al ladrón que se lo había dado. Viéndole así don Quijote, le dijo:

–Yo creo, Sancho, que todo este mal te viene de no ser armado caballero, porque tengo para mí que este licor no debe de aprovechar a los que no lo son.

–Si eso sabía vuestra merced –replicó Sancho–, ¡mal haya yo y toda mi parentela!, ¿para qué consintió que lo gustase?

En esto hizo su operación el brebaje, y comenzó el pobre escudero a desaguarse por entrambas canales[5], con tanta priesa, que la estera de enea, sobre quien se había vuelto a echar, ni la manta de anjeo con que se cubría, fueron más de provecho. Sudaba y trasudaba con tales parasismos[6] y accidentes, que no solamente él, sino todos pensaron que se le acababa la vida. Duróle esta borrasca y mala andanza casi dos horas, al cabo de las cuales no quedó como su amo, sino tan molido y quebrantado, que no se podía tener.

Pero don Quijote, que, como se ha dicho, se sintió aliviado y sano, quiso partirse luego a buscar aventuras, pareciéndole que todo el tiempo que allí se tardaba era quitársele al mundo y a los en él menesterosos de su favor y amparo, y más, con la seguridad y confianza que llevaba en su bálsamo. [...]

[Se marchan de la venta sin pagar, según prescribe la orden de la caballería; pero esa deuda se va a cobrar en las carnes de Sancho, que es brutalmente manteado.]

---

[3] *ruinas:* estragos, daños.
[4] *envasó:* de *envasar,* beber en exceso.
[5] *canales:* conductos del cuerpo.
[6] *parasismo:* paroxismo, acceso violento de una dolencia.

CAPÍTULO XVIII

Donde se cuentan las razones que pasó Sancho Panza con su señor don Quijote, con otras aventuras dignas de ser contadas

[...]

En estos coloquios iban don Quijote y su escudero, cuando vio don Quijote que por el camino que iban venía hacia ellos una grande y espesa polvareda; y, en viéndola, se volvió a Sancho y le dijo:

–Éste es el día, ¡oh Sancho!, en el cual se ha de ver el bien que me tiene guardado mi suerte; éste es el día, digo, en que se ha de mostrar, tanto como en otro alguno, el valor de mi brazo, y en el que tengo de hacer obras que queden escritas en el libro de la Fama por todos los venideros siglos. ¿Ves aquella polvareda que allí se levanta, Sancho? Pues toda es cuajada de un copiosísimo ejército que de diversas e innumerables gentes por allí viene marchando.

–A esa cuenta, dos deben de ser –dijo Sancho–; porque desta parte contraria se levanta asimesmo otra semejante polvareda.

Volvió a mirarlo don Quijote, y vio que así era la verdad; y alegrándose sobremanera, pensó sin duda alguna que eran dos ejércitos que venían a embestirse y a encontrarse en mitad de aquella espaciosa llanura. Porque tenía a todas horas y momentos llena la fantasía de aquellas batallas, encantamentos, sucesos, desatinos, amores, desafíos, que en los libros de caballerías se cuentan, y todo cuanto hablaba, pensaba o hacía era encaminado a cosas semejantes. Y la polvareda que había visto la levantaban dos grandes manadas de ovejas y carneros que, por aquel mesmo camino, de dos diferentes partes venían, las cuales, con el polvo, no se echaron de ver hasta que llegaron cerca. Y con tanto ahínco afirmaba don Quijote que eran ejércitos, que Sancho lo vino a creer y a decirle:

–Señor, pues, ¿qué hemos de hacer nosotros?

–¿Qué? –dijo don Quijote–. Favorecer y ayudar a los menesterosos y desvalidos. Y has de saber, Sancho, que este que viene por nuestra frente le conduce y guía el gran emperador Alifanfarón, señor de la grande isla Trapobana; este otro que a mis espaldas marcha, es el de su enemigo, el rey de los garamantas[1], Pentapolín del Arremangado Brazo[2], porque siempre entra en las batallas con el brazo derecho desnudo.

---

[1] *garamantas:* antiguos pueblos de África.
[2] Se trata, claro está, de una sarta de nombres burlescos.

–Pues ¿por qué se quieren tan mal estos dos señores? –preguntó Sancho.

–Quiérense mal –respondió don Quijote– porque este Alifanfarón es un foribundo pagano, y está enamorado de la hija de Pentapolín, que es una muy fermosa y además agraciada señora, y es cristiana, y su padre no se la quiere entregar al rey pagano si no deja primero la ley de su falso profeta Mahoma y se vuelve a la suya.

–¡Para mis barbas –dijo Sancho–, si no hace muy bien Pentapolín, y que le tengo que ayudar en cuanto pudiere!

–En eso harás lo que debes, Sancho –dijo don Quijote–; porque para entrar en batallas semejantes no se requiere ser armado caballero.

–Bien se me alcanza eso –respondió Sancho–; pero ¿dónde pondremos a este asno que estemos ciertos de hallarle después de pasada la refriega? Porque el entrar en ella en semejante caballería no creo que está en uso hasta agora.

–Así es verdad –dijo don Quijote–. Lo que puedes hacer dél es dejarle a sus aventuras, ora se pierda o no, porque serán tantos los caballos que tendremos después que salgamos vencedores, que aun corre peligro Rocinante no le trueque por otro. Pero estáme atento y mira, que te quiero dar cuenta de los caballeros más principales que en estos dos ejércitos vienen. Y para que mejor los veas y notes, retirémonos a aquel altillo que allí se hace, de donde se deben descubrir los dos ejércitos.

Hiciéronlo ansí, y pusiéronse sobre una loma, desde la cual se vieran bien las dos manadas que a don Quijote se le hicieron ejército, si las nubes del polvo que levantaban no les turbara y cegara la vista; pero, con todo esto, viendo en su imaginación lo que no veía ni había [...], fue nombrando muchos caballeros del uno y del otro escuadrón, que él se imaginaba, y a todos les dio sus armas, colores, empresas y motes[3], de improviso, llevado de la imaginación de su nunca vista locura [...].

Estaba Sancho Panza colgado de sus palabras, sin hablar ninguna, y de cuando en cuando volvía la cabeza a ver si veía los caballeros y gigantes que su amo nombraba; y como no descubría a ninguno, le dijo:

–Señor, encomiendo al diablo, hombre, ni gigante, ni caballero de cuantos vuestra merced dice, parece por todo esto[4]; a lo menos, yo no los veo; quizá todo debe ser encantamento, como las fantasmas de anoche[5].

_____

[3] *mote:* frase que llevaban en la empresa (leyenda, símbolo o figura) los antiguos caballeros.

[4] *parece por todo esto:* se ve por todo este campo.

[5] Se refiere al movido episodio en que participaron Maritornes, el arriero y el ventero, a quienes nuestros protagonistas tomaron por fantasmas.

–¿Cómo dices eso? –respondió don Quijote–. ¿No oyes el relinchar de los caballos, el tocar de los clarines, el ruido de los atambores?

–No oigo otra cosa –respondió Sancho– sino muchos balidos de ovejas y carneros.

Y así era la verdad, porque ya llegaban cerca los dos rebaños.

–El miedo que tienes –dijo don Quijote– te hace, Sancho, que ni veas ni oyas a derechas; porque uno de los efectos del miedo es turbar los sentidos y hacer que las cosas no parezcan lo que son; y si es que tanto temes, retírate a una parte y déjame solo; que solo basto a dar la victoria a la parte a quien yo diere mi ayuda.

Y diciendo esto, puso las espuelas a Rocinante, y, puesta la lanza en el ristre, bajó de la costezuela como un rayo. [...]

> [Don Quijote arremete contra los rebaños y es apedreado por los pastores. Más adelante encuentra un cuerpo muerto que se le antoja cosa de magia y ultratumba.]

CAPÍTULO XX

De la jamás vista ni oída aventura que con más poco peligro fue acabada de famoso caballero en el mundo, como la que acabó el valeroso don Quijote de la Mancha

–No es posible, señor mío, sino que estas yerbas dan testimonio de que por aquí cerca debe de estar alguna fuente o arroyo que estas yerbas humedece, y así, será bien que vamos[1] un poco más adelante; que ya toparemos donde podamos mitigar esta terrible sed que nos fatiga, que, sin duda, causa mayor pena que la hambre.

Parecióle bien el consejo a don Quijote, y tomando de la rienda a Rocinante, y Sancho del cabestro[2] a su asno, después de haber puesto sobre él los relieves[3] que de la cena quedaron, comenzaron a caminar por el prado arriba a tiento, porque la escuridad de la noche no les dejaba ver cosa alguna; mas no hubieron andado doscientos pasos, cuando llegó a sus oídos un grande ruido de agua, como que de algunos grandes y levantados riscos se despeñaba. Alegróles el ruido en gran manera, y parándose a escuchar hacia qué parte sonaba, oyeron a deshora otro es-

[1] *vamos:* vayamos.
[2] *cabestro:* ramal o cuerda que se ata al cuello de la caballería.
[3] *relieves:* restos, sobras.

truendo que les aguó el contento del agua, especialmente a Sancho, que naturalmente era medroso y de poco ánimo[4]. Digo que oyeron que daban unos golpes a compás, con un cierto crujir de hierros y cadenas, que, acompañados del furioso estruendo del agua, que[5] pusieran pavor a cualquier otro corazón que no fuera el de don Quijote.

Era la noche, como se ha dicho, escura, y ellos acertaron a entrar entre unos árboles altos, cuyas hojas, movidas del blando viento, hacían un temeroso y manso ruido; de manera que la soledad, el sitio, la escuridad, el ruido del agua con el susurro de las hojas, todo causaba horror y espanto, y más cuando vieron que ni los golpes cesaban, ni el viento dormía, ni la mañana llegaba; añadiéndose a todo esto el ignorar el lugar donde se hallaban. Pero don Quijote, acompañado de su intrépido corazón, saltó sobre Rocinante, y, embrazando su rodela[6], terció su lanzón y dijo:

–[...] Bien notas, escudero fiel y legal[7], las tinieblas desta noche, su extraño silencio, el sordo y confuso estruendo destos árboles, el temeroso ruido de aquella agua en cuya busca venimos, que parece que se despeña y derrumba desde los altos montes de la Luna[8], y aquel incesable golpear que nos hiere y lastima los oídos; las cuales cosas, todas juntas y cada una por sí, son bastantes a infundir miedo, temor y espanto en el pecho del mesmo Marte[9], cuanto más en aquel que no está acostumbrado a semejantes acontecimientos y aventuras. Pues todo esto que yo te pinto son incentivos y despertadores de mi ánimo, que ya hace que el corazón me reviente en el pecho, con el deseo que tiene de acometer esta aventura, por más dificultosa que se muestra. Así que aprieta un poco las cinchas a Rocinante, y quédate a Dios, y espérame aquí hasta tres días no más, en los cuales, si no volviere, puedes tú volverte a nuestra aldea, y desde allí, por hacerme merced y buena obra, irás al Toboso, donde dirás a la incomparable señora mía Dulcinea que su cautivo caballero murió por acometer cosas que le hiciesen digno de poder llamarse suyo.

Cuando Sancho oyó las palabras de su amo, comenzó a llorar con la mayor ternura del mundo, y a decille:

–Señor, yo no sé por qué quiere vuestra merced acometer esta tan temerosa aventura; ahora es de noche, aquí no nos ve nadie, bien podemos torcer el camino y desviarnos del peligro, aunque no bebamos

---

[4] A pesar de esta afirmación, son muchos los episodios que revelan que Sancho no es un cobarde.

[5] Sobra este segundo *que*.

[6] *rodela:* escudo redondo y delgado.

[7] *legal:* justo, ecuánime.

[8] Alusión al río Nilo, del que creían los antiguos que nacía en el monte de la Luna.

[9] *Marte:* dios romano de la guerra.

en tres días; y pues no hay quien nos vea, menos habrá quien nos note de cobardes; cuanto más que yo he oído predicar al cura de nuestro lugar, que vuestra merced bien conoce, que quien busca el peligro perece en él; así que no es bien tentar a Dios acometiendo tan desaforado hecho, donde no se puede escapar sino por milagro [...].

–[...] no se ha de decir por mí, ahora ni en ningún tiempo, que lágrimas y ruegos me apartaron de hacer lo que debía a estilo de caballero; y, así, te ruego, Sancho, que calles; que Dios, que me ha puesto en corazón de acometer ahora esta tan no vista y tan temerosa aventura, tendrá cuidado de mirar por mi salud y de consolar tu tristeza. Lo que has de hacer es apretar bien las cinchas a Rocinante, y quedarte aquí; que yo daré la vuelta presto, o vivo o muerto.

Viendo, pues, Sancho la última resolución de su amo, y cuán poco valían con él sus lágrimas, consejos y ruegos, determinó de aprovecharse de su industria, y hacerle esperar hasta el día, si pudiese; y así, cuando apretaba las cinchas al caballo, bonitamente y sin ser sentido, ató con el cabestro de su asno ambos pies a Rocinante, de manera que cuando don Quijote se quiso partir, no pudo, porque el caballo no se podía mover sino a saltos. Viendo Sancho Panza el buen suceso de su embuste, dijo:

–Ea, señor, que el cielo, conmovido de mis lágrimas y plegarias, ha ordenado que no se pueda mover Rocinante; y si vos queréis porfiar, y espolear, y dalle[10], será enojar a la Fortuna, y dar coces, como dicen, contra el aguijón[11].

Desesperábase con esto don Quijote, y, por más que ponía las piernas[12] al caballo, menos le podía mover; y, sin caer en la cuenta de la ligadura, tuvo por bien sosegarse y esperar, o a que amaneciese, o a que Rocinante se menease, creyendo, sin duda, que aquello venía de otra parte que de la industria de Sancho; y, así, le dijo:

–Pues así es, Sancho, que Rocinante no puede moverse, yo soy contento de esperar a que ría el alba, aunque yo llore lo que ella tardase en venir.

[...]

En esto, parece ser, o que el frío de la mañana, que ya venía, o que Sancho hubiese cenado algunas cosas lenitivas[13], o que fuese cosa natural –que es lo que más se debe creer–, a él le vino en voluntad y deseo de hacer lo que otro no pudiera hacer por él; mas era tanto el mie-

---

[10] *dalle:* darle, insistir.

[11] *dar coces contra el aguijón:* porfiar en balde.

[12] *ponía las piernas:* espoleaba.

[13] *lenitivas:* laxantes, que hacen evacuar el vientre.

do que había entrado en su corazón, que no osaba apartarse un negro de uña de su amo. Pues pensar de no hacer lo que tenía gana, tampoco era posible; y, así, lo que hizo, por bien de paz, fue soltar la mano derecha que tenía asida al arzón[14] trasero, con la cual, bonitamente y sin rumor alguno, se soltó la lazada corrediza con que los calzones se sostenían, sin ayuda de otra alguna, y, en quitándosela, dieron luego abajo, y se le quedaron como grillos[15]. Tras esto, se alzó la camisa lo mejor que pudo, y echó al aire entrambas posaderas, que no eran muy pequeñas. Hecho esto –que él pensó que era lo más que tenía que hacer para salir de aquel terrible aprieto y angustia–, le sobrevino otra mayor, que fue que le pareció que no podía mudarse[16] sin hacer estrépito y ruido, y comenzó a apretar los dientes y a encoger los hombros, recogiendo en sí el aliento todo cuanto podía; pero, con todas estas diligencias, fue tan desdichado, que, al cabo, vino a hacer un poco de ruido, bien diferente de aquel que a él le ponía tanto miedo. Oyólo don Quijote, y dijo:

–¿Qué rumor es ése, Sancho?

–No sé, señor –respondió él–. Alguna cosa nueva debe de ser; que las aventuras y desventuras nunca comienzan por poco.

Tornó otra vez a probar ventura, y sucedióle tan bien, que, sin más ruido ni alboroto que el pasado, se halló libre de la carga que tanta pesadumbre le había dado. Mas como don Quijote tenía el sentido del olfato tan vivo como el de los oídos, y Sancho estaba tan junto y cosido con él, que casi por línea recta subían los vapores hacia arriba, no se pudo excusar de que algunos no llegasen a sus narices; y apenas hubieron llegado, cuando él fue al socorro, apretándolas entre los dos dedos, y, con tono algo gangoso, dijo:

–Paréceme, Sancho, que tienes mucho miedo.

–Sí tengo –respondió Sancho–; mas, ¿en qué lo echa de ver vuestra merced ahora más que nunca?

–En que ahora más que nunca hueles, y no a ámbar –respondió don Quijote.

–Bien podrá ser –dijo Sancho–, mas yo no tengo la culpa, sino vuestra merced, que me trae a deshoras y por estos no acostumbrados pasos.

–Retírate tres o cuatro allá, amigo –dijo don Quijote, todo esto sin quitarse los dedos de las narices–, y desde aquí adelante ten más cuenta con tu persona y con lo que debes a la mía; que la mucha conversación que tengo contigo ha engendrado este menosprecio.

–Apostaré –replicó Sancho– que piensa vuestra merced que yo he hecho de mi persona[17] alguna cosa que no deba.

---

[14] *arzón:* parte del armazón de la silla de montar.
[15] *como grillos:* como grilletes, sujetándole los pies.
[16] *mudarse:* evacuar.
[17] Juega con la expresión *hacer de la persona* (evacuar, hacer del vientre).

–Peor es meneallo, amigo Sancho –respondió don Quijote.

En estos coloquios y otros semejantes pasaron la noche amo y mozo. Mas, viendo Sancho que a más andar se venía la mañana, con mucho tiento desligó a Rocinante y se ató los calzones. Como Rocinante se vio libre, aunque él de suyo no era nada brioso, parece que se resintió, y comenzó a dar manotadas; porque corvetas –con perdón suyo– no las sabía hacer. Viendo, pues, don Quijote que ya Rocinante se movía, lo tuvo a buena señal, y creyó que lo era de que acometiese aquella temerosa aventura. [...]

Seguíale Sancho a pie, llevando, como tenía de costumbre, del cabestro a su jumento, perpetuo compañero de sus prósperas y adversas fortunas; y habiendo andado una buena pieza por entre aquellos castaños y árboles sombríos, dieron en un pradecillo que al pie de unas altas peñas se hacía, de las cuales se precipitaba un grandísimo golpe de agua. Al pie de las peñas estaban unas casas mal hechas, que más parecían ruinas de edificios que casas, de entre las cuales advirtieron que salía el ruido y estruendo de aquel golpear, que aún no cesaba.

[...]

Otros cien pasos serían los que anduvieron, cuando, al doblar de una punta, pareció descubierta y patente la misma causa, sin que pudiese ser otra, de aquel horrísono y para ellos espantable ruido, que tan suspensos y medrosos toda la noche los había tenido. Y eran –si no lo has, ¡oh lector!, por pesadumbre y enojo– seis mazos de batán[18], que con sus alternativos golpes aquel estruendo formaban.

Cuando don Quijote vio lo que era, enmudeció y pasmóse de arriba abajo. Miróle Sancho, y vio que tenía la cabeza inclinada sobre el pecho, con muestras de estar corrido. Miró también don Quijote a Sancho, y violé que tenía los carrillos hinchados, y la boca llena de risa, con evidentes señales de querer reventar con ella, y no pudo su melancolía tanto con él, que a la vista de Sancho pudiese dejar de reírse; y como vio Sancho que su amo había comenzado, soltó la presa de tal manera, que tuvo necesidad de apretarse las ijadas con los puños, por no reventar riendo. Cuatro veces sosegó, y otras tantas volvió a su risa, con el mismo ímpetu que primero; de lo cual ya se daba al diablo don Quijote, y más cuando le oyó decir, como por modo de fisga[19]:

[18] *batán*: máquina con gruesos mazos de madera, que suben y bajan de forma alternativa, movidos por una rueda a impulsos de la corriente de agua; con ellos se golpean y aprietan los paños.

[19] *fisga*: burla.

–«Has de saber, ¡oh Sancho amigo!, que yo nací, por querer del cielo, en esta nuestra edad de hierro, para resucitar en ella la dorada, o de oro. Yo soy aquel para quien están guardados los peligros, las hazañas grandes, los valerosos fechos...»

Y por aquí fue repitiendo todas o las más razones que don Quijote dijo la vez primera que oyeron los temerosos golpes.

Viendo, pues, don Quijote que Sancho hacía burla dél, se corrió y enojó de tal manera, que alzó el lanzón y le asentó dos palos, tales, que si, como los recibió en las espaldas, los recibiera en la cabeza, quedara libre de pagarle el salario, si no fuera a sus herederos. Viendo Sancho que sacaba tan malas veras de sus burlas, con temor de que su amo no pasase adelante en ellas, con mucha humildad le dijo:

–Sosiéguese vuestra merced; que por Dios que me burlo[20].

–Pues, porque os burláis, no me burlo yo[21] –respondió don Quijote–. Venid acá, señor alegre: ¿Paréceos a vos que, si como éstos fueron mazos de batán, fueran otra peligrosa aventura, no había yo mostrado el ánimo que convenía para emprendella y acaballa? ¿Estoy yo obligado, a dicha, siendo, como soy, caballero, a conocer y destinguir los sones, y saber cuáles son de batán o no? Y más, que podría ser, como es verdad, que no los he visto en mi vida, como vos los habréis visto, como villano ruin que sois, criado y nacido entre ellos. Si no, haced vos que estos seis mazos se vuelvan en seis jayanes, y echádmelos a las barbas uno a uno, o todos juntos, y cuando yo no diere con todos patas arriba, haced de mí la burla que quisiéredes.

[...]

CAPÍTULO XXI

Que trata de la alta aventura y rica ganancia del yelmo de Mambrino, con otras cosas sucedidas a nuestro invencible caballero

En esto, comenzó a llover un poco, y quisiera Sancho que se entraan en el molino de los batanes; mas habíales cobrado tal aborreciniento don Quijote por la pesada burla, que en ninguna manera quiso

---

[20] *me burlo:* bromeo, hablo en broma.
[21] «Precisamente porque bromeas, no estoy yo para bromas.»

entrar dentro; y, así, torciendo el camino a la derecha mano, dieron en otro como el que habían llevado el día de antes.

De allí a poco, descubrió don Quijote un hombre a caballo, que traía en la cabeza una cosa que relumbraba como si fuera de oro, y aún él apenas le hubo visto, cuando se volvió a Sancho y le dijo:

–Paréceme, Sancho, que no hay refrán que no sea verdadero, por que todos son sentencias sacadas de la mesma experiencia, madre de las ciencias todas, especialmente aquel que dice: «Donde una puerta se cierra, otra se abre.» Dígolo, porque si anoche nos cerró la ventura la puerta de la que buscábamos[1], engañándonos con los batanes, ahora nos abre de par en par otra, para otra mejor y más cierta aventura, que si yo no acertare a entrar por ella, mía será la culpa, sin que la pueda dar a la poca noticia de batanes, ni a la escuridad de la noche. Digo es to porque, si no me engaño, hacia nosotros viene uno que trae en su cabeza puesto el yelmo de Mambrino[2] [...].

–Mire vuestra merced bien lo que dice, y mejor lo que hace –dijo Sancho–; que no querría que fuesen otros batanes que nos acabasen de abatanar y aporrear el sentido.

–¡Válate el diablo por hombre![3] –replicó don Quijote–. ¿Qué va de yelmo a batanes?

–No sé nada –respondió Sancho–; mas, a fe que si yo pudiera ha blar tanto como solía[4], que quizá diera tales razones, que vuestra mer ced viera que se engañaba en lo que dice.

–¿Cómo me puedo engañar en lo que digo, traidor escrupuloso? –dijo don Quijote–. Dime, ¿no ves aquel caballero que hacia nosotro viene, sobre un caballo rucio rodado[5], que trae puesto en la cabeza un yelmo de oro?

–Lo que yo veo y columbro –respondió Sancho– no es sino un hombre sobre un asno, pardo como el mío, que trae sobre la cabeza una cosa que relumbra.

–Pues ése es el yelmo de Mambrino –dijo don Quijote–. Apártate a una parte y déjame con él a solas; verás cuán sin hablar palabra, por ahorrar del tiempo, concluyo esta aventura, y queda por mío el yelmo que tanto he deseado.

---

[1] Se repite el mismo juego que comentábamos en la nota 15, cap. XVI.

[2] Se trata de un yelmo encantado que obtuvo Reinaldos de Montalbán.

[3] *¡Válate el diablo por hombre!:* ¡Vaya diablo de hombre!

[4] Después de la aventura de los batanes, don Quijote, enojado por las burlas de San cho, le mandó que no hablara tanto con él, pues era libertad impropia de un escudero

[5] *rucio rodado:* de color pardo claro, gris o blanco con manchas redondas má oscuras.

-Yo me tengo en cuidado el apartarme –replicó Sancho–; mas quiera Dios –tornó a decir– que orégano sea, y no batanes[6].

-Ya os he dicho, hermano, que no me mentéis, ni por pienso[7], más eso de los batanes –dijo don Quijote–; que voto..., y no digo más, que os batanee el alma[8].

Calló Sancho, con temor que su amo no cumpliese el voto[9] que le había echado, redondo como una bola[10].

Es, pues, el caso que el yelmo, y el caballo y caballero que don Quijote veía, era esto: que en aquel contorno había dos lugares, el uno tan pequeño, que ni tenía botica ni barbero, y el otro, que estaba junto, sí; y, así, el barbero del mayor servía al menor, en el cual tuvo necesidad un enfermo de sangrarse, y otro de hacerse la barba, para lo cual venía el barbero, y traía una bacía de azófar[11]; y quiso la suerte que, al tiempo que venía, comenzó a llover, y por que no se le manchase el sombrero, que debía de ser nuevo, se puso la bacía sobre la cabeza; y, como estaba limpia, desde media legua relumbraba. Venía sobre un asno pardo, como Sancho dijo, y ésta fue la ocasión que a don Quijote le pareció caballo rucio rodado, y caballero, y yelmo de oro; que todas las cosas que veía con mucha facilidad las acomodaba a sus desvariadas caballerías y malandantes pensamientos. Y cuando él vio que el pobre caballero llegaba cerca, sin ponerse con él en razones, a todo correr de Rocinante le enristró con el lanzón bajo, llevando intención de pasarle de parte a parte; mas cuando a él llegaba, sin detener la furia de su carrera, le dijo:

-¡Defiéndete, cautiva[12] criatura, o entriégame de tu voluntad lo que con tanta razón se me debe!

El barbero, que, tan sin pensarlo ni temerlo, vio venir aquella fantasma sobre sí, no tuvo otro remedio, para poder guardarse del golpe de la lanza, sino fue el dejarse caer del asno abajo; y no hubo tocado al suelo, cuando se levantó más ligero que un gamo, y comenzó a correr por aquel llano, que no le alcanzara el viento. Dejóse la bacía en el

---

[6] Alude a la frase proverbial «¡Quiera Dios que orégano sea, y no se nos vuelva alcaravea!»; esta última es una planta aromática menos apreciada que la primera.

[7] *ni por pienso:* ni en sueños, de ninguna manera.

[8] El juramento reprimido sería «¡Voto a Dios que os voy a batanear (golpear) el alma!».

[9] *con temor que su amo no cumpliese el voto:* con temor de que su amo cumpliese el voto.

[10] *redondo como una bola:* la amenaza era contundente.

[11] *bacía de azófar:* pieza cóncava de latón, con una escotadura semicircular en el borde, que se usaba para afeitar las barbas.

[12] *cautiva:* vil, miserable.

suelo, con la cual se contentó don Quijote, y dijo que el pagano[13] había andado discreto, y que había imitado al castor, el cual, viéndose acosado de los cazadores, se taraza y arpa con los dientes aquello por lo que él, por distinto natural, sabe que es perseguido[14]. Mandó a Sancho que alzase el yelmo, el cual, tomándola[15] en las manos, dijo:

–Por Dios que la bacía es buena, y que vale un real de a ocho como un maravedí[16].

Y dándosela a su amo, se la puso luego en la cabeza, rodeándola a una parte y a otra, buscándole el encaje; y como no se le hallaba, dijo:

–Sin duda que el pagano a cuya medida se forjó primero esta famosa celada, debía de tener grandísima cabeza; y lo peor dello es que le falta la mitad.

Cuando Sancho oyó llamar a la bacía celada, no pudo tener la risa; mas vínosele a las mientes la cólera de su amo, y calló en la mitad della.

–¿De qué te ríes, Sancho? –dijo don Quijote.

–Ríome –respondió él– de considerar la gran cabeza que tenía el pagano dueño deste almete[17], que no semeja sino una bacía de barbero pintiparada.

[...]

CAPÍTULO XXII

De la libertad que dio don Quijote a muchos desdichados que, mal de su grado, los llevaban donde no quisieran ir

Cuenta Cide Hamete Benengeli, autor arábigo y manchego, en esta gravísima, altisonante, mínima[1], dulce e imaginada historia, que, después que entre el famoso don Quijote de la Mancha y Sancho Panza,

---

[13] Mambrino, a quien Reinaldos mata y quita el yelmo, es un rey moro. Don Quijote identifica con él al barbero; por eso lo llama *pagano*.

[14] Se decía que el castor, cuando se ve perseguido por los cazadores, percibiendo por natural instinto (*distinto*) que lo que quieren de él es la sustancia con propiedades medicinales que segrega en los testículos, los destruye (*taraza y arpa:* corta con los dientes y rasga) para poder seguir con vida.

[15] *tomándola:* es un recurso gramatical puesto al servicio de la ironía: don Quijote pide a Sancho que coja el yelmo, y él *la* toma (la bacía) en sus manos.

[16] La bacía puede valer hasta ocho reales, como la moneda llamada *maravedí*.

[17] *almete:* pieza de la armadura que cubría la cabeza.

[1] *mínima:* minuciosa, que ofrece hasta los menores detalles.

Don Quijote y los galeotes,
en ilustración de Gustavo Doré.

su escudero, pasaron aquellas razones que en el fin del capítulo veinte y uno quedan referidas, que don Quijote alzó los ojos y vio que por
el camino que llevaba venían hasta doce hombres a pie, ensartados
como cuentas en una gran cadena de hierro, por los cuellos, y todos
con esposas a las manos. Venían ansimismo con ellos dos hombres de
a caballo y dos de a pie; los de a caballo, con escopetas de rueda[2], y
los de a pie, con dardos y espadas; y que así como Sancho Panza los
vido, dijo:

–Ésta es cadena de galeotes, gente forzada del rey, que va a las
galeras.

–¿Cómo gente forzada? –preguntó don Quijote–. ¿Es posible
que el rey haga fuerza a ninguna gente?

–No digo eso –respondió Sancho–, sino que es gente que por sus
delitos va condenada a servir al rey en las galeras, de por fuerza.

–En resolución –replicó don Quijote–, como quiera que ello
sea, esta gente, aunque los llevan, van de por fuerza, y no de su voluntad.

....

[2] *escopeta de rueda:* aquella en que produce una chispa la rueda que gira sobre un
pedernal, como en los modernos encendedores.

–Así es –dijo Sancho.

–Pues desa manera –dijo su amo–, aquí encaja la ejecución de mi oficio: desfacer fuerzas y socorrer y acudir a los miserables.

–Advierta vuestra merced –dijo Sancho– que la justicia, que es el mesmo rey, no hace fuerza ni agravio a semejante gente, sino que los castiga en pena de sus delitos.

Llegó, en esto, la cadena de los galeotes, y don Quijote, con muy corteses razones, pidió a los que iban en su guarda fuesen servidos de informalle y decille la causa o causas por que llevan aquella gente de aquella manera.

Una de las guardas[3] de a caballo respondió que eran galeotes, gente de Su Majestad, que iba a galeras, y que no había más que decir, ni él tenía más que saber.

–Con todo eso –replicó don Quijote–, querría saber de cada uno dellos en particular la causa de su desgracia.

Añadió a éstas otras tales y tan comedidas razones para moverlos a que le dijesen lo que deseaba, que la otra guarda de a caballo le dijo:

–Aunque llevamos aquí el registro y la fe de las sentencias de cada uno destos malaventurados, no es tiempo éste de detenerles a sacarlas ni a leellas; vuestra merced llegue y se lo pregunte a ellos mesmos, que ellos lo dirán si quisieren, que sí querrán, porque es gente que recibe gusto de hacer y decir bellaquerías.

Con esta licencia, que don Quijote se tomara aunque no se la dieran, se llegó a la cadena, y al primero le preguntó que por qué pecados iba de tan mala guisa. Él le respondió que por enamorado iba de aquella manera.

–¿Por eso no más? –replicó don Quijote–. Pues si por enamorados echan a galeras, días ha que pudiera yo estar bogando en ellas.

–No son los amores como los que vuestra merced piensa –dijo el galeote–; que los míos fueron que quise tanto a una canasta de colar, atestada de ropa blanca, que la abracé conmigo tan fuertemente, que, a no quitármela la justicia por la fuerza, aún hasta agora no la hubiera dejado de mi voluntad. Fue en fragante, no hubo lugar de tormento[4], concluyóse la causa, acomodáronme las espaldas con ciento[5], y por añadidura tres precisos de gurapas[6], y acabóse la obra.

....

[3] *guarda:* guardián; femenino en el lenguaje clásico.

[4] Lo cogieron *in fraganti* (en el momento de cometer el delito), por lo que no fue necesario aplicarle tormento para que confesara.

[5] *ciento:* cien azotes.

[6] *tres precisos de gurapas:* en lenguaje de germanía, 'tres años forzosos de galeras'.

–¿Qué son gurapas? –preguntó don Quijote.

–Gurapas son galeras –respondió el galeote.

El cual era un mozo de hasta edad de veinte y cuatro años, y dijo que era natural de Piedrahíta. Lo mesmo preguntó don Quijote al segundo, el cual no respondió palabra, según iba de triste y malencónico; mas respondió por él el primero, y dijo:

–Éste, señor, va por canario[7], digo, por músico y cantor.

–Pues ¿cómo? –repitió don Quijote–. ¿Por músicos y cantores van también a galeras?

–Sí, señor –respondió el galeote–; que no hay peor cosa que cantar en el ansia.

–Antes he yo oído decir –dijo don Quijote– que quien canta, sus males espanta.

–Acá es al revés –dijo el galeote–; que quien canta una vez, llora toda la vida.

–No lo entiendo –dijo don Quijote.

Mas una de las guardas le dijo:

–Señor caballero, cantar en el ansia se dice entre esta gente *non santa* confesar en el tormento. A este pecador le dieron tormento y confesó su delito, que era ser cuatrero, que es ser ladrón de bestias, y por haber confesado le condenaron por seis años a galeras, amén de doscientos azotes, que ya lleva en las espaldas; y va siempre pensativo y triste, porque los demás ladrones que allá quedan y aquí van le maltratan y aniquilan, y escarnecen, y tienen en poco, porque confesó y no tuvo ánimo de decir nones. Porque dicen ellos que tantas letras tiene un *no* como un *sí*, y que harta ventura tiene un delincuente, que está en su lengua su vida o su muerte, y no en la de los testigos y probanzas; y para mí tengo que no van muy fuera de camino.

–Y yo lo entiendo así –respondió don Quijote.

El cual, pasando al tercero, preguntó lo que a los otros, el cual, de presto y con mucho desenfado, respondió y dijo:

–Yo voy por cinco años a las señoras gurapas por faltarme diez ducados.

–Yo daré veinte de muy buena gana –dijo don Quijote– por libraros desa pesadumbre.

–Eso me parece –respondió el galeote– como quien tiene dineros en mitad del golfo[8] y se está muriendo de hambre, sin tener adonde comprar lo que ha menester. Dígolo porque si a su tiempo tuviera yo

---

[7] *canario:* el que canta, es decir, que confiesa su delito.

[8] *en mitad del golfo:* en alta mar.

esos veinte ducados que vuestra merced ahora me ofrece, hubiera untado con ellos la péndola del escribano[9] y avivado el ingenio del procurador, de manera que hoy me viera en mitad de la plaza de Zocodover, de Toledo, y no en este camino, atraillado[10] como galgo; pero Dios es grande: paciencia, y basta.

Pasó don Quijote al cuarto, que era un hombre de venerable rostro, con una barba blanca que le pasaba del pecho; el cual, oyéndose preguntar la causa por que allí venía, comenzó a llorar y no respondió palabra; mas el quinto condenado le sirvió de lengua[11], y dijo:

–Este hombre honrado va por cuatro años a galeras, habiendo paseado las acostumbradas vestido, en pompa y a caballo[12].

–Eso es –dijo Sancho Panza–, a lo que a mí me parece, haber salido a la vergüenza.

–Así es –replicó el galeote–; y la culpa por que le dieron esta pena es por haber sido corredor de oreja[13], y aun de todo el cuerpo. En efecto, quiero decir que este caballero va por alcahuete, y por tener asimesmo sus puntas y collar[14] de hechicero.

–A no haberle añadido esas puntas y collar –dijo don Quijote–, por solamente el alcahuete limpio no merecía él ir a bogar en las galeras, sino a mandallas y a ser general dellas. Porque no es así comoquiera el oficio de alcahuete; que es oficio de discretos y necesarísimo en la república bien ordenada, y que no le debía ejercer sino gente muy bien nacida; y aun había de haber veedor[15] y examinador de los tales, como le hay de los demás oficios, con número deputado[16] y conocido, como corredores de lonja, y desta manera se excusarían muchos males que se causan por andar este oficio y ejercicio entre gente idiota y de poco entendimiento [...].

Pasó adelante don Quijote, y preguntó a otro su delito, el cual respondió con no menos, sino con mucha más gallardía que el pasado:

–Yo voy aquí porque me burlé demasiadamente con dos primas hermanas mías, y con otras dos hermanas que no lo eran mías; final-

---

[9] Es decir, hubiera sobornado al escribano (*péndola:* pluma).

[10] *atraillado:* atado con una cuerda (*traílla*) como un perro.

[11] *lengua:* intérprete.

[12] Se refiere al acto por el que se sometía a los reos a la vergüenza pública, paseándolos por las calles (*las acostumbradas*), emplumados (se les untaba con miel la espalda desnuda y se les pegaba plumas de ave), seguidos de un gran acompañamiento (*en pompa*) y montados en un asno.

[13] *corredor de oreja:* el que sirve de intermediario en operaciones comerciales; en seguida veremos de qué se trata.

[14] *sus puntas y collar:* ribetes.

[15] *veedor:* inspector.

[16] *deputado:* señalado, establecido.

mente, tanto me burlé con todas, que resultó de la burla crecer la parentela tan intricadamente, que no hay diablo que la declare. [...]

Tras todos éstos, venía un hombre de muy buen parecer, de edad de treinta años, sino que al mirar metía el un ojo en el otro un poco. Venía diferentemente atado de los demás, porque traía una cadena al pie, tan grande, que se la liaba por todo el cuerpo, y dos argollas a la garganta, la una en la cadena, y la otra de las que llaman guardaamigo o pie de amigo[17], de la cual decendían dos hierros que llegaban a la cintura, en los cuales se asían dos esposas, donde llevaba las manos, cerradas con un grueso candado, de manera que ni con las manos podía llegar a la boca, ni podía bajar la cabeza a llegar a las manos. Preguntó don Quijote que cómo iba aquel hombre con tantas prisiones más que los otros. Respondióle la guarda porque tenía aquel solo más delitos que todos los otros juntos, y que era tan atrevido y tan grande bellaco, que, aunque le llevaban de aquella manera, no iban seguros dél, sino que temían que se les había de huir.

–¿Qué delitos puede tener –dijo don Quijote–, si no han merecido más pena que echalle a las galeras?

–Va por diez años –replicó la guarda–, que es como muerte cevil[18]. No se quiera saber más sino que este buen hombre es el famoso Ginés de Pasamonte, que por otro nombre llaman Ginesillo de Parapilla.

–Señor comisario –dijo entonces el galeote–, váyase poco a poco, y no andemos ahora a deslindar nombres y sobrenombres. Ginés me llamo y no Ginesillo, y Pasamonte es mi alcurnia y no Parapilla, como voacé[19] dice; y cada uno se dé una vuelta a la redonda[20], y no hará poco.

–Hable con menos tono –replicó el comisario–, señor, ladrón de más de la marca[21], si no quiere que le haga callar, mal que le pese.

–Bien parece –respondió el galeote– que va el hombre como Dios es servido; pero algún día sabrá alguno si me llamo Ginesillo de Parapilla o no.

–Pues ¿no te llaman ansí, embustero? –dijo la guarda.

–Sí llaman –respondió Ginés–; mas yo haré que no me lo llamen, o me las pelaría[22] donde yo digo entre mis dientes. Señor caballero, si

----

[17] *guardaamigo o pie de amigo:* horquilla que se ponía debajo de la barba a los condenados para que no pudieran ocultar el rostro.

[18] *muerte cevil* (civil)*:* estado en que una persona se veía privada de todos sus derechos, como si no existiera.

[19] *voacé:* contracción vulgar de *vuestra merced.*

[20] *se dé una vuelta a la redonda:* se examine a sí mismo (antes de censurar a los demás).

[21] *de más de la marca:* más de lo que es común.

[22] *me las pelaría:* me pelaría las barbas, como muestra de su enfado.

tiene algo que darnos, dénoslo ya, y vaya con Dios; que ya enfada con tanto querer saber vidas ajenas; y si la mía quiere saber, sepa que soy Ginés de Pasamonte, cuya vida está escrita por estos pulgares.

–Dice verdad –dijo el comisario–; que él mesmo ha escrito su historia, que no hay más, y deja empeñado el libro en la cárcel, en docientos reales.

–Y le pienso quitar[23] –dijo Ginés– si[24] quedara en docientos ducados.

–¿Tan bueno es? –dijo don Quijote.

–Es tan bueno –respondió Ginés–, que mal año para *Lazarillo de Tormes* y para todos cuantos de aquel género se han escrito o escribieren. Lo que le sé decir a voacé es que trata verdades, y que son verdades tan lindas y tan donosas, que no pueden haber mentiras que se le igualen.

–¿Y cómo se intitula el libro? –preguntó don Quijote.

–*La vida de Ginés de Pasamonte* –respondió él mismo.

–¿Y está acabado? –preguntó don Quijote.

–¿Cómo puede estar acabado –respondió él–, si aún no está acabada mi vida? Lo que está escrito es desde mi nacimiento hasta el punto que esta última vez me han echado en galeras.

–¿Luego otra vez habéis estado en ellas? –dijo don Quijote.

–Para servir a Dios y al rey, otra vez he estado cuatro años, y ya sé a qué sabe el bizcocho y el corbacho[25] –respondió Ginés–; y no me pesa mucho de ir a ellas, porque allí tendré lugar de acabar mi libro, que me quedan muchas cosas que decir, y en las galeras de España hay más sosiego de aquel que sería menester[26], aunque no es menester mucho más para lo que yo tengo de escribir, porque me lo sé de coro[27].

–Hábil pareces –dijo don Quijote.

–Y desdichado –respondió Ginés–; porque siempre las desdichas persiguen al buen ingenio.

–Persiguen a los bellacos –dijo el comisario.

–Ya le he dicho, señor comisario –respondió Pasamonte–, que se vaya poco a poco; que aquellos señores no le dieron esa vara para que maltratase a los pobretes que aquí vamos, sino para que nos guiase y llevase adonde Su Majestad manda. Si no, ¡por vida de... basta!, que po-

---

[23] *quitar:* desempeñar, recuperar pagando el dinero recibido.

[24] *si:* aunque.

[25] *bizcocho:* pan cocido dos veces para que se conservara durante la travesía; *corbacho:* látigo con que el cómitre o encargado de la vigilancia de los galeotes azotaba a éstos.

[26] Apunte satírico sobre la actuación de la flota española, poco operante y activa frente a sus enemigos.

[27] *de coro:* de memoria.

dría ser que saliesen algún día en la colada las manchas que se hicieron en la venta[28], y todo el mundo calle, y viva bien, y hable mejor, y caminemos; que ya es mucho regodeo éste.

Alzó la vara en alto el comisario para dar a Pasamonte en respuesta de sus amenazas; mas don Quijote se puso en medio, y le rogó que no le maltratase, pues no era mucho que quien llevaba tan atadas las manos tuviese algún tanto suelta la lengua. Y volviéndose a todos los de la cadena, dijo:

—De todo cuanto me habéis dicho, hermanos carísimos, he sacado en limpio que, aunque os han castigado por vuestras culpas, las penas que vais a padecer no os dan mucho gusto, y que vais a ellas muy de mala gana y muy contra vuestra voluntad; y que podría ser que el poco ánimo que aquél tuvo en el tormento, la falta de dinero déste, el poco favor del otro y, finalmente, el torcido juicio del juez, hubiese sido causa de vuestra perdición, y de no haber salido con la justicia que de vuestra parte teníades. Todo lo cual se me representa a mí ahora en la memoria, de manera que me está diciendo, persuadiendo y aun forzando, que muestre con vosotros el efeto para que el cielo me arrojó al mundo, y me hizo profesar en él la orden de caballería que profeso, y el voto que en ella hice de favorecer a los menesterosos y opresos de los mayores. Pero, porque sé que una de las partes de la prudencia es que lo que se puede hacer por bien no se haga por mal, quiero rogar a estos señores guardianes y comisario sean servidos de desataros y dejaros ir en paz, que no faltarán otros que sirvan al rey en mejores ocasiones; porque me parece duro caso hacer esclavos a los que Dios y naturaleza hizo libres. Cuanto más, señores guardas —añadió don Quijote—, que estos pobres no han cometido nada contra vosotros. Allá se lo haya cada uno con su pecado; Dios hay en el cielo, que no se descuida de castigar al malo, ni de premiar al bueno, y no es bien que los hombres honrados sean verdugos de los otros hombres, no yéndoles nada en ello. Pido esto con esta mansedumbre y sosiego, porque tenga, si lo cumplís, algo que agradeceros; y cuando de grado no lo hagáis, esta lanza y esta espada, con el valor de mi brazo, harán que lo hagáis por fuerza.

—¡Donosa majadería! —respondió el comisario—. ¡Bueno está el donaire con que ha salido a cabo de rato! ¡Los forzados del rey quiere que le dejemos, como si tuviéramos autoridad para soltarlos, o él la tuviera para mandárnoslo! Váyase vuestra merced, señor, norabuena su camino adelante, y enderécese ese bacín que trae en la cabeza, y no ande buscando tres pies al gato.

—¡Vois sois el gato, y el rato, y el bellaco! —respondió don Quijote.

---

[28] Parece aludir a alguna cosa ilegal que el comisario había hecho en cierta venta.

Y, diciendo y haciendo, arremetió con él tan presto, que, sin que tuviese lugar de ponerse en defensa, dio con él en el suelo, malherido de una lanzada; y avínole bien, que éste era el de la escopeta[29]. Las demás guardas quedaron atónitas y suspensas del no esperado acontecimiento; pero, volviendo sobre sí, pusieron mano a sus espadas los de a caballo, y los de a pie a sus dardos, y arremetieron a don Quijote, que con mucho sosiego los aguardaba; y sin duda lo pasara mal, si los galeotes, viendo la ocasión que se les ofrecía de alcanzar libertad, no la procuraran, procurando romper la cadena donde venían ensartados. Fue la revuelta de manera, que las guardas, ya por acudir a los galeotes, que se desataban, ya por acometer a don Quijote, que los acometía, no hicieron cosa que fuese de provecho.

Ayudó Sancho, por su parte, a la soltura de Ginés de Pasamonte, que fue el primero que saltó en la campaña libre y desembarazado, y, arremetiendo al comisario caído, le quitó la espada y la escopeta, con la cual, apuntando al uno y señalando al otro, sin disparalla jamás, no quedó guarda en todo el campo, porque se fueron huyendo, así de la escopeta de Pasamonte como de las muchas pedradas que los ya sueltos galeotes les tiraban.

Entristecióse mucho Sancho deste suceso, porque se le representó que los que iban huyendo habían de dar noticia del caso a la Santa Hermandad[30], la cual, a campana herida, saldría a buscar los delincuentes, y así se lo dijo a su amo, y le rogó que luego de allí se partiesen, y se emboscasen en la sierra, que estaba cerca.

–Bien está eso –dijo don Quijote–; pero yo sé lo que ahora conviene que se haga.

Y llamando a todos los galeotes, que andaban alborotados y habían despojado al comisario hasta dejarle en cueros, se le pusieron todos a la redonda para ver lo que les mandaba, y así les dijo:

–De gente bien nacida es agradecer los beneficios que reciben, y uno de los pecados que más a Dios ofende es la ingratitud. Dígolo porque ya habéis visto, señores, con manifiesta experiencia, el que de mí habéis recebido; en pago del cual querría, y es mi voluntad, que, cargados de esa cadena que quité de vuestros cuellos, luego os pongáis en camino y vais[31] a la ciudad del Toboso, y allí os presentéis ante la señora Dulcinea del Toboso, y le digáis que su caballero, el de la Triste

---

[29] Le vino bien dejarlo malherido porque era el que tenía la escopeta. Sin embargo, al principio del capítulo se nos ha dicho que eran dos los guardianes de a caballo que llevaban este tipo de arma, y no uno solo. Se trata de un pequeño descuido.

[30] La Santa Hermandad era un tribunal creado por los Reyes Católicos para castigar a quienes delinquían en los caminos. Cuando una cuadrilla perseguía a un malhechor, se tocaba a rebato (*a campana herida*).

[31] *vais*: vayáis.

Figura, se le envía a encomendar, y le contéis, punto por punto, todos los que ha tenido esta famosa aventura hasta poneros en la deseada libertad; y, hecho esto, podréis ir donde quisiéredes, a la buena ventura.

Respondió por todos Ginés de Pasamonte, y dijo:

—Lo que vuestra merced nos manda, señor y libertador nuestro, es imposible de toda imposibilidad cumplirlo, porque no podemos ir juntos por los caminos, sino solos y divididos, y cada uno por su parte, procurando meterse en las entrañas de la tierra, por no ser hallado de la Santa Hermandad, que, sin duda alguna, ha de salir en nuestra busca. Lo que vuestra merced puede hacer, y es justo que haga, es mudar ese servicio y montazgo[32] de la señora Dulcinea del Toboso en alguna cantidad de avemarías y credos, que nosotros diremos por la intención de vuestra merced, y ésta es cosa que se podrá cumplir de noche y de día, huyendo o reposando, en paz o en guerra; pero pensar que hemos de volver ahora a las ollas de Egipto[33], digo, a tomar nuestra cadena, y a ponernos en camino del Toboso, es pensar que es ahora de noche, que aún no son las diez del día, y es pedir a nosotros eso como pedir peras al olmo.

—Pues ¡voto a tal! —dijo don Quijote, ya puesto en cólera—, don hijo de la puta, don Ginesillo de Paropillo, o como os llamáis[34], que habéis de ir vos solo, rabo entre piernas, con toda la cadena a cuestas.

Pasamonte, que no era nada bien sufrido, estando ya enterado que don Quijote no era muy cuerdo, pues tal disparate había cometido como el de querer darles libertad, viéndose tratar de aquella manera, hizo del ojo a los compañeros, y apartándose aparte, comenzaron a llover tantas piedras sobre don Quijote, que no se daba manos a cubrirse con la rodela; y el pobre de Rocinante no hacía más caso de la espuela que si fuera hecho de bronce. Sancho se puso tras su asno, y con él se defendía de la nube y pedrisco que sobre entrambos llovía. No se pudo escudar tan bien don Quijote, que no le acertasen no sé cuántos guijarros en el cuerpo, con tanta fuerza, que dieron con él en el suelo; y apenas hubo caído, cuando fue sobre él el estudiante, y le quitó la bacía de la cabeza, y diole con ella tres o cuatro golpes en las espaldas y otros tantos en la tierra, con que la hizo pedazos. Quitáronle una ropilla que traía sobre las armas, y las medias calzas le querían quitar, si las grebas[35] no le estorbaran. A Sancho le quitaron el gabán, y, dejándole en pelota, repar-

---

[32] *montazgo:* contribución que se pagaba por el tránsito del ganado; aquí, en sentido metafórico.

[33] *volver a las ollas de Egipto:* volver a estar prisioneros como antes. Alude a un pasaje bíblico (*Números*, 11, 5) en que los israelitas, ante las dificultades de la marcha por el desierto, deseaban volver a la esclavitud de Egipto.

[34] *llamáis:* llaméis.

[35] *grebas:* piezas de la armadura que cubrían las piernas.

tiendo entre sí los demás despojos de la batalla, se fueron cada uno por su parte, con más cuidado de escaparse de la Hermandad que temían, que de cargarse de la cadena e ir a presentarse ante la señora Dulcinea del Toboso.

Solos quedaron jumento y Rocinante, Sancho y don Quijote; el jumento, cabizbajo y pensativo, sacudiendo de cuando en cuando las orejas, pensando que aún no había cesado la borrasca de las piedras, que le perseguían los oídos; Rocinante, tendido junto a su amo, que también vino al suelo de otra pedrada; Sancho, en pelota y temeroso de la Santa Hermandad; don Quijote, mohinísimo[36] de verse tan malparado por los mismos a quien tanto bien había hecho.

[Se adentran en Sierra Morena.]

CAPÍTULO XXV

Que trata de las extrañas cosas que en Sierra Morena sucedieron al valiente caballero de la Mancha, y de la imitación que hizo a la penitencia de Beltenebros[1]

Despidióse del cabrero[2] don Quijote, y, subiendo otra vez sobre Rocinante, mandó a Sancho que le siguiese, el cual lo hizo, con su jumento, de muy mala gana. Íbanse poco a poco entrando en lo más áspero de la montaña [...].

—En efecto —dijo Sancho—, ¿qué es lo que vuestra merced quiere hacer en este tan remoto lugar?

—¿Ya no te he dicho —respondió don Quijote— que quiero imitar a Amadís, haciendo aquí del desesperado, del sandio[3] y del furioso, por imitar juntamente al valiente don Roldán[4], cuando halló en una fuente las señales de que Angélica la Bella había cometido vileza con Medoro, de cuya pesadumbre se volvió loco, y arrancó los árboles, enturbió las aguas de las claras fuentes, mató pastores, destruyó ganados, abrasó chozas, derribó casas, arrastró yeguas y hizo otras cien mil insolen-

---

[36] *mohinísimo:* superlativo de *mohíno,* triste y enfadado.

[1] Amadís, bajo el nombre de Beltenebros, había hecho penitencia en la Peña Pobre; desde entonces pasó a ser un motivo tópico del género caballeresco.

[2] Se habían encontrado con él al llegar a aquellos parajes.

[3] *sandio:* necio, simple.

[4] *Roldán:* protagonista del *Orlando furioso* de Ariosto, que se volvió loco por los desdenes de Angélica.

cias[5], dignas de eterno nombre y escritura? Y, puesto que yo no pienso imitar a Roldán, o Orlando, o Rotolando (que todos estos tres nombres tenía), parte por parte en todas las locuras que hizo, dijo y pensó, haré el bosquejo, como mejor pudiere, en las que me pareciere ser más esenciales. Y podrá ser que viniese a contentarme con sola la imitación de Amadís, que sin hacer locuras de daño, sino de lloros y sentimientos, alcanzó tanta fama como el que más.

–Paréceme a mí –dijo Sancho– que los caballeros que lo tal ficieron fueron provocados y tuvieron causa para hacer esas necedades y penitencias; pero vuestra merced, ¿qué causa tiene para volverse loco? ¿Qué dama le ha desdeñado, o qué señales ha hallado que le den a entender que la señora Dulcinea del Toboso ha hecho alguna niñería con moro o cristiano?

–Ahí está el punto –respondió don Quijote–, y ésa es la fineza de mi negocio; que volverse loco un caballero andante con causa, ni grado ni gracias[6]; el toque está desatinar sin ocasión y dar a entender a mi dama que, si en seco hago esto, ¿qué hiciera en mojado? [...] Y digo que de aquí a tres días te partirás, porque quiero que en este tiempo veas lo que por ella hago y digo, para que se lo digas.

–Pues ¿qué más tengo que ver –dijo Sancho– que lo que he visto?

–¡Bien estás en el cuento![7] –respondió don Quijote–. Ahora me falta rasgar las vestiduras, esparcir las armas, y darme de calabazadas por estas peñas, con otras cosas deste jaez, que te han de admirar.

–Por amor de Dios –dijo Sancho–, que mire vuestra merced cómo se da esas calabazadas; que a tal peña podrá llegar, y en tal punto que con la primera se acabase la máquina[8] desta penitencia; y sería yo de parecer que, ya que a vuestra merced le parece que son aquí necesarias calabazadas y que no se puede hacer obra sin ellas, se contentase, pues todo esto es fingido y cosa contrahecha y de burla, se contentase, digo, con dárselas en el agua, o en alguna cosa blanda, como algodón; y déjeme a mí el cargo, que yo diré a mi señora que vuestra merced se las daba en una punta de peña, más dura que la de un diamante.

[...]

–[...] Y en lo que toca a la carta de amores[9], pondrás por firma: «Vuestro hasta la muerte, el Caballero de la Triste Figura.» Y hará poco

---

[5] *insolencias*: cosas insólitas, raras; locuras.

[6] *ni grado ni gracias*: lo que se hace porque no queda otra elección (*con causa*), no de *grado* (libremente), no merece las *gracias*.

[7] *estar en el cuento*: estar bien informado; aquí, ¡pues sí que te has enterado!

[8] *máquina*: aquí, proyecto de pura imaginación.

[9] Don Quijote quiere mandar una carta a Dulcinea a través de su escudero. Como no tiene papel, la escribe en un libro de memoria (donde se anota lo que se desea recordar) que ha encontrado. Sancho deberá hacerla copiar cuando encuentre a alguien capacitado para ello.

al caso que vaya de mano ajena, porque, a lo que yo me sé acordar, Dulcinea no sabe escribir ni leer, y en toda su vida ha visto letra mía ni carta mía, porque mis amores y los suyos han sido siempre platónicos, sin extenderse a más que a un honesto mirar. Y aun esto tan de cuando en cuando, que osaré jurar con verdad que en doce años que ha que la quiero más que a la lumbre destos ojos que han de comer la tierra, no la he visto cuatro veces; y aun podrá ser que destas cuatro veces no hubiese ella echado de ver la una[10] que la miraba; tal es el recato y encerramiento con que su padre, Lorenzo Corchuelo, y su madre, Aldonza Nogales, la han criado.

–¡Ta, ta! –dijo Sancho–. ¿Que la hija de Lorenzo Corchuelo es la señora Dulcinea del Toboso, llamada por otro nombre Aldonza Lorenzo?

–Ésa es –dijo don Quijote–, y es la que merece ser señora de todo el universo.

–Bien la conozco –dijo Sancho–, y sé decir que tira tan bien una barra como el más forzudo zagal de todo el pueblo. ¡Vive el Dador[11], que es moza de chapa, hecha y derecha y de pelo en pecho, y que puede sacar la barba del lodo a cualquier caballero andante, o por andar, que la tuviere por señora![12] ¡Oh hideputa, qué rejo[13] que tiene, y qué voz! Sé decir que se puso un día encima del campanario del aldea a llamar a unos zagales suyos que andaban en un barbecho de su padre, y aunque estaban de allí más de media legua, así la oyeron como si estuvieran al pie de la torre. Y lo mejor que tiene es que no es nada melindrosa, porque tiene mucho de cortesana[14]: con todos se burla y de todo hace mueca y donaire. [...]

Sacó el libro de memoria[15] don Quijote, y, apartándose a una parte, con mucho sosiego comenzó a escribir la carta, y en acabándola, llamó a Sancho y le dijo que se la quería leer, porque la tomase de memoria, si acaso se le perdiese por el camino, porque de su desdicha todo se podía temer. A lo cual respondió Sancho:

–Escríbala vuestra merced dos o tres veces ahí en el libro, y démele, que yo le llevaré bien guardado; porque pensar que yo la he de tomar en la memoria es disparate, que la tengo tan mala, que muchas veces se me olvida cómo me llamo. Pero, con todo eso, dígamela vuestra merced, que me holgaré mucho de oílla, que debe de ir como de molde.

---

[10] *la una:* (ni siquiera) una de esas veces.

[11] *el Dador:* Dios.

[12] Sancho insiste en la apariencia robusta y poco femenina de Aldonza Lorenzo, que es una moza de valor (*de chapa*) y que puede sacar a cualquiera de un apuro (*sacar la barba del lodo*).

[13] *rejo:* fuerza.

[14] *cortesana:* aquí, en el sentido de 'desenvuelta', 'algo desvergonzada'.

[15] *libro de memoria:* ver nota 9 de este capítulo.

–Escucha, que así dice –dijo don Quijote:

CARTA DE DON QUIJOTE A DULCINEA DEL TOBOSO

Soberana y alta señora:

El ferido de punta de ausencia y el llagado de las telas del corazón, dulcísima Dulcinea del Toboso, te envía la salud que él no tiene. Si tu fermosura me desprecia, si tu valor no es en mi pro, si tus desdenes son en mi afincamiento[16], maguer que yo sea asaz de sufrido[17], mal podré sostenerme en esta cuita, que, además de ser fuerte, es muy duradera. Mi buen escudero Sancho te dará entera relación, ¡oh bella ingrata, amada enemiga mía!, del modo que por tu causa quedo. Si gustares de acorrerme[18], tuyo soy; y si no, haz lo que te viniere en gusto, que con acabar mi vida habré satisfecho a tu crueldad y a mi deseo.

Tuyo hasta la muerte,

EL CABALLERO DE LA TRISTE FIGURA

–Por vida de mi padre –dijo Sancho en oyendo la carta–, que es la más alta cosa que jamás he oído. ¡Pesia[19] a mí, y cómo que le dice vuestra merced ahí todo cuanto quiere, y qué bien que encaja en la firma *El Caballero de la Triste Figura!* Digo de verdad que es vuestra merced el mesmo diablo, y que no hay cosa que no sepa.

–Todo es menester –respondió don Quijote– para el oficio que trayo.

[...]

Y desnudándose con toda la priesa los calzones, quedó en carnes y en pañales, y luego, sin más ni más, dio dos zapatetas en el aire y dos tumbas[20] la cabeza abajo y los pies en alto, descubriendo cosas que, por no verlas otra vez, volvió Sancho la rienda a Rocinante, y se dio por contento y satisfecho de que podía jurar que su amo quedaba loco. Y, así, le dejaremos ir su camino, hasta la vuelta, que fue breve.

....

[16] *afincamiento:* aflicción, pena.

[17] *maguer que yo sea asaz de sufrido:* aunque yo sea bastante sufrido; don Quijote imita el estilo de las cartas amorosas que aparecen en los libros de caballerías.

[18] *acorrerme:* socorrerme.

[19] *Pesia:* interjección que manifiesta disgusto o enfado; es contracción de *pese a.*

[20] *zapatetas:* golpes con los pies, brincando; *tumbas:* volteretas en el aire.

CAPÍTULO XXVI

Donde se prosiguen las finezas que de enamorado hizo don Quijote en Sierra Morena

[Don Quijote sigue con sus locuras, y Sancho se dirige al Toboso.]

Esta necesidad le forzó a que llegase junto a la venta, todavía dudoso si entraría o no[1]; y estando en esto, salieron de la venta dos personas que luego le conocieron. Y dijo el uno al otro:

–Dígame, señor licenciado, aquel del caballo ¿no es Sancho Panza el que dijo el ama de nuestro aventurero que había salido con su señor por escudero?

–Sí es –dijo el licenciado–; y aquél es el caballo de nuestro don Quijote.

Y conociéronle tan bien, como aquellos que eran[2] el cura y el barbero de su mismo lugar, y los que hicieron el escrutinio y acta general de los libros. Los cuales, así como acabaron de conocer a Sancho Panza y Rocinante, deseosos de saber de don Quijote, se fueron a él, y el cura le llamó por su nombre, diciéndole:

–Amigo Sancho Panza, ¿adónde queda vuestro amo?

Conociólos luego Sancho Panza, y determinó de encubrir el lugar y la suerte donde y como su amo quedaba; y, así, les respondió que su amo quedaba ocupado en cierta parte y en cierta cosa que le era de mucha importancia, la cual él no podía descubrir, por los ojos que en la cara tenía.

–No, no –dijo el barbero–, Sancho Panza; si vos no nos decís dónde queda, imaginaremos, como ya imaginamos, que vos le habéis muerto y robado, pues venís encima de su caballo. Es verdad que nos habéis de dar el dueño del rocín, o sobre eso, morena[3].

–No hay para qué conmigo amenazas, que yo no soy hombre que robo ni mato a nadie: a cada uno mate su ventura, o Dios, que le hizo.

---

[1] No quería volver a entrar en la venta donde había sido manteado; pero, como estaba hambriento, no tenía más remedio.

[2] *como aquellos que eran:* como que aquellos eran.

[3] *sobre eso, morena:* expresión amenazante.

Mi amo queda haciendo penitencia en la mitad desta montaña, muy a su sabor.

Y luego, de corrida y sin parar, les contó de la suerte que quedaba, las aventuras que le habían sucedido, y cómo llevaba la carta a la señora Dulcinea del Toboso, que era la hija de Lorenzo Corchuelo, de quien estaba enamorado hasta los hígados.

Quedaron admirados los dos de lo que Sancho Panza les contaba; y aunque ya sabían la locura de don Quijote y el género della, siempre que la oían se admiraban de nuevo. Pidiéronle a Sancho Panza que les enseñase la carta que llevaba a la señora Dulcinea del Toboso. Él dijo que iba escrita en un libro de memoria, y que era orden de su señor que la hiciese trasladar en papel en el primer lugar que llegase; a lo cual le dijo el cura que se la mostrase, que él la trasladaría de muy buena letra. Metió la mano en el seno Sancho Panza, buscando el librillo, pero no le halló, ni le podía hallar si le buscara hasta agora, porque se había quedado don Quijote con él, y no se le había dado, ni a él se le acordó de pedírsele.

[...]

[...] Después, habiendo bien pensado entre los dos el modo que tendrían para conseguir lo que deseaban[4], vino el cura en un pensamiento muy acomodado al gusto de don Quijote, y para lo que ellos querían; y fue que dijo al barbero que lo que había pensado era que él se vestiría en hábito de doncella andante, y que él procurase ponerse lo mejor que pudiese como escudero, y que así irían adonde don Quijote estaba, fingiendo ser ella una doncella afligida y menesterosa, y le pediría un don, el cual él no podría dejársele de otorgar, como valeroso caballero andante. Y que el don que le pensaba pedir era que se viniese con ella donde ella le llevase, a desfacelle un agravio que un mal caballero le tenía fecho; y que le suplicaba, ansimesmo, que no la mandase quitar su antifaz, ni la demandase cosa de su facienda[5], fasta que la hubiese fecho derecho de aquel mal caballero[6]; y que creyese, sin duda, que don Quijote vendría en todo cuanto le pidiese por este término, y que desta manera le sacarían de allí, y le llevarían a su lugar, donde procurarían ver si tenía algún remedio su extraña locura.

[...]

---

[4] Lo que el cura y el barbero deseaban era llevar de vuelta a don Quijote a su aldea, cosa en la que éste no consentía.

[5] *facienda:* hacienda, aquí en el sentido de negocio, asunto.

[6] El cura, para ponerse en situación, imita el lenguaje arcaizante de los libros de caballerías.

CAPÍTULO XXIX

Que trata del gracioso artificio y orden que se tuvo en sacar a nuestro enamorado de la asperísima penitencia en que se había puesto

[El plan del cura experimenta un pequeño cambio, pues va a ser Dorotea, una joven que han encontrado por el camino, quien encarne el papel de doncella menesterosa.]

Tres cuartos de legua habrían andado, cuando descubrieron a don Quijote entre unas intricadas peñas, ya vestido, aunque no armado, y así como Dorotea le vio y fue informada de Sancho que aquél era don Quijote, dio del azote a su palafrén[1], siguiéndole el bien barbado barbero[2]. Y en llegando junto a él, el escudero se arrojó de la mula y fue a tomar en los brazos a Dorotea, la cual, apeándose con grande desenvoltura, se fue a hincar de rodillas ante las de don Quijote; y aunque él pugnaba por levantarla, ella, sin levantarse, le fabló en esta guisa:

–De aquí no me levantaré, ¡oh valeroso y esforzado caballero!, fasta que la vuestra bondad y cortesía me otorgue un don, el cual redundará en honra y prez[3] de vuestra persona y en pro de la más desconsolada y agraviada doncella que el sol ha visto. Y si es que el valor de vuestro fuerte brazo corresponde a la voz de vuestra inmortal fama, obligado estáis a favorecer a la sin ventura que de tan lueñes[4] tierras viene, al olor de vuestro famoso nombre, buscándoos para remedio de sus desdichas.

–No os responderé palabra, fermosa señora –respondió don Quijote–, ni oiré más cosa de vuestra facienda, fasta que os levantéis de tierra.

–No me levantaré, señor –respondió la afligida doncella–, si primero por la vuestra cortesía no me es otorgado el don que pido.

–Yo vos le otorgo y concedo –respondió don Quijote–, como no se haya de cumplir en daño o mengua de mi rey, de mi patria y de aquella que de mi corazón y libertad tiene la llave.

[1] *palafrén:* caballería mansa que solían montar las damas.
[2] *barbado barbero:* en su papel de escudero, el barbero va disfrazado con una barba para no ser reconocido por don Quijote.
[3] *prez:* fama.
[4] *lueñes:* lejanas. Es un arcaísmo; todo el discurso de Dorotea está plagado de ellos.

–No será en daño ni en mengua de lo que decís, mi buen señor –respondió la dolorosa doncella.

Y estando en esto, se llegó Sancho Panza al oído de su señor y muy pasito le dijo:

–Bien puede vuestra merced, señor, concederle el don que pide, que no es cosa de nada: sólo es matar a un gigante, y ésta que lo pide es la alta princesa Micomicona, reina del gran reino Micomicón de Etiopía.

–Sea quien fuere –respondió don Quijote–, que yo haré lo que soy obligado y lo que me dicta mi conciencia, conforme a lo que profesado tengo.

Y volviéndose a la doncella, dijo:

–La vuestra gran fermosura se levante, que yo le otorgo el don que pedirme quisiere.

–Pues el que pido es –dijo la doncella– que la vuestra magnánima persona se venga luego conmigo donde yo le llevaré y me prometa que no se ha de entremeter en otra aventura ni demanda alguna hasta darme venganza de un traidor que, contra todo derecho divino y humano, me tiene usurpado mi reino.

–Digo que así lo otorgo –respondió don Quijote–, y así podéis, señora, desde hoy más, desechar la malenconía que os fatiga y hacer que cobre nuevos bríos y fuerzas vuestra desmayada esperanza; que, con el ayuda de Dios y la de mi brazo, vos os veréis presto restituida en vuestro reino y sentada en la silla de vuestro antiguo y grande estado, a pesar y a despecho de los follones[5] que contradecirlo quisieren. Y manos a labor; que en la tardanza dicen que suele estar el peligro.

La menesterosa doncella pugnó con mucha porfía por besarle las manos; mas don Quijote, que en todo era comedido y cortés caballero, jamás lo consintió; antes la hizo levantar y la abrazó con mucha cortesía y comedimiento; y mandó a Sancho que requiriese[6] las cinchas a Rocinante y le armase luego al punto. Sancho descolgó las armas, que, como trofeo, de un árbol estaban pendientes, y, requiriendo las cinchas, en un punto armó a su señor; el cual, viéndose armado, dijo:

–Vamos de aquí, en el nombre de Dios, a favorecer esta gran señora.

[...]

---

[5] *follones:* ruines, cobardes, viles.

[6] *requiriese:* buscase.

CAPÍTULO XXX

Que trata de la discreción de la hermosa Dorotea, con otras cosas de mucho gusto y pasatiempo

[Don Quijote y Sancho discuten porque aquél no acepta por esposa a Dorotea. Dice luego el caballero:]

–Echemos, Panza amigo, pelillos a la mar en esto de nuestras pendencias, y dime ahora, sin tener cuenta con enojo ni rencor alguno: ¿Dónde, cómo y cuándo hallaste a Dulcinea? ¿Qué hacía? ¿Qué le dijiste? ¿Qué te respondió? ¿Qué rostro hizo cuando leía mi carta? ¿Quién te la trasladó? Y todo aquello que vieres que en este caso es digno de saberse, de preguntarse y satisfacerse, sin que añadas o mientas por darme gusto, ni menos te acortes por no quitármele.

–Señor –respondió Sancho–, si va a decir la verdad, la carta no me la trasladó nadie, porque yo no llevé carta alguna.

–Así es como tú dices –dijo don Quijote–; porque el librillo de memoria donde yo la escribí le hallé en mi poder a cabo de dos días de tu partida, lo cual me causó grandísima pena, por no saber lo que habías tú de hacer cuando te vieses sin carta, y creí siempre que te volvieras desde el lugar donde la echaras menos.

–Así fuera –respondió Sancho–, si no la hubiera yo tomado en la memoria cuando vuestra merced me la leyó, de manera que se la dije a un sacristán, que me la trasladó del entendimiento tan punto por punto, que dijo que en todos los días de su vida, aunque había leído muchas cartas de descomunión, no había visto ni leído tan linda carta como aquella.

–Y ¿tiénesla todavía en la memoria, Sancho? –dijo don Quijote.

–No, señor –respondió Sancho–, porque después que la di[1], como vi que no había de ser de más provecho, di en olvidalla; y si algo se me acuerda, es aquello del *sobajada,* digo, del *soberana señora,* y lo último: *Vuestro hasta la muerte, el Caballero de la Triste Figura.* Y en medio destas dos cosas le puse más de trecientas almas, y vidas, y ojos míos.

---

[1] *di:* dije.

CAPÍTULO XXXI

De los sabrosos razonamientos que pasaron entre don Quijote y Sancho Panza su escudero, con otros sucesos

—Todo eso no me descontenta; prosigue adelante –dijo don Quijote–. Llegaste, ¿y qué hacía aquella reina de la hermosura? A buen seguro que la hallaste ensartando perlas, o bordando alguna empresa[1] con oro de cañutillo para este su cautivo caballero.

—No la hallé –respondió Sancho– sino ahechando dos hanegas de trigo[2] en un corral de su casa.

—Pues haz cuenta –dijo don Quijote– que los granos de aquel trigo eran granos de perlas, tocados de sus manos. Y si miraste, amigo, el trigo ¿era candeal o trechel?

—No era sino rubión[3] –respondió Sancho.

*Dulcinea del Toboso,
en un dibujo del pintor y
grabador francés Célestin Nanteuil.*

[1] *empresa:* leyenda o divisa que alude a las hazañas de un héroe.

[2] *ahechando dos hanegas de trigo:* cribando dos fanegas (medida de capacidad que en Castilla equivale a 55 litros y medio) de trigo.

[3] El trigo candeal y el trechel son de mejor calidad que el rubión, que da un pan más oscuro.

–Pues yo te aseguro –dijo don Quijote- que, ahechado por sus manos, hizo pan candeal, sin duda alguna. Pero pasa adelante: cuando le diste mi carta, ¿besóla? ¿Púsosela sobre la cabeza[4]? ¿Hizo alguna ceremonia digna de tal carta, o qué hizo?

–Cuando yo se la iba a dar –respondió Sancho-, ella estaba en la fuga del[5] meneo de una buena parte de trigo que tenía en la criba, y díjome: «Poned, amigo, esa carta sobre aquel costal; que no puedo leer hasta que acabe de acribar todo lo que aquí está.»

–¡Discreta señora! –dijo don Quijote-. Eso debió de ser por leerla despacio y recrearse con ella. Adelante, Sancho. Y en tanto que estaba en su menester, ¿qué coloquios pasó contigo? ¿Qué te preguntó de mí? Y tú, ¿qué le respondiste? Acaba, cuéntamelo todo; no se te quede en el tintero una mínima[6].

–Ella no me preguntó nada –dijo Sancho-; mas yo le dije de la manera que vuestra merced, por su servicio, quedaba haciendo penitencia, desnudo de la cintura arriba, metido entre estas sierras como si fuera salvaje, durmiendo en el suelo, sin comer pan a manteles ni sin peinarse la barba, llorando y maldiciendo su fortuna.

–En decir que maldecía mi fortuna dijiste mal –dijo don Quijote-; porque antes la bendigo y bendeciré todos los días de mi vida, por haberme hecho digno de merecer amar tan alta señora como Dulcinea del Toboso.

–Tan alta es –respondió Sancho-, que a buena fe que me lleva a mí más de un coto[7].

–Pues ¿cómo, Sancho? –dijo don Quijote-. ¿Haste medido tú con ella?

–Medíme en esta manera –le respondió Sancho-: que llegándole a ayudar a poner un costal de trigo sobre un jumento, llegamos tan juntos, que eché de ver que me llevaba más de un gran palmo.

–Pues ¡es verdad –replicó don Quijote- que no acompaña esa grandeza y la adorna con mil millones de gracias del alma[8]! Pero no me negarás, Sancho, una cosa: cuando llegaste junto a ella, ¿no sentiste un olor sabeo[9], una fragancia aromática, y un no sé qué de bueno, que yo

---

[4] En señal de respeto.

[5] *estaba en la fuga de:* estaba en plena actividad de.

[6] *no se te quede en el tintero una mínima:* no dejes de contarme ni el menor detalle (*mínima* es una figura musical que vale la mitad de la semibreve).

[7] *coto:* medida que se establece con los cuatro dedos de la mano cerrada y estirando el pulgar. Sancho insiste, una vez más, en el aspecto varonil de Aldonza.

[8] En sentido irónico, para ponderar la cualidad que se niega.

[9] *sabeo:* de Saba, antigua región de Arabia famosa por sus perfumes.

no acierto a dalle nombre? Digo, ¿un tuho o tufo como si estuvieras en la tienda de algún curioso guantero[10]?

–Lo que sé decir –dijo Sancho– es que sentí un olorcillo algo hombruno; y debía de ser que ella, con el mucho ejercicio, estaba sudada y algo correosa.

–No sería eso –respondió don Quijote–; sino que tú debías de estar romadizado[11], o te debiste de oler a ti mismo; porque yo sé bien a lo que huele aquella rosa entre espinas, aquel lirio del campo, aquel ámbar desleído.

–Todo puede ser –respondió Sancho–; que muchas veces sale de mí aquel olor que entonces me pareció que salía de su merced de la señora Dulcinea; pero no hay de qué maravillarse, que un diablo parece a otro.

[Llegan a la venta. El cura lee a los que en ella se encuentran la *Novela del curioso impertinente*.]

Capítulo XXXV

Donde se da fin a la novela del Curioso impertinente

Poco más quedaba por leer de la novela, cuando del caramanchón[1] donde reposaba don Quijote salió Sancho Panza todo alborotado, diciendo a voces:

–Acudid, señores, presto y socorred a mi señor, que anda envuelto en la más reñida y trabada batalla que mis ojos han visto. ¡Vive Dios, que ha dado una cuchillada al gigante enemigo de la señora princesa Micomicona, que le ha tajado la cabeza cercen a cercen[2], como si fuera un nabo!

–¿Qué dices, hermano? –dijo el cura, dejando de leer lo que de la novela quedaba–. ¿Estáis en vos, Sancho? ¿Cómo diablos puede ser eso que decís, estando el gigante dos mil leguas de aquí?

En esto, oyeron un gran ruido en el aposento, y que don Quijote decía a voces:

---

[10] Los guantes se perfumaban con sustancias aromáticas como el ámbar.

[11] *romadizado*: acatarrado.

[1] *caramanchón*: camaranchón, desván.

[2] *cercen a cercen*: enteramente, en redondo; en el lenguaje clásico, *cercen* es palabra llana (hoy, *cercén*).

–¡Tente, ladrón, malandrín, follón, que aquí te tengo, y no te ha de valer tu cimitarra[3]!

Y parecía que daba grandes cuchilladas por las paredes. Y dijo Sancho:

–No tienen que pararse a escuchar, sino entren a despartir la pelea[4], o a ayudar a mi amo; aunque ya no será menester, porque, sin duda alguna, el gigante está ya muerto, y dando cuenta a Dios de su pasada y mala vida; que yo vi correr la sangre por el suelo, y la cabeza cortada y caída a un lado, que es tamaña[5] como un gran cuero de vino.

–Que me maten –dijo a esta sazón el ventero– si don Quijote, o don diablo, no ha dado alguna cuchillada en alguno de los cueros de vino tinto que a su cabecera estaban llenos, y el vino derramado debe de ser lo que le parece sangre a este buen hombre.

Y, con esto, entró en el aposento, y todos tras él, y hallaron a don Quijote en el más extraño traje del mundo. Estaba en camisa, la cual no era tan cumplida, que por delante le acabase de cubrir los muslos, y por detrás tenía seis dedos menos; las piernas eran muy largas y flacas, llenas de vello y no nada limpias; tenía en la cabeza un bonetillo[6] colorado, grasiento, que era del ventero; en el brazo izquierdo tenía revuelta la manta de la cama con quien tenía ojeriza Sancho, y él se sabía bien el porqué[7], y en la derecha, desenvainada la espada, con la cual daba cuchilladas a todas partes, diciendo palabras como si verdaderamente estuviera peleando con algún gigante. Y es lo bueno que no tenía los ojos abiertos, porque estaba durmiendo y soñando que estaba en batalla con el gigante; que fue tan intensa la imaginación de la aventura que iba a fenecer[8], que le hizo soñar que ya había llegado al reino de Micomicón, y que ya estaba en la pelea con su enemigo. Y había dado tantas cuchilladas en los cueros, creyendo que las daba en el gigante, que todo el aposento estaba lleno de vino. Lo cual visto por el ventero, tomó tanto enojo, que arremetió con don Quijote, y a puño cerrado le comenzó a dar tantos golpes, que si Cardenio[9] y el cura no se lo quitaran, él acabara la guerra del gigante; y, con todo aquello, no despertaba el pobre caballero, hasta que el barbero trujo un gran caldero de agua fría del pozo y

---

[3] *cimitarra:* especie de sable usado por turcos y persas. Don Quijote parte de la idea tópica de que el gigante es un infiel.

[4] *despartir la pelea:* poner paz entre los que riñen.

[5] *tamaña:* tan grande.

[6] *bonetillo:* gorro de dormir.

[7] Sancho tenía ojeriza, antipatía, a la manta porque lo habían manteado con ella.

[8] *fenecer:* llevar a cabo, realizar.

[9] Personaje al que han encontrado en Sierra Morena, que protagoniza, junto con Dorotea, una de las historias secundarias de la primera parte del *Quijote*.

se lo echó por todo el cuerpo de golpe, con lo cual despertó don Quijote; mas no con tanto acuerdo, que echase de ver de la manera que estaba.

Dorotea, que vio cuán corta y sotilmente estaba vestido, no quiso entrar a ver la batalla de su ayudador y de su contrario.

Andaba Sancho buscando la cabeza del gigante por todo el suelo, y como no la hallaba, dijo:

–Ya yo sé que todo lo desta casa es encantamento; que la otra vez, en este mesmo lugar donde ahora me hallo, me dieron muchos mojicones y porrazos, sin saber quién me los daba, y nunca pude ver a nadie[10]; y ahora no aparece por aquí esta cabeza que vi cortar con mis mismísimos ojos, y la sangre corría por el cuerpo como de una fuente.

–¿Qué sangre ni qué fuente dices, enemigo de Dios y de sus santos? –dijo el ventero–. ¿No ves, ladrón, que la sangre y la fuente no es otra cosa que estos cueros que aquí están horadados y el vino tinto que nada en este aposento, que nadando vea yo el alma, en los infiernos, de quien los horadó?

–No sé nada –respondió Sancho–: sólo sé que vendré a ser tan desdichado, que, por no hallar esta cabeza, se me ha de deshacer mi condado como la sal en el agua.

Y estaba peor Sancho despierto que su amo durmiendo: tal le tenían las promesas que su amo le había hecho.

[...]

Capítulo XLIII

Donde se cuenta la agradable historia del mozo de mulas[1], con otros extraños acaecimientos en la venta sucedidos

[...]

Sosegáronse con esto, y en toda la venta se guardaba un grande silencio; solamente no dormían la hija de la ventera y Maritornes, su criada, las cuales, como ya sabían el humor de que pecaba don Quijote, y

---

[10] Se refiere a la escena nocturna del cap. XVI, recordada en varias ocasiones.

[1] Este personaje es un caballero enamorado que, bajo el disfraz de mozo de mulas, va tras su dama, que ahora se aloja en la venta.

que estaba fuera de la ventana armado y a caballo haciendo la guarda[2], determinaron las dos de hacelle alguna burla, o, a lo menos, de pasar un poco el tiempo oyéndole sus disparates.

Es, pues, el caso, que en toda la venta no había ventana que saliese al campo, sino un agujero de un pajar, por donde echaban la paja por defuera. A este agujero se pusieron las dos semidoncellas[3], y vieron que don Quijote estaba a caballo, recostado sobre su lanzón, dando de cuando en cuando tan dolientes y profundos suspiros, que parecía que con cada uno se le arrancaba el alma. Y asimesmo oyeron que decía con voz blanda, regalada y amorosa:

–¡Oh mi señora Dulcinea del Toboso, extremo de toda hermosura, fin y remate de la discreción, archivo del mejor donaire, depósito de la honestidad, y, ultimadamente, idea de todo lo provechoso, honesto y deleitable que hay en el mundo! Y ¿qué fará agora la tu merced? ¿Si tendrás por ventura las mientes en tu cautivo caballero, que a tantos peligros, por sólo servirte, de su voluntad ha querido ponerse? Dame tú nuevas della, ¡oh luminaria de las tres caras[4]! Quizá con envidia de la suya la estás ahora mirando, que, o paseándose por alguna galería de sus suntuosos palacios, o ya puesta de pechos sobre algún balcón, está considerando cómo, salva su honestidad y grandeza, ha de amansar la tormenta que por ella este mi cuitado corazón padece, qué gloria ha de dar a mis penas, qué sosiego a mi cuidado y, finalmente, qué vida a mi muerte y qué premio a mis servicios. Y tú, sol, que ya debes de estar apriesa ensillando tus caballos, por madrugar y salir a ver a mi señora, así como la veas, suplícote que de mi parte la saludes; pero guárdate que al verla y saludarla no le des paz[5] en el rostro; que tendré más celos de ti que tú los tuviste de aquella ligera ingrata que tanto te hizo sudar y correr por los llanos de Tesalia, o por las riberas de Peneo, que no me acuerdo bien por dónde corriste entonces celoso y enamorado[6].

A este punto llegaba entonces don Quijote en su tan lastimero razonamiento, cuando la hija de la ventera le comenzó a cecear[7] y a decirle:

---

[2] Don Quijote había prometido hacer guardia para proteger a los moradores de la venta-castillo.

[3] Quizá lo de *semidoncellas* se refiere maliciosamente al conjunto de la pareja, formada por una doncella (la hija del ventero) y otra que no lo es (Maritornes).

[4] *luminaria de las tres caras:* se dirige a la luna, que puede ser llena, creciente y menguante.

[5] *dar paz:* besar en señal de amistad.

[6] Alusión al mito de Dafne perseguida por Apolo (el Sol). Tesalia estaba regada por el río Peneo; así pues, los dos lugares que cita don Quijote son uno solo.

[7] *cecear:* llamar a alguien diciendo «¡Ce, ce!».

–Señor mío, lléguese acá la vuestra merced, si es servido.

A cuyas señas y voz volvió don Quijote la cabeza, y vio, a la luz de la luna, que entonces estaba en toda su claridad, cómo le llamaban del agujero que a él le pareció la ventana, y aun con rejas doradas, como conviene que las tengan tan ricos castillos como él se imaginaba que era aquella venta; y luego en el instante se le representó en su loca imaginación que otra vez, como la pasada, la doncella fermosa, hija de la señora de aquel castillo, vencida de su amor, tornaba a solicitarle; y con este pensamiento, por no mostrarse descortés y desagradecido, volvió las riendas a Rocinante y se llegó al agujero, y así como vio a las dos mozas, dijo:

–Lástima os tengo, fermosa señora, de que hayades puesto vuestras amorosas mientes en parte donde no es posible corresponderos conforme merece vuestro gran valor y gentileza; de lo que no debéis dar culpa a este miserable andante caballero, a quien tiene amor imposibilitado de poder entregar su voluntad a otra que aquella que, en el punto que sus ojos la vieron, la hizo señora absoluta de su alma. Perdonadme, buena señora, y recojeos en vuestro aposento, y no queráis, con significarme más vuestros deseos, que yo me muestre más desagradecido; y si del amor que me tenéis halláis en mí otra cosa con que satisfaceros que el mismo amor no sea, pedídmela; que yo os juro por aquella ausente enemiga dulce mía de dárosla encontinente[8], si bien me pidiésedes una guedeja de los cabellos de Medusa, que eran todos culebras, o ya los mesmos rayos del sol, encerrados en una redoma.

–No ha menester nada deso mi señora, señor caballero –dijo a este punto Maritornes.

–Pues ¿qué ha menester, discreta dueña[9], vuestra señora? –respondió don Quijote.

–Sola una de vuestras hermosas manos –dijo Maritornes–, por poder deshogar con ella el gran deseo que a este agujero le ha traído, tan a peligro de su honor, que si su señor padre la hubiera sentido, la menor[10] tajada della fuera la oreja.

–¡Ya quisiera yo ver eso! –respondió don Quijote–. Pero él se guardará bien deso, si ya no quiere hacer el más desastrado fin[11] que padre hizo en el mundo, por haber puesto las manos en los delicados miembros de su enamorada hija.

....

[8] *encontinente:* del latín *in continenti,* al instante.

[9] *dueña:* señora de respeto que llevaba la casa y acompañaba a las damas.

[10] *la menor tajada:* seguramente quiere decir *la mayor.*

[11] *hacer el más desastrado fin:* tener el peor final.

Parecióle a Maritornes que sin duda don Quijote daría la mano que le habían pedido, y, proponiendo en su pensamiento lo que había de hacer, se bajó del agujero y se fue a la caballeriza, donde tomó el cabestro del jumento de Sancho Panza, y con mucha presteza se volvió a su agujero, a tiempo que don Quijote se había puesto de pies sobre la silla de Rocinante, por alcanzar la ventana enrejada donde se imaginaba estar la ferida doncella; y al darle la mano, dijo:

–Tomad, señora, esa mano, o, por mejor decir, ese verdugo de los malhechores del mundo; tomad esa mano, digo, a quien no ha tocado otra de mujer alguna, ni aun la de aquella que tiene entera posesión de todo mi cuerpo. No os la doy para que la beséis, sino para que miréis la contextura de sus nervios, la trabazón de sus músculos, la anchura y espaciosidad de sus venas; de donde sacaréis qué tal debe de ser la fuerza del brazo que tal mano tiene.

–Ahora lo veremos –dijo Maritornes.

Y haciendo una lazada corrediza al cabestro, se la echó a la muñeca, y bajándose del agujero, ató lo que quedaba al cerrojo de la puerta del pajar, muy fuertemente. Don Quijote, que sintió la aspereza del cordel en su muñeca, dijo:

–Más parece que vuestra merced me ralla que no que me regala la mano; no la tratéis tan mal, pues ella no tiene la culpa del mal que mi voluntad os hace, ni es bien que en tan poca parte venguéis el todo de vuestro enojo. Mirad que quien quiere bien no se venga tan mal.

Pero todas estas razones de don Quijote ya no las escuchaba nadie, porque, así como Maritornes le ató, ella y la otra se fueron, muertas de risa, y le dejaron asido de manera que fue imposible soltarse.

Estaba, pues, como se ha dicho, de pies sobre Rocinante, metido todo el brazo por el agujero, y atado de la muñeca, y al cerrojo de la puerta, con grandísimo temor y cuidado, que si Rocinante se desviaba a un cabo o a otro, había de quedar colgado del brazo; y así, no osaba hacer movimiento alguno, puesto que de la paciencia y quietud de Rocinante bien se podía esperar que estaría sin moverse un siglo entero.

En resolución, viéndose don Quijote atado, y que ya las damas se habían ido, se dio a imaginar que todo aquello se hacía por vía de encantamento, como la vez pasada, cuando en aquel mesmo castillo le molió aquel moro encantado del arriero; y maldecía entre sí su poca discreción y discurso, pues habiendo salido tan mal la vez primera de aquel castillo, se había aventurado a entrar en él la segunda, siendo advertimiento de caballeros andantes que cuando han probado una aventura y no salido bien con ella, es señal que no está para ellos guardada, sino para otros; y, así, no tienen necesidad de probarla segunda vez. Con todo esto, tiraba de su brazo, por ver si podía soltarse; mas él estaba tan bien asido, que todas sus pruebas fueron en vano. Bien es verdad que tiraba con tiento, porque Rocinante no se moviese; y aunque él quisiera sentarse y ponerse en la silla, no podía sino estar en pie, o arrancarse la mano.

Allí fue el desear de la espada de Amadís, contra quien no tenía fuerza encantamento alguno; allí fue el maldecir de su fortuna; allí fue el exagerar la falta que haría en el mundo su presencia el tiempo que allí estuviese encantado, que sin duda alguna se había creído que lo estaba; allí el acordarse de nuevo de su querida Dulcinea del Toboso; allí fue el llamar a su buen escudero Sancho Panza, que, sepultado en sueño y tendido sobre el albarda de su jumento, no se acordaba en aquel instante de la madre que lo había parido; allí llamó a los sabios Lirgandeo y Alquife, que le ayudasen; allí invocó a su buena amiga Urganda, que le socorriese, y, finalmente, allí le tomó la mañana, tan desesperado y confuso, que bramaba, como un toro; porque no esperaba él que con el día se remediaría su cuita, porque la tenía por eterna, teniéndose por encantado. Y hacíale creer esto ver que Rocinante poco ni mucho se movía, y creía que de aquella suerte, sin comer ni beber ni dormir, habían de estar él y su caballo, hasta que aquel mal influjo de las estrellas se pasase, o hasta que otro más sabio encantador le desencantase.

Pero engañóse mucho en su creencia, porque apenas comenzó a amanecer, cuando llegaron a la venta cuatro hombres de a caballo, muy bien puestos y aderezados, con sus escopetas sobre los arzones. Llamaron a la puerta de la venta, que aún estaba cerrada, con grandes golpes; lo cual, visto por don Quijote desde donde aún no dejaba de hacer la centinela, con voz arrogante y alta dijo:

–Caballeros, o escuderos, o quienquiera que seáis: no tenéis para qué llamar a las puertas deste castillo; que asaz claro está que a tales horas, o los que están dentro duermen, o no tienen por costumbre de abrirse las fortalezas hasta que el sol esté tendido por todo el suelo. Desviaos afuera, y esperad que aclare el día, y entonces veremos si será justo o no que os abran.

–¿Qué diablos de fortaleza o castillo es éste –dijo uno–, para obligarnos a guardar esas ceremonias? Si sois el ventero, mandad que nos abran; que somos caminantes que no queremos más de dar cebada a nuestras cabalgaduras y pasar adelante, porque vamos de priesa.

–¿Paréceos, caballeros, que tengo yo talle de ventero? –respondió don Quijote.

–No sé de qué tenéis talle –respondió el otro–; pero sé que decís disparates en llamar castillo a esta venta.

–Castillo es –replicó don Quijote–, y aun de los mejores de toda esta provincia; y gente tiene dentro que ha tenido cetro en la mano y corona en la cabeza.

–Mejor fuera al revés –dijo el caminante–: el cetro en la cabeza y la corona en la mano[12]. Y será, si a mano viene, que debe de estar dentro alguna compañía de representantes[13], de los cuales es tener a menudo esas coronas y cetros que decís; porque en una venta tan pequeña, y adonde se guarda tanto silencio como ésta, no creo yo que se alojan personas dignas de corona y cetro.

–Sabéis poco del mundo –replicó don Quijote–, pues ignoráis los casos que suelen acontecer en la caballería andante.

Cansábanse los compañeros que con el preguntante venían del coloquio que con don Quijote pasaba, y así, tornaron a llamar con grande furia; y fue de modo que el ventero despertó, y aun todos cuantos en la venta estaban, y así, se levantó a preguntar quién llamaba. Sucedió en este tiempo que una de las cabalgaduras en que venían los cuatro que llamaban se llegó a oler a Rocinante, que, melancólico y triste, con las orejas caídas, sostenía sin moverse a su estirado señor; y como, en fin, era de carne, aunque parecía de leño, no pudo dejar de resentirse y tornar a oler a quien le llegaba a hacer caricias; y así, no se hubo movido tanto cuanto[14], cuando se desviaron los juntos pies de

«...cuando se desviaron los juntos pies de don Quijote, y, resbalando de la silla, dieran con él en el suelo, a no quedar colgado del brazo.» Dibujo de Charles Antoine Coypel.

[12] Se trata de un retruécano que no es fácil explicar; quizá quiera decir que lo que se puede encontrar en esa venta no son reyes sino delincuentes, que merecen tener el palo (*cetro*) en la cabeza y las esposas o ligaduras (*corona*) en las manos.

[13] *representantes:* cómicos, actores.

[14] *tanto cuanto:* un poco.

don Quijote, y, resbalando de la silla, dieran con él en el suelo, a no quedar colgado del brazo; cosa que le causó tanto dolor, que creyó, o que la muñeca le cortaban, o que el brazo se le arrancaba; porque él quedó tan cerca del suelo, que con los extremos de las puntas de los pies besaba la tierra, que era en su perjuicio, porque, como sentía lo poco que le faltaba para poner las plantas en la tierra, fatigábase y estirábase cuanto podía por alcanzar al suelo, bien así como los que están en el tormento de la garrucha[15], puestos a toca, no toca[16], que ellos mesmos son causa de acrecentar su dolor, con el ahínco que ponen en estirarse, engañados de la esperanza que se les representa, que con poco más que se estiren llegarán al suelo.

Capítulo XLIV

Donde se prosiguen los inauditos sucesos de la venta

En efeto, fueron tantas las voces que don Quijote dio, que, abriendo de presto las puertas de la venta, salió el ventero, despavorido, a ver quién tales gritos daba, y los que estaban fuera hicieron lo mesmo. Maritornes, que ya había despertado a las mismas voces, imaginando lo que podía ser, se fue al pajar y desató, sin que nadie lo viese, el cabestro que a don Quijote sostenía, y él dio luego en el suelo, a vista del ventero y de los caminantes, que, llegándose a él, le preguntaron qué tenía, que tales voces daba. Él, sin responder palabra, se quitó el cordón de la muñeca, y levantándose en pie, subió sobre Rocinante, embrazó su adarga, enristró su lanzón, y tomando buena parte del campo, volvió a medio galope, diciendo:

–Cualquiera que dijere que yo he sido con justo título encantado, como mi señora la princesa Micomicona me dé licencia para ello, yo le desmiento, le rieto[1] y desafío a singular batalla.

Admirados se quedaron los nuevos caminantes de las palabras de don Quijote; pero el ventero les quitó de aquella admiración, diciéndoles que era don Quijote, y que no había que hacer caso dél, porque estaba fuera de juicio.

[...]

---

[15] *tormento de la garrucha*: consistía en estirar las muñecas del condenado con una soga sujeta a una polea (*garrucha*).
[16] *puestos a toca, no toca*: tan cerca de algo que parece que van a tocarlo.
[1] *rieto*: reto.

[...] El demonio, que no duerme, ordenó que en aquel mesmo punto entró en la venta el barbero a quien don Quijote quitó el yelmo de Mambrino y Sancho Panza los aparejos del asno, que trocó con los del suyo; el cual barbero, llevando su jumento a la caballeriza, vio a Sancho Panza que estaba aderezando no sé qué de la albarda, y así como la vio la conoció, y se atrevió a arremeter a Sancho diciendo:

–¡Ah don ladrón, que aquí os tengo! ¡Venga mi bacía y mi albarda, con todos mis aparejos que me robastes!

Sancho, que se vio acometer tan de improviso y oyó los vituperios que le decían, con la una mano asió de la albarda, y con la otra dio un mojicón al barbero, que le bañó los dientes en sangre; pero no por eso dejó el barbero la presa que tenía hecha en el albarda; antes alzó la voz de tal manera, que todos los de la venta acudieron al ruido y pendencia, y decía:

–¡Aquí del rey y de la justicia; que sobre cobrar mi hacienda[2], me quiere matar este ladrón, salteador de caminos!

–Mentís –respondió Sancho–; que yo no soy salteador de caminos; que en buena guerra ganó mi señor don Quijote estos despojos.

Ya estaba don Quijote delante, con mucho contento de ver cuán bien se defendía y ofendía su escudero, y túvole desde allí adelante por hombre de pro, y propuso en su corazón de armalle caballero en la primera ocasión que se le ofreciese, por parecerle que sería en él bien empleada la orden de la caballería. Entre otras cosas que el barbero decía en el discurso de la pendencia, vino a decir:

–Señores, así esta albarda es mía como la muerte que debo a Dios, y así la conozco como si la hubiera parido; y ahí está mi asno en el establo, que no me dejará mentir; si no, pruébensela, y si no le viniere pintiparada, yo quedaré por infame. Y hay más: que el mismo día que ella se me quitó, me quitaron también una bacía de azófar nueva, que no se había estrenado, que era señora de un escudo[3].

Aquí no se pudo contener don Quijote sin responder, y poniéndose entre los dos y apartándoles, depositando la albarda en el suelo, que la tuviese de manifiesto hasta que la verdad se aclarase, dijo:

–¡Porque vean vuestras mercedes clara y manifiestamente el error en que está este buen escudero, pues llama bacía a lo que fue, es y será yelmo de Mambrino, el cual se le quité yo en buena guerra, y me hice señor dél con ligítima y lícita posesión! En lo del albarda no me entremeto; que lo que en ello sabré decir es que mi escudero Sancho me pidió licencia para quitar los jaeces del caballo deste vencido cobarde, y con ellos adornar el suyo; yo se la di, y él los tomó, y de haberse convertido de jaez

---

[2] *sobre cobrar mi hacienda:* además de quitarme mis propiedades.
[3] *era señora de un escudo:* valía un escudo.

en albarda, no sabré dar otra razón si no es la ordinaria: que como esas transformaciones[4] se ven en los sucesos de la caballería; para confirmación de lo cual corre, Sancho hijo, y saca aquí el yelmo que este buen hombre dice ser bacía.

–¡Pardiez, señor –dijo Sancho–, si no tenemos otra prueba de nuestra intención que la que vuestra merced dice, tan bacía es el yelmo de Malino como el jaez deste buen hombre albarda!

–Haz lo que te mando –replicó don Quijote–; que no todas las cosas deste castillo han de ser guiadas por encantamento.

Sancho fue a do estaba la bacía y la trujo; y así como don Quijote la vio, la tomó en las manos y dijo:

–Miren vuestras mercedes con qué cara podía decir este escudero que ésta es bacía, y no el yelmo que yo he dicho; y juro por la orden de caballería que profeso que este yelmo fue el mismo que yo quité, sin haber añadido en él ni quitado cosa alguna.

–En eso no hay duda –dijo a esta sazón Sancho–; porque desde que mi señor le ganó hasta agora no ha hecho con él más de una batalla, cuando libró a los sin ventura encadenados; y si no fuera por este baciyelmo[5], no lo pasara entonces muy bien, porque hubo asaz de pedradas en aquel trance.

CAPÍTULO XLV

Donde se acaba de averiguar la duda del yelmo de Mambrino y de la albarda y otras aventuras sucedidas, con toda verdad

–¿Qué les parece a vuestras mercedes, señores –dijo el barbero–, de lo que afirman estos gentiles hombres, pues aún porfían que ésta no es bacía, sino yelmo?

–Y quien lo contrario dijere –dijo don Quijote–, le haré yo conocer que miente, si fuere caballero, y si escudero, que remiente mil veces.

Nuestro barbero, que a todo estaba presente, como tenía tan bien conocido el humor de don Quijote, quiso esforzar su desatino y llevar

---

[4] *como esas transformaciones:* transformaciones como ésas.

[5] Sancho tira por el camino de en medio y lo llama *baciyelmo* para no descontentar a nadie.

adelante la burla para que todos riesen, y dijo, hablando con el otro barbero:

–Señor caballero, o quien sois, sabed que yo también soy de vuestro oficio, y tengo más ha de veinte años carta de examen[1], y conozco muy bien de todos los instrumentos de la barbería, sin que le falte uno; y ni más ni menos fui un tiempo en mi mocedad soldado, y sé también qué es el yelmo, y qué es morrión, y celada de encaje, y otras cosas tocantes a la milicia, digo, a los géneros de armas de los soldados; y digo, salvo mejor parecer, remitiéndome siempre al mejor entendimiento, que esta pieza que está aquí delante y que este buen señor tiene en las manos, no sólo no es bacía de barbero, pero está tan lejos de serlo como está lejos lo blanco de lo negro y la verdad de la mentira; también digo que éste, aunque es yelmo, no es yelmo entero.

–No, por cierto –dijo don Quijote–, porque le falta la mitad, que es la babera.

–Así es –dijo el cura, que ya había entendido la intención de su amigo el barbero.

[Todos los asistentes corroboran esta afirmación.]

–¡Válame Dios! –dijo a esta sazón el barbero burlado–. ¿Que es posible que tanta gente honrada diga que ésta no es bacía, sino yelmo? Cosa parece ésta que puede poner en admiración a toda una universidad, por discreta que sea. Basta: si es que esta bacía es yelmo, también debe de ser esta albarda jaez de caballo, como este señor ha dicho.

–A mí albarda me parece –dijo don Quijote–; pero ya he dicho que en esto no me entremeto.

–De que sea albarda o jaez –dijo el cura– no está en más de decirlo el señor don Quijote; que en estas cosas de la caballería todos estos señores y yo le damos la ventaja.

–Por Dios, señores míos –dijo don Quijote–, que son tantas y tan extrañas las cosas que en este castillo, en dos veces que en él he alojado, me han sucedido, que no me atreva a decir afirmativamente ninguna cosa de lo que acerca de lo que en él se contiene se preguntare, porque imagino que cuanto en él se trata va por vía de encantamento. La primera vez me fatigó mucho un moro encantado que en él hay, y a Sancho no le fue muy bien con otros secuaces; y anoche estuve colgado deste brazo casi dos horas, sin saber cómo ni cómo no vine a caer en aquella desgracia. Así que, ponerme yo agora en cosa de tanta

---

[1] *carta de examen:* título que acreditaba la capacitación para un oficio.

confusión a dar mi parecer, será caer en juicio temerario. En lo que toca a lo que dicen que ésta es bacía, y no yelmo, ya yo tengo respondido; pero en lo de declarar si ésta es albarda o jaez, no me atrevo a dar sentencia definitiva: sólo lo dejo al buen parecer de vuestras mercedes. Quizá por no ser armados caballeros como yo lo soy, no tendrán que ver con vuestras mercedes los encantamentos deste lugar, y tendrán los entendimientos libres, y podrán juzgar de las cosas deste castillo como ellas son real y verdaderamente, y no como a mí me parecían.

> [Los cuadrilleros de la Santa Hermandad intentan detener a don Quijote, pero el cura los convence de que está loco y lo dejan ir. Para poder llevar al hidalgo a su aldea, el cura y el barbero lo encierran en una jaula sobre una carreta de bueyes, haciéndole creer que está encantado.]

CAPÍTULO XLVII

Del extraño modo con que fue encantado don Quijote de la Mancha, con otros famosos sucesos

Cuando don Quijote se vio de aquella manera enjaulado y encima del carro, dijo:

—Muchas y muy graves historias he yo leído de caballeros andantes; pero jamás he leído, ni visto, ni oído, que a los caballeros encantados los lleven desta manera y con el espacio[1] que prometen estos perezosos y tardíos animales; porque siempre los suelen llevar por los aires, con extraña ligereza, encerrados en alguna parda y escura nube, o en algún carro de fuego, o ya sobre algún hipogrifo[2] o otra bestia semejante; pero que me lleven a mí agora sobre un carro de bueyes, ¡vive Dios que me pone en confusión! Pero quizá la caballería y los encantos destos nuestros tiempos deben de seguir otro camino que siguieron los antiguos. Y también podría ser que, como yo soy nuevo caballero en el

---

[1] *espacio:* lentitud.
[2] *hipogrifo:* animal fabuloso, mitad caballo y mitad grifo; el grifo es, a su vez, una mezcla de águila y león.

mundo, y el primero que ha resucitado el ya olvidado ejercicio de la caballería aventurera, también nuevamente se hayan inventado otros géneros de encantamentos y otros modos de llevar a los encantados. ¿Qué te parece desto, Sancho hijo?

–No sé yo lo que me parece –respondió Sancho–, por no ser tan leído como vuestra merced en las escrituras andantes; pero, con todo eso, osaría afirmar y jurar que estas visiones que por aquí andan, que no son del todo católicas.

–¿Católicas? ¡Mi padre! –respondió don Quijote–. ¿Cómo han de ser católicas si son todos demonios que han tomado cuerpos fantásticos para venir a hacer esto y a ponerme en este estado? Y si quieres ver esta verdad, tócalos y pálpalos, y verás cómo no tienen cuerpo sino de aire, y cómo no consiste más de en la apariencia.

–Par Dios[3], señor –replicó Sancho–, ya yo los he tocado; y este diablo que aquí anda tan solícito es rollizo de carnes, y tiene otra propiedad muy diferente de la que yo he oído decir que tienen los demonios; porque, según se dice, todos huelen a piedra azufre y a otros malos olores; pero éste huele a ámbar de media legua.

Decía esto Sancho por don Fernando[4], que, como tan señor, debía de oler a lo que Sancho decía.

–No te maravilles deso, Sancho amigo –respondió don Quijote–; porque te hago saber que los diablos saben mucho, y puesto que[5] traigan olores consigo, ellos no huelen nada, porque son espíritus, y si huelen, no pueden oler cosas buenas, sino malas y hidiondas[6]. Y la razón es que, como ellos, dondequiera que están, traen el infierno consigo, y no pueden recebir género de alivio alguno en sus tormentos, y el buen olor sea cosa que deleita y contenta, no es posible que ellos huelan cosa buena. Y si a ti te parece que ese demonio que dices huele a ámbar, o tú te engañas, o él quiere engañarte con hacer que no le tengas por demonio.

Todos estos coloquios pasaron entre amo y criado; y temiendo don Fernando y Cardenio que Sancho no viniese a caer del todo en la cuenta de su invención, a quien andaba ya muy en los alcances, determinaron de abreviar con la partida; y llamando aparte al ventero, le ordenaron que ensillase a Rocinante y enalbardase el jumento de Sancho; el cual lo hizo con mucha presteza.

[...]

[3] *Par Dios:* por Dios.
[4] *don Fernando:* otro de los protagonistas de la historia de Cardenio y Dorotea.
[5] *puesto que:* aunque.
[6] *hidiondas:* hediondas, malolientes, repugnantes.

[...] En esto, Sancho Panza, que se había acercado a oír la plática, para adobarlo todo, dijo:

—Ahora, señores, quiéranme bien o quiéranme mal por lo que dijere, el caso de ello es que así va encantado mi señor don Quijote como mi madre; él tiene su entero juicio, él come y bebe y hace sus necesidades como los demás hombres, y como las hacía ayer, antes que le enjaulasen. Siendo esto ansí, ¿cómo quieren hacerme a mí entender que va encantado? Pues yo he oído decir a muchas personas que los encantados ni comen, ni duermen, ni hablan, y mi amo, si no le van a la mano[7], hablará más que treinta procuradores.

Y volviéndose a mirar al cura, prosiguió diciendo:

—¡Ah señor cura, señor cura! ¿Pensaba vuestra merced que no le conozco, y pensará que yo no calo y adivino adónde se encaminan estos nuevos encantamentos? Pues sepa que le conozco, por más que se encubra el rostro, y sepa que le entiendo, por más que disimule sus embustes. En fin, donde reina la envidia no puede vivir la virtud, ni adonde hay escaseza[8] la liberalidad. ¡Mal haya el diablo; que si por su reverencia no fuera, ésta fuera ya la hora que mi señor estuviera casado con la infanta Micomicona, y yo fuera conde, por lo menos, pues no se podía esperar otra cosa, así de la bondad de mi señor el de la Triste Figura como de la grandeza de mis servicios! Pero ya veo que es verdad lo que se dice por ahí: que la rueda de la Fortuna[9] anda más lista que una rueda de molino, y que los que ayer estaban en pinganitos[10] hoy están por el suelo. De mis hijos y de mi mujer me pesa; pues cuando podían y debían esperar ver entrar a su padre por sus puertas hecho gobernador o virrey de alguna ínsula o reino, le verán entrar hecho mozo de caballos. Todo esto que he dicho, señor cura, no es más de por encarecer a su paternidad haga conciencia del mal tratamiento que a mi señor se le hace, y mire bien no le pida[11] Dios en la otra vida esta prisión de mi amo, y se le haga cargo de todos aquellos socorros y bienes que mi señor don Quijote deja de hacer en este tiempo que está preso.

—¡Adóbame esos candiles[12]! —dijo a este punto el barbero—. ¿También vos, Sancho, sois de la cofradía de vuestro amo? ¡Vive el Señor, que voy viendo que le habéis de tener compañía en la jaula, y que habéis de quedar tan encantado como él, por lo que os toca de su humor

---

[7] *si no le van a la mano:* si no le contienen o moderan.

[8] *escaseza:* escasez, mezquindad; forma habitual en la época.

[9] *Fortuna:* diosa romana del azar o suerte.

[10] *en pinganitos:* en la prosperidad.

[11] *le pida:* le pida cuentas de.

[12] *¡Adóbame esos candiles!:* ¡Qué disparate!

y de su caballería! En mal punto os empreñastes[13] de sus promesas, y en mal hora se os entró en los cascos la ínsula que tanto deseáis.

–Yo no estoy preñado de nadie –respondió Sancho–, ni soy hombre que me dejaría empreñar, del rey que fuese[14]; y aunque pobre, soy cristiano viejo[15], y no debo nada a nadie; y si ínsulas deseo, otros desean otras cosas peores; y cada uno es hijo de sus obras; y debajo de ser hombre puedo venir a ser papa, cuanto más gobernador de una ínsula, y más pudiendo ganar tantas mi señor, que le falte a quien dallas. Vuestra merced mire cómo habla, señor barbero; que no es todo hacer barbas, y algo va de Pedro a Pedro. Dígolo porque todos nos conocemos, y a mí no se me ha de echar dado falso. Y en esto del encanto de mi amo, Dios sabe la verdad; y quédese aquí porque es peor meneallo.

No quiso responder el barbero a Sancho, porque no descubriese con sus simplicidades lo que él y el cura tanto procuraban encubrir [...].

Capítulo XLVIII

Donde prosigue el canónigo la materia de los libros de caballerías, con otras cosas dignas de su ingenio

[...]

En tanto que esto pasaba, viendo Sancho que podía hablar a su amo sin la continua asistencia del cura y el barbero, que tenía por sospechosos, se llegó a la jaula donde iba su amo, y le dijo:

–Señor, para descargo de mi conciencia le quiero decir lo que pasa cerca de su encantamento; y es que aquestos dos que vienen aquí cubiertos los rostros son el cura de nuestro lugar y el barbero; y imagino han dado esta traza de llevalle desta manera, de pura envidia que tienen cómo vuestra merced se les adelanta en hacer famosos hechos. Presupuesta, pues, esta verdad, síguese que no va encantado, sino embaído[1] y tonto. Para prueba de lo cual le quiero preguntar una cosa; y si

---

[13] *os empreñastes:* quedaste preñado, en sentido metafórico.
[14] *del rey que fuese:* aunque fuese del rey.
[15] *cristiano viejo:* el que no tiene antepasados moros ni judíos.
[1] *embaído:* embaucado, engañado.

me responde como creo que me ha de responder, tocará con la mano este engaño y verá cómo no va encantado, sino trastornado el juicio.

–Pregunta lo que quisieres, hijo Sancho –respondió don Quijote–, que yo te satisfaré y responderé a toda tu voluntad. Y en lo que dices que aquellos que allí van y vienen con nosotros son el cura y el barbero, nuestros compatriotas y conocidos, bien podrá ser que parezca que son ellos mesmos; pero que lo sean realmente y en efeto, eso no lo creas en ninguna manera. Lo que has de creer y entender es que si ellos se les parecen, como dices, debe de ser que los que me han encantado habrán tomado esa apariencia y semejanza; porque es fácil a los encantadores tomar la figura que se les antoja, y habrán tomado las destos nuestros amigos, para darte a ti ocasión de que pienses lo que piensas y ponerte en un laberinto de imaginaciones, que no aciertes a salir dél, aunque tuvieses la soga de Teseo[2]. Y también lo habrán hecho para que yo vacile en mi entendimiento, y no sepa atinar de dónde me viene este daño; porque si, por una parte, tú me dices que me acompañan el barbero y el cura de nuestro pueblo, y, por otra, yo me veo enjaulado, y sé de mí que fuerzas humanas, como no fueran sobrenaturales, no fueran bastantes para enjaularme, ¿qué quieres que diga o piense sino que la manera de mi encantamento excede a cuantas yo he leído en todas las historias que tratan de caballeros andantes que han sido encantados? Ansí que bien puedes darte paz y sosiego en esto de creer que son los que dices, porque así son ellos como yo soy turco. Y en lo que toca a querer preguntarme algo, di, que yo te responderé, aunque me preguntes de aquí a mañana.

–¡Válame Nuestra Señora! –respondió Sancho, dando una gran voz–. Y ¿es posible que sea vuestra merced tan duro de cerebro y tan falto de meollo, que no eche de ver que es pura verdad lo que le digo, y que en esta su prisión y desgracia tiene más parte la malicia que el encanto? Pero, pues así es, yo le quiero probar evidentemente cómo no va encantado. Si no, dígame, así Dios le saque desta tormenta, y así se vea en los brazos de mi señora Dulcinea cuando menos se piense...

–Acaba de conjurarme –dijo don Quijote–, y pregunta lo que quisieres; que ya te he dicho que te responderé con toda puntualidad.

–Eso pido –replicó Sancho–; y lo que quiero saber es que me diga, sin añadir ni quitar cosa ninguna, sino con toda verdad, como se espera que la han de decir y la dicen todos aquellos que profesan las armas, como vuestra merced las profesa, debajo de título de caballeros andantes...

---

[2] Teseo pudo encontrar la salida del laberinto de Creta gracias al hilo que le dio Ariadna, que don Quijote transforma en soga.

–Digo que no mentiré en cosa alguna –respondió don Quijote–. Acaba ya de preguntar; que en verdad que me cansas con tantas salvas[3], pregarias y prevenciones, Sancho.

–Digo que yo estoy seguro de la bondad y verdad de mi amo; y así, porque hace al caso a nuestro cuento, pregunto, hablando con acatamiento, si acaso después que vuestra merced va enjaulado y, a su parecer, encantado en esta jaula, le ha venido gana y voluntad de hacer aguas mayores o menores, como suele decirse.

–No entiendo eso de *hacer aguas*, Sancho; aclárate más, si quieres que te responda derechamente.

–¿Es posible que no entiende vuestra merced de hacer aguas menores o mayores? Pues en la escuela destetan a los muchachos con ello. Pues sepa que quiero decir si le ha venido gana de hacer lo que no se excusa.

–¡Ya, ya te entiendo, Sancho! Y muchas veces; y aun agora la tengo. ¡Sácame deste peligro, que no anda todo limpio!

CAPÍTULO XLIX

Donde se trata del discreto coloquio que Sancho Panza tuvo con su señor don Quijote

–¡Ah! –dijo Sancho–. Cogido le tengo: esto es lo que yo deseaba saber, como al alma y como a la vida. Venga acá, señor: ¿podría negar lo que comúnmente suele decirse por ahí cuando una persona está de mala voluntad[1]: «No sé qué tiene fulano, que ni come, ni bebe, ni duerme, ni responde a propósito a lo que le preguntan, que no parece sino que está encantado»? De donde se viene a sacar que los que no comen, ni beben, ni duermen, ni hacen las obras naturales que yo digo, estos tales están encantados; pero no aquellos que tienen la gana que vuestra merced tiene y que bebe cuando se lo dan, y come cuando lo tiene, y responde a todo aquello que le preguntan.

–Verdad dices, Sancho –respondió don Quijote–; pero ya te he dicho que hay muchas maneras de encantamentos, y podría ser que

---

[3] *salvas:* salvedades, precauciones.
[1] *de mala voluntad:* indispuesto, enfermo.

con el tiempo se hubiesen mudado, de unos en otros, y que agora se use que los encantados hagan todo lo que yo hago, aunque antes no lo hacían. De manera que contra el uso de los tiempos no hay que argüir ni de qué hacer consecuencias. Yo sé y tengo para mí que voy encantado, y esto me basta para la seguridad de mi conciencia; que la formaría muy grande si yo pensase que no estaba encantado y me dejase estar en esta jaula perezoso y cobarde, defraudando el socorro que podría dar a muchos menesterosos y necesitados que de mi ayuda y amparo deben tener a la hora de ahora precisa y extrema necesidad.

—Pues, con todo eso —replicó Sancho—, digo que, para mayor abundancia y satisfacción, sería bien que vuestra merced probase a salir desta cárcel, que yo me obligo con todo mi poder a facilitarlo, y aun a sacarle della, y probase de nuevo a subir sobre su buen Rocinante, que también parece que va encantado, según va de melancólico y triste; y, hecho esto, probásemos otra vez la suerte de buscar más aventuras; y si no nos sucediese bien, tiempo nos queda para volvernos a la jaula, en la cual prometo, a ley de buen y leal escudero, de encerrarme juntamente con vuestra merced, si acaso fuere vuestra merced tan desdichado, o yo tan simple, que no acierte a salir con lo que digo.

—Yo soy contento de hacer lo que dices, Sancho hermano —replicó don Quijote—; y cuando tú veas coyuntura de poner en obra mi libertad, ya te obedeceré en todo y por todo; pero tú, Sancho, verás cómo te engañas en el conocimiento de mi desgracia.

En estas pláticas se entretuvieron el caballero andante y el mal andante escudero, hasta que llegaron donde, ya apeados, los aguardaban el cura, el canónigo y el barbero. Desunció luego los bueyes de la carreta el boyero, y dejólos andar a sus anchuras por aquel verde y apacible sitio, cuya frescura convidaba a quererla gozar, no a las personas tan encantadas como don Quijote, sino a los tan advertidos y discretos como su escudero; el cual rogó al cura que permitiese que su señor saliese un rato de la jaula, porque si no le dejaban salir, no iría tan limpia aquella prisión como requería la decencia de un tal caballero como su amo. Entendióle el cura, y dijo que de muy buena gana haría lo que le pedía, si no temiera que en viéndose su señor en libertad había de hacer de las suyas, y irse donde jamás gentes le viesen.

—Yo le fío de la fuga —respondió Sancho.

—Y yo y todo[2] —dijo el canónigo—, y más si él me da la palabra como caballero de no apartarse de nosotros hasta que sea nuestra voluntad.

---

[2] *y todo:* también.

-Sí doy -respondió don Quijote, que todo lo estaba escuchando-; cuanto más que el que está encantado, como yo, no tiene libertad para hacer de su persona lo que quisiere, porque el que le encantó le puede hacer que no se mueva de un lugar en tres siglos; y si hubiere huido, le hará volver en volandas. -Y que, pues esto era así, bien podían soltalle, y más siendo tan en provecho de todos; y del no soltalle les protestaba que no podía dejar de fatigalles el olfato, si de allí no se desviaban.

Tomóle la mano el canónigo, aunque las tenía atadas, y debajo de su buena fe y palabra, le desenjaularon, de que él se alegró infinito y en grande manera de verse fuera de la jaula; y lo primero que hizo fue estirarse todo el cuerpo, y luego se fue donde estaba Rocinante, y dándole dos palmadas en las ancas, dijo:

-Aún espero en Dios y en su bendita Madre, flor y espejo de los caballos, que presto nos hemos de ver los dos cual deseamos: tú, con tu señor a cuestas; y yo, encima de ti, ejercitando el oficio para que Dios me echó al mundo.

Y diciendo esto, don Quijote se apartó con Sancho en remota parte, de donde vino más aliviado y con más deseos de poner en obra lo que su escudero ordenase.

[...]

CAPÍTULO LII

De la pendencia que don Quijote tuvo con el cabrero, con la rara aventura de los deceplinantes[1], a quien dio felice fin a costa de su sudor

[Don Quijote disputa con un cabrero que lo tacha de loco, y arremete contra los disciplinantes de una procesión, creyendo que la imagen que llevan cubierta es una dama cautiva. Se reanuda el viaje.]

El boyero unció sus bueyes y acomodó a don Quijote sobre un haz de heno, y con su acostumbrada flema siguió el camino que el cura quiso, y a cabo de seis días llegaron a la aldea de don Quijote, adonde en-

---

[1] *deceplinantes:* disciplinantes, personas que se disciplinan o azotan, aquí en una procesión pidiendo a Dios la lluvia.

traron en la mitad del día, que acertó a ser domingo, y la gente estaba toda en la plaza, por mitad de la cual travesó el carro de don Quijote. Acudieron todos a ver lo que en el carro venía, y cuando conocieron a su compatrioto, quedaron maravillados, y un muchacho acudió corriendo a dar las nuevas a su ama y a su sobrina de que su tío y su señor venía flaco y amarillo, y tendido sobre un montón de heno y sobre un carro de bueyes. Cosa de lástima fue oír los gritos que las dos buenas señoras alzaron, las bofetadas que se dieron, las maldiciones que de nuevo echaron a los malditos libros de caballerías; todo lo cual se renovó cuando vieron entrar a don Quijote por sus puertas.

A las nuevas desta venida de don Quijote, acudió la mujer de Sancho Panza, que ya había sabido que había ido con él sirviéndole de escudero, y así como vio a Sancho, lo primero que le preguntó fue que si venía bueno el asno. Sancho respondió que venía mejor que su amo.

–Gracias sean dadas a Dios –replicó ella–, que tanto bien me ha hecho; pero contadme agora, amigo: ¿Qué bien habéis sacado de vuestras escuderías? ¿Qué saboyana[2] me traéis a mí? ¿Qué zapaticos a vuestros hijos?

–No traigo nada deso –dijo Sancho–, mujer mía, aunque traigo otras cosas de más momento y consideración.

–Deso recibo yo mucho gusto –respondió la mujer–; mostradme esas cosas de más consideración y más momento, amigo mío; que las quiero ver, para que se me alegre este corazón, que tan triste y descontento ha estado en todos los siglos de vuestra ausencia.

–En casa os las mostraré, mujer –dijo Panza–, y por agora estad contenta; que siendo Dios servido de que otra vez salgamos en viaje a buscar aventuras, vos me veréis presto conde, o gobernador de una ínsula, y no de las de por ahí, sino la mejor que pueda hallarse.

–Quiéralo así el cielo, marido mío; que bien lo habemos menester. Mas decidme: ¿qué es eso de ínsulas, que no entiendo?

–No es la miel para la boca del asno –respondió Sancho–; a su tiempo lo verás, mujer, y aun te admirarás de oírte llamar señoría de todos tus vasallos.

–¿Qué es lo que decís, Sancho, de señorías, ínsulas y vasallos? –respondió Juana Panza[3], que así se llamaba la mujer de Sancho, aunque no eran parientes, sino porque se usa en la Mancha tomar las mujeres el apellido de sus maridos.

---

[2] *saboyana:* prenda exterior lujosa que usaban las mujeres, a modo de falda abierta por delante.

[3] A la mujer de Sancho se la ha llamado antes Juana Gutiérrez y Mari Gutiérrez (cap. VII); probablemente se trata de un descuido. En la segunda parte se le adjudicará definitivamente el nombre de Teresa Panza.

–No te acucies, Juana, por saber todo esto tan apriesa; basta que te digo verdad, y cose la boca. Sólo te sabré decir, así de paso, que no hay cosa más gustosa en el mundo que ser un hombre honrado escudero de un caballero andante buscador de aventuras. Bien es verdad que las más que se hallan no salen tan a gusto como el hombre querría, porque de ciento que se encuentran, las noventa y nueve suelen salir aviesas y torcidas. Sélo yo de expiriencia, porque de algunas he salido manteado, y de otras molido; pero, con todo eso, es linda cosa esperar los sucesos atravesando montes, escudriñando selvas, pisando peñas, visitando castillos, alojando en ventas a toda discreción, sin pagar ofrecido sea al diablo el maravedí[4].

Todas estas pláticas pasaron entre Sancho Panza y Juana Panza, su mujer, en tanto que el ama y sobrina de don Quijote le recibieron, y le desnudaron, y le tendieron en su antiguo lecho. Mirábalas él con ojos atravesados, y no acababa de entender en qué parte estaba. El cura encargó a la sobrina tuviese gran cuenta con regalar a su tío, y que estuviesen alerta de que otra vez no se les escapase, contando lo que había sido menester para traelle a su casa. Aquí alzaron las dos de nuevo los gritos al cielo; allí se renovaron las maldiciones de los libros de caballerías; allí pidieron al cielo que confundiese en el centro del abismo a los autores de tantas mentiras y disparates. Finalmente, ellas quedaron confusas y temerosas de que se habían de ver sin su amo y tío en el mesmo punto que tuviese alguna mejoría, y sí fue como ellas se lo imaginaron.

Pero el autor desta historia, puesto que[5] con curiosidad y diligencia ha buscado los hechos que don Quijote hizo en su tercera salida, no ha podido hallar noticia de ellos, a lo menos por escrituras auténticas; sólo la fama ha guardado, en las memorias de la Mancha, que don Quijote la tercera vez que salió de su casa fue a Zaragoza[6], donde se halló en unas famosas justas que en aquella ciudad hicieron, y allí le pasaron cosas dignas de su valor y buen entendimiento. [...]

---

[4] *sin pagar ofrecido sea al diablo el maravedí*: sin pagar ni un maldito maravedí.

[5] En el lenguaje clásico es frecuente el uso de *puesto que* con valor de 'aunque'; veremos muchos ejemplos de ello.

[6] Ésta era la ruta prevista, que luego alteraría Cervantes por haberla seguido Alonso Fernández de Avellaneda en su segunda parte apócrifa (ver segunda parte, cap. LIX).

Segunda parte

DEL INGENIOSO CABALLERO
DON QUIJOTE DE LA MANCHA[1]

---

[1] Obsérvese una pequeña diferencia en relación al título de la primera parte: el hidalgo ha pasado ahora a caballero.

Capítulo I

De lo que el cura y el barbero pasaron con don Quijote cerca de su enfermedad

Cuenta Cide Hamete Benengeli en la segunda parte desta historia, y tercera salida de don Quijote, que el cura y el barbero se estuvieron casi un mes sin verle, por no renovarle y traerle a la memoria las cosas pasadas; pero no por esto dejaron de visitar a su sobrina y a su ama, encargándolas tuviesen cuenta con regalarle, dándole a comer cosas confortativas y apropiadas para el corazón y el celebro, de donde procedía, según buen discurso, toda su mala ventura. [...]

Visitáronle, en fin, y halláronle sentado en la cama, vestida una almilla[1] de bayeta verde, con un bonete colorado toledano; y estaba tan seco y amojamado, que no parecía sino hecho de carne momia[2]. Fueron dél muy bien recebidos, preguntáronle por su salud, y él dio cuenta de sí y de ella con mucho juicio y con muy elegantes palabras; y en el discurso de su plática vinieron a tratar en esto que llaman razón de estado y modos de gobierno, enmendando este abuso y condenando aquél, reformando una costumbre y desterrando otra, haciéndose cada uno de los tres un nuevo legislador, un Licurgo moderno, o un Solón[3] flamante; y de tal manera renovaron la república, que no pareció sino

---

[1] *almilla:* especie de jubón, con o sin mangas, ajustado al cuerpo como un chaleco.

[2] *carne momia:* carne muerta y conservada mucho tiempo, como si estuviese fresca, a fuerza de artificios que preservan de la corrupción.

[3] Licurgo (siglo IX a. C.) y Solón (siglos VII-VI a. C.) fueron dos famosos legisladores de Esparta y Atenas, respectivamente.

que la habían puesto en una fragua, y sacado otra de la que pusieron; y habló don Quijote con tanta discreción en todas las materias que se tocaron, que los dos examinadores creyeron indubitadamente que estaba del todo bueno y en su entero juicio.

Halláronse presentes a la plática la sobrina y ama, y no se hartaban de dar gracias a Dios de ver a su señor con tan buen entendimiento; pero el cura, mudando el propósito primero, que era de no tocarle en cosa de caballerías, quiso hacer de todo en todo experiencia si la sanidad de don Quijote era falsa o verdadera, y, así, de lance en lance, vino a contar algunas nuevas que habían venido de la corte, y, entre otras, dijo que se tenía por cierto que el turco bajaba con una poderosa armada[4], y que no se sabía su designio, ni adónde había de descargar tan gran nublado; y con este temor, con que casi cada año nos toca arma[5], estaba puesta en ella toda la cristiandad, y Su Majestad había hecho proveer las costas de Nápoles y Sicilia y la isla de Malta. A esto respondió don Quijote:

–Su Majestad ha hecho como prudentísimo guerrero en proveer sus estados con tiempo, porque no le halle desapercebido el enemigo; pero si tomara mi consejo, aconsejárale yo que usara de una prevención, de la cual Su Majestad la hora de agora debe estar muy ajeno de pensar en ella.

Apenas oyó esto el cura, cuando dijo entre sí:

–¡Dios te tenga de su mano, pobre don Quijote; que me parece que te despeñas de la alta cumbre de tu locura hasta el profundo abismo de tu simplicidad!

Mas el barbero, que ya había dado en el mesmo pensamiento que el cura, preguntó a don Quijote cuál era la advertencia de la prevención que decía era bien se hiciese; quizá podría ser tal, que se pusiese en la lista de los muchos advertimientos impertinentes que se suelen dar a los príncipes.

–El mío, señor rapador –dijo don Quijote–, no será impertinente, sino perteneciente[6].

–No lo digo por tanto –replicó el barbero–, sino porque tiene mostrado la experiencia que todos o los más arbitrios[7] que se dan a Su Majestad, o son imposibles, o disparatados, o en daño del rey o del reino.

---

[4] Aun después de la victoria de Lepanto, la amenaza de un posible ataque de la armada turca a las costas españolas era tema constante de conversación.

[5] *tocar arma:* tocar alarma, para convocar a los soldados.

[6] *perteneciente:* pertinente, que viene a propósito, frente a los *advertimientos* o consejos *impertinentes*, que no son oportunos o adecuados, a que se ha referido el barbero.

[7] *arbitrio:* solución, generalmente utópica, que se proponía para remediar los males del país.

–Pues el mío –respondió don Quijote– ni es imposible ni disparatado, sino el más fácil, el más justo y el más mañero[8] y breve que puede caber en pensamiento de arbitrante alguno.

–Ya tarda en decirle vuestra merced, señor don Quijote –dijo el cura.

–No querría –dijo don Quijote– que le dijese yo aquí agora, y amaneciese mañana en los oídos de los señores consejeros, y se llevase otro las gracias y el premio de mi trabajo.

–Por mí –dijo el barbero–, doy la palabra, para aquí y para delante de Dios, de no decir lo que vuestra merced dijere a rey ni a roque[9], ni a hombre terrenal, juramento que aprendí del romance del cura que en el prefacio avisó al rey del ladrón que le había robado las cien doblas y la su mula la andariega[10].

–No sé historias –dijo don Quijote–; pero sé que es bueno ese juramento, en fe de que sé que es hombre de bien el señor barbero.

–Cuando no lo fuera –dijo el cura–, yo le abono y salgo por él, que en este caso no hablará más que un mudo, so pena de pagar lo juzgado y sentenciado.

–Y a vuestra merced, ¿quién le fía, señor cura? –dijo don Quijote.

–Mi profesión –respondió el cura–, que es de guardar secreto.

–¡Cuerpo de tal! –dijo a esta sazón don Quijote–. ¿Hay más sino mandar Su Majestad por público pregón que se junten en la corte para un día señalado todos los caballeros andantes que vagan por España, que aunque no viniesen sino media docena, tal podría venir entre ellos, que solo bastase a destruir toda la potestad del turco? Esténme vuestras mercedes atentos, y vayan conmigo. ¿Por ventura es cosa nueva deshacer un solo caballero andante un ejército de docientos mil hombres, como si todos juntos tuvieran una sola garganta, o fueran hechos de alfenique[11]? Si no, díganme: ¿cuántas historias están llenas destas maravillas? [...]

–¡Ay! –dijo a este punto la sobrina–. ¡Que me maten si no quiere mi señor volver a ser caballero andante!

A lo que dijo don Quijote:

–Caballero andante he de morir, y baje o suba el turco cuando él quisiere y cuan poderosamente pudiere [...].

---

[8] *mañero:* hacedero, que se puede hacer.

[9] *a rey ni a roque:* absolutamente a nadie; es una expresión tomada del juego del ajedrez, a dos de cuyas piezas se alude: rey y torre (*roque*).

[10] Se trata de un cuento popular en el que un cura, que ve entre los fieles al hombre que le ha robado, se las ingenia para denunciarlo en el prefacio de la misa sin faltar al juramento de guardar el secreto.

[11] *alfenique:* alfeñique, pasta de azúcar cocida en barras muy delgadas. Esta palabra se usaba para ponderar la blandura de algo; hoy se utiliza en el sentido de persona delgada o débil.

CAPÍTULO II

Que trata de la notable pendencia que Sancho Panza tuvo con la sobrina y ama de don Quijote, con otros sujetos[1] graciosos

Cuenta la historia que las voces que oyeron don Quijote, el cura y el barbero eran de la sobrina y ama, que las daban diciendo a Sancho Panza, que pugnaba por entrar a ver a don Quijote, y ellas le defendían la puerta[2]:

–¿Qué quiere este mostrenco en esta casa? Idos a la vuestra, hermano, que vos sois, y no otro, el que destrae y sonsaca[3] a mi señor, y le lleva por esos andurriales.

A lo que Sancho respondió:

–Ama de Satanás, el sonsacado, y el destraído, y el llevado por esos andurriales soy yo, que no tu amo; él me llevó por esos mundos, y vosotras os engañáis en la mitad del justo precio; él me sacó de mi casa con engañifas, prometiéndome una ínsula, que hasta agora la espero.

–Malas ínsulas te ahoguen –respondió la sobrina–, Sancho maldito. Y ¿qué son ínsulas? ¿Es alguna cosa de comer, golosazo, comilón que tú eres?

–No es de comer –replicó Sancho–, sino de gobernar y regir mejor que cuatro ciudades y que cuatro alcaldes de corte[4].

–Con todo eso –dijo el ama–, no entraréis acá, saco de maldades y costal de malicias. Id a gobernar vuestra casa y a labrar vuestros pegujares[5], y dejaos de pretender ínsulas ni ínsulos.

Grande gusto recebían el cura y el barbero de oír el coloquio de los tres; pero don Quijote, temeroso que Sancho se descosiese y desbuchase[6] algún montón de maliciosas necedades, y tocase en puntos que no le estarían bien a su crédito, le llamó, y hizo a las dos que callasen y le dejasen entrar. Entró Sancho, y el cura y el barbero se despidieron de

---

[1] *sujetos:* asuntos.

[2] *le defendían la puerta:* le impedían entrar.

[3] *destrae:* distrae, aparta de la vida virtuosa y honrada; *sonsaca:* trata cautelosamente de que deje la ocupación que tiene.

[4] Quiere decir que gobernar una ínsula (isla) es mejor que regir cuatro ciudades, y su gobernador es más que cuatro alcaldes de corte.

[5] *pegujares:* parcelas de tierra.

[6] *se descosiese:* dijese lo que debía callar; *desbuchase:* desembuchase.

don Quijote, de cuya salud desesperaron, viendo cuán puesto estaba en sus desvariados pensamientos, y cuán embebido en la simplicidad de sus malandantes caballerías; y, así, dijo el cura al barbero:

–Vos veréis, compadre, cómo, cuando menos lo pensemos, nuestro hidalgo sale otra vez a volar la ribera[7].

–No pongo yo duda en eso –respondió el barbero–; pero no me maravillo tanto de la locura del caballero como de la simplicidad del escudero, que tan creído tiene aquello de la ínsula, que creo que no se lo sacarán del casco cuantos desengaños pueden imaginarse.

–Dios los remedie –dijo el cura–, y estemos a la mira: veremos en lo que para esta máquina de disparates de tal caballero y de tal escudero, que parece que los forjaron a los dos en una mesma turquesa[8], y que las locuras del señor sin las necedades del criado no valían un ardite.

> [Sancho hace saber a don Quijote que el bachiller Sansón Carrasco, que viene de Salamanca, le ha dicho que está en circulación un libro escrito por Cide Hamete Benengeli en que se cuentan las aventuras que ellos dos han corrido.]

CAPÍTULO III

Del ridículo razonamiento que pasó entre don Quijote, Sancho Panza y el bachiller Sansón Carrasco

Pensativo además[1] quedó don Quijote, esperando al bachiller Carrasco, de quien esperaba oír las nuevas de sí mismo puestas en libro, como había dicho Sancho, y no se podía persuadir a que tal historia hubiese, pues aún no estaba enjuta en la cuchilla de su espada la sangre de los enemigos que había muerto, y ya querían que anduviesen en estampa[2] sus altas caballerías. Con todo eso, imaginó que algún sabio, o ya amigo o enemigo, por arte de encantamento las habrá dado a la estampa: si amigo, para engrandecerlas y levantarlas sobre las

---

[7] *volar la ribera:* en el lenguaje propio de la cetrería, ir por las riberas levantando las aves; aquí, metafóricamente, salir en busca de aventuras.

[8] *turquesa:* molde.

[1] *además:* en exceso, demasiado.

[2] *en estampa:* impresas.

más señaladas de caballero andante; si enemigo, para aniquilarlas y ponerlas debajo de las más viles que de algún vil escudero se hubiesen escrito, puesto –decía entre sí– que nunca hazañas de escuderos se escribieron; y cuando fuese verdad que la tal historia hubiese, siendo de caballero andante, por fuerza había de ser grandílocua, alta, insigne, magnífica y verdadera.

Con esto se consoló algún tanto; pero desconsolóle pensar que su autor era moro, según aquel nombre de Cide; y de los moros no se podía esperar verdad alguna, porque todos son embelecadores, falsarios y quimeristas[3]. Temíase no hubiese tratado sus amores con alguna indecencia, que redundase en menoscabo y perjuicio de la honestidad de su señora Dulcinea del Toboso; deseaba que hubiese declarado su fidelidad y el decoro que siempre la había guardado, menospreciando reinas, emperatrices y doncellas de todas calidades, teniendo a raya los ímpetus de los naturales movimientos; y, así, envuelto y revuelto en éstas y otras muchas imaginaciones, le hallaron Sancho y Carrasco, a quien don Quijote recibió con mucha cortesía.

Era el bachiller, aunque se llamaba Sansón, no muy grande de cuerpo, aunque muy gran socarrón; de color macilenta, pero de muy buen entendimiento; tendría hasta veinte y cuatro años, carirredondo, de nariz chata y de boca grande, señales todas de ser de condición maliciosa y amigo de donaires y de burlas, como lo mostró en viendo a don Quijote, poniéndose delante dél de rodillas, diciéndole:

–Déme vuestra grandeza las manos, señor don Quijote de la Mancha; que por el hábito de San Pedro[4] que visto, aunque no tengo otras órdenes que las cuatro primeras[5], que es vuestra merced uno de los más famosos caballeros andantes que ha habido, ni aun habrá, en toda la redondez de la tierra. Bien haya Cide Hamete Benengeli, que la historia de vuestras grandezas dejó escrita, y rebién haya el curioso que tuvo cuidado de hacerlas traducir de arábigo en nuestro vulgar castellano, para universal entretenimiento de las gentes.

Hízole levantar don Quijote, y dijo:

–Desa manera, ¿verdad es que hay historia mía, y que fue moro y sabio el que la compuso?

–Es tan verdad, señor –dijo Sansón–, que tengo para mí que el día de hoy están impresos más de doce mil libros de la tal historia; si no, dí-

---

[3] *embelecadores:* engañadores; *falsarios:* mentirosos, falsificadores; *quimeristas:* pendencieros. Ésta era la idea que, por lo común, tenían de los moros los cristianos de la época.

[4] *el hábito de San Pedro:* constaba de sotana, manteo y bonete negros y era propio del clero, aunque lo usaban también los estudiantes universitarios.

[5] *las cuatro primeras:* se refiere a las órdenes menores, previas al sacerdocio, que con frecuencia recibían los estudiantes.

galo Portugal, Barcelona y Valencia, donde se han impreso; y aun hay fama que se está imprimiendo en Amberes, y a mí se me trasluce que no ha de haber nación ni lengua donde no se traduzca[6].

[...]

CAPÍTULO IV

Donde Sancho Panza satisface al bachiller Sansón Carrasco de sus dudas y preguntas, con otros sucesos dignos de saberse y contarse

[...]

–Y por ventura –dijo don Quijote–, ¿promete el autor segunda parte?

–Sí promete –respondió Sansón–; pero dice que no ha hallado ni sabe quién la tiene, y, así, estamos en duda si saldrá o no; y así por esto como porque algunos dicen: «Nunca segundas partes fueron buenas», y otros: «De las cosas de don Quijote bastan las escritas», se duda que no ha de haber segunda parte; aunque algunos que son más joviales que saturninos[1] dicen: «Vengan más quijotadas: embista don Quijote y hable Sancho Panza, y sea lo que fuere; que con eso nos contentamos.»

–Y ¿a qué se atiene el autor?

–A que –respondió Sansón– en hallando que halle la historia, que él va buscando con extraordinarias diligencias, la dará luego a la estampa, llevado más del interés que de darla se le sigue que de otra alabanza alguna.

A lo que dijo Sancho:

–¿Al dinero y al interés mira el autor? Maravilla será que acierte; porque no hará sino harbar, harbar[2], como sastre en vísperas de pascuas, y las obras que se hacen apriesa nunca se acaban con la perfeción

---

[6] En el momento en que ve la luz esta segunda parte del *Quijote*, la primera está publicada, entre otros lugares, en Lisboa y Valencia, pero todavía no han aparecido las ediciones de Barcelona y Amberes.

[1] En términos astrológicos, el *jovial*, nacido bajo el signo de Júpiter o Jove, es alegre y optimista, frente al *saturnino*, bajo el signo de Saturno, que es triste y melancólico.

[2] *harbar:* hacer algo deprisa, sin cuidado.

que requieren. Atienda ese señor moro, o lo que es, a mirar lo que hace; que yo y mi señor le daremos tanto ripio a la mano[3] en materia de aventuras y de sucesos diferentes, que pueda componer no sólo segunda parte, sino ciento. Debe de pensar el buen hombre, sin duda, que nos dormimos aquí en las pajas; pues ténganos el pie al herrar, y verá del que cosqueamos[4]. Lo que yo sé decir es que si mi señor tomase mi consejo, ya habíamos de estar en esas campañas deshaciendo agravios y enderezando tuertos, como es uso y costumbre de los buenos andantes caballeros.

No había bien acabado de decir estas razones Sancho, cuando llegaron a sus oídos relinchos de Rocinante, los cuales tomó don Quijote por felicísimo agüero, y determinó de hacer de allí a tres o cuatro días otra salida [...].

[Don Quijote y Sancho reanudan sus aventuras.]

CAPÍTULO VIII

Donde se cuenta lo que le sucedió a don Quijote yendo a ver su señora Dulcinea del Toboso

[...]

Solos quedaron don Quijote y Sancho, y apenas se hubo apartado Sansón[1], cuando comenzó a relinchar Rocinante y a sospirar el rucio, que de entrambos, caballero y escudero, fue tenido a buena señal y por felicísimo agüero; aunque, si se ha de contar la verdad, más fueron los sospiros y rebuznos del rucio que los relinchos del rocín, de donde coligió Sancho que su ventura había de sobrepujar y ponerse encima de la de su señor, fundándose no sé si en astrología judiciaria[2] que él sabía, puesto que la historia no lo declara; sólo le oyeron decir que cuan-

---

[3] *dar ripio a la mano:* dar con facilidad y abundancia alguna cosa.

[4] Atienda a lo que hacemos, y verá cómo nos comportamos (*del que cosqueamos, de qué pie cojeamos*); del mismo modo que el que sostiene la pata del caballo al herrarlo puede ver directamente si tiene algún problema (de qué pie cojea).

[1] Al salir a escondidas de la aldea, por la noche, nuestros protagonistas fueron vistos por el bachiller, que los acompañó media legua.

[2] *astrología judiciaria:* la que trata de averiguar el futuro mediante la observación de los astros.

do tropezaba o caía, se holgara[3] no haber salido de casa, porque del tropezar o caer no se sacaba otra cosa sino el zapato roto o las costillas quebradas; y, aunque tonto, no andaba en esto muy fuera de camino. Díjole don Quijote:

–Sancho amigo, la noche se nos va entrando a más andar, y con más escuridad de la que habíamos menester para alcanzar a ver con el día al Toboso, adonde tengo determinado de ir antes que en otra aventura me ponga, y allí tomaré la bendición y buena licencia de la sin par Dulcinea; con la cual licencia pienso y tengo por cierto de acabar y dar felice cima a toda peligrosa aventura, porque ninguna cosa desta vida hace más valientes a los caballeros andantes que verse favorecidos de sus damas.

–Yo así lo creo –respondió Sancho–; pero tengo por dificultoso que vuestra merced pueda hablarla ni verse con ella, en parte, a lo menos, que pueda recebir su bendición, si ya no se la echa desde las bardas[4] del corral, por donde yo la vi la vez primera, cuando le llevé la carta donde iban las nuevas de las sandeces y locuras que vuestra merced quedaba haciendo en el corazón de Sierra Morena.

–¿Bardas de corral se te antojaron aquéllas, Sancho –dijo don Quijote–, adonde o por donde viste aquella jamás bastantemente alabada gentileza y hermosura? No debían de ser sino galerías, o corredores, o lonjas, o como las llaman[5], de ricos y reales palacios.

–Todo pudo ser –respondió Sancho–; pero a mí bardas me parecieron, si no es que soy falto de memoria.

[...]

CAPÍTULO IX

Donde se cuenta lo que en él se verá

Media noche era por filo, poco más o menos[1], cuando don Quijote y Sancho dejaron el monte y entraron en el Toboso. Estaba el pueblo en un sosegado silencio, porque todos sus vecinos dormían y reposa-

---

[3] *se holgara:* se alegrara de.

[4] *bardas:* cubierta de ramas, paja, broza, etc., que se pone sobre las tapias; seto, vallado.

[5] *llaman:* llamen.

[1] Con este verso («Media noche era por filo...»), que se hizo muy famoso, comienza el romance del conde Claros de Montalbán. Hay una nota humorística en la contradicción entre *por filo* (exactamente) y *poco más o menos.*

ban a pierna tendida, como suele decirse. Era la noche entreclara, puesto que[2] quisiera Sancho que fuera del todo escura, por hallar en la escuridad disculpa de su sandez[3]. No se oía en todo el lugar sino ladridos de perros, que atronaban los oídos de don Quijote y turbaban el corazón de Sancho. De cuando en cuando rebuznaba un jumento, gruñían puercos, mayaban gatos, cuyas voces, de diferentes sonidos, se aumentaban con el silencio de la noche, todo lo cual tuvo el enamorado caballero a mal agüero; pero, con todo esto, dijo a Sancho:

–Sancho hijo, guía al palacio de Dulcinea; quizá podrá ser que la hallemos despierta.

–¿A qué palacio tengo de guiar, cuerpo del sol –respondió Sancho–, que en el que yo vi a su grandeza no era sino casa muy pequeña?

–Debía de estar retirada entonces –respondió don Quijote– en algún pequeño apartamiento de su alcázar, solazándose a solas con sus doncellas, como es uso y costumbre de las altas señoras y princesas.

–Señor –dijo Sancho–, ya que vuestra merced quiere, a pesar mío, que sea alcázar la casa de mi señora Dulcinea, ¿es hora ésta por ventura de hallar la puerta abierta? Y ¿será bien que demos aldabazos para que nos oyan y nos abran, metiendo en alboroto y rumor toda la gente? ¿Vamos por dicha a llamar a la casa de nuestras mancebas, como hacen los abarraganados[4], que llegan, y llaman, y entran a cualquier hora, por tarde que sea?

–Hallemos primero una por una[5] el alcázar –replicó don Quijote–; que entonces yo te diré, Sancho, lo que será bien que hagamos. Y advierte, Sancho, que yo veo poco, o que aquel bulto grande y sombra que desde aquí se descubre la debe de hacer el palacio de Dulcinea.

–Pues guíe vuestra merced –respondió Sancho–; quizá será así, aunque yo lo veré con los ojos y lo tocaré con las manos, y así lo creeré yo como creer que es ahora de día.

Guió don Quijote, y habiendo andado como docientos pasos, dio con el bulto que hacía la sombra, y vio una gran torre, y luego conoció que el tal edificio no era alcázar, sino la iglesia principal del pueblo. Y dijo:

–Con la iglesia hemos dado, Sancho[6].

....

[2] Éste es otro de los muchos casos de *puesto que* con valor de 'aunque'.

[3] *sandez:* se refiere a las mentiras que había dicho respecto a su supuesto encuentro con Dulcinea.

[4] *abarraganados:* los que viven o tienen relaciones sexuales con barraganas, mancebas.

[5] *una por una:* efectivamente, de una vez.

[6] Esta frase se refiere exclusivamente a que han topado (*dado*) con el edificio de la iglesia, y no alude para nada a la Iglesia como institución, que es el sentido con que se ha hecho famosa la frase *con la Iglesia hemos topado* (en vez de *dado*).

–Ya lo veo –respondió Sancho–. Y plega a Dios que no demos con nuestra sepultura; que no es buena señal andar por los cimenterios a tales horas, y más habiendo yo dicho a vuestra merced, si mal no acuerdo, que la casa desta señora ha de estar en una callejuela sin salida[7].

–¡Maldito seas de Dios, mentecato! –dijo don Quijote–. ¿Adónde has tú hallado que los alcázares y palacios reales estén edificados en callejuelas sin salida?

–Señor –respondió Sancho–, en cada tierra su uso; quizá se usa aquí en el Toboso edificar en callejuelas los palacios y edificios grandes; y, así, suplico a vuestra merced me deje buscar por estas calles o callejuelas que se me ofrecen: podría ser que en algún rincón topase con ese alcázar, que le vea yo comido de perros, que así nos trae corridos y asendereados[8].

–Habla con respeto, Sancho, de las cosas de mi señora –dijo don Quijote–, y tengamos la fiesta en paz, y no arrojemos la soga tras el caldero[9].

–Yo me reportaré –respondió Sancho–; pero ¿con qué paciencia podré llevar que quiera vuestra merced que, de sola una vez que vi la casa de nuestra ama, la haya de saber siempre y hallarla a media noche, no hallándola vuestra merced, que la debe de haber visto millares de veces?

–Tú me harás desesperar, Sancho –dijo don Quijote–. Ven acá, hereje: ¿no te he dicho mil veces que en todos los días de mi vida no he visto a la sin par Dulcinea, ni jamás atravesé los umbrales de su palacio, y que sólo estoy enamorado de oídas y de la gran fama que tiene de hermosa y discreta?

–Ahora lo oigo –respondió Sancho–; y digo que pues vuestra merced no la ha visto, ni yo tampoco.

–Eso no puede ser –replicó don Quijote–; que, por lo menos, ya me has dicho tú que la viste ahechando trigo, cuando me trujiste la respuesta de la carta que le envié contigo.

–No se atenga a eso, señor –respondió Sancho–; porque le hago saber que también fue de oídas la vista[10] y la respuesta que le truje;

---

[7] Se trata de una nueva mentira, pues Sancho no había dicho nada sobre el particular.

[8] *corridos:* confundidos; *asendereados:* cansados, agobiados.

[9] Frase proverbial que significa 'perdida una cosa, echar a perder el resto'; aquí, 'no perdamos la esperanza de encontrar lo que buscamos'.

[10] *también fue de oídas la vista:* nota de humor basada en un violento oxímoron (enfrentamiento de términos de sentido contrario).

porque así sé yo quién es la señora Dulcinea como dar un puño[11] en el cielo.

–Sancho, Sancho –respondió don Quijote–, tiempos hay de burlar, y tiempos donde caen y parecen mal las burlas. No porque yo diga que ni he visto ni hablado a la señora de mi alma, has tú de decir también que ni la has hablado ni visto, siendo tan al revés como sabes.

[...]

CAPÍTULO X

Donde se cuenta la industria que Sancho tuvo para encantar a la señora Dulcinea, y de otros sucesos tan ridículos como verdaderos

[...] Así como don Quijote se emboscó en la floresta, encinar o selva junto al gran Toboso, mandó a Sancho volver a la ciudad, y que no volviese a su presencia sin haber primero hablado de su parte a su señora, pidiéndola fuese servida de dejarse ver de su cautivo caballero, y se dignase de echarle su bendición, para que pudiese esperar por ella felicísimos sucesos de todos sus acontecimientos y dificultosas empresas. Encargóse Sancho de hacerlo así como se le mandaba, y de traer la tan buena respuesta como le trujo la vez primera.

–Anda, hijo –replicó don Quijote–, y no te turbes cuando te vieres ante la luz del sol de hermosura que vas a buscar. ¡Dichoso tú sobre todos los escuderos del mundo! [...]

[...] Volvió Sancho las espaldas y vareó su rucio, y don Quijote se quedó a caballo, descansando sobre los estribos y sobre el arrimo de su lanza, lleno de tristes y confusas imaginaciones, donde le dejaremos, yéndonos con Sancho Panza, que no menos confuso y pensativo se apartó de su señor que él quedaba[1]; y tanto, que apenas hubo salido del bosque, cuando, volviendo la cabeza y viendo que don Quijote no parecía, se apeó del jumento, y sentándose al pie de un árbol comenzó a hablar consigo mesmo y a decirse:

–Sepamos agora, Sancho hermano, adónde va vuesa merced. ¿Va a buscar algún jumento que se le haya perdido? –No, por cierto. –Pues

---

[11] *puño:* puñetazo.
[1] Es decir, no menos confuso y pensativo de lo que quedaba su señor.

¿qué va a buscar? –Voy a buscar, como quien no dice nada, a una princesa, y en ella al sol de la hermosura y a todo el cielo junto. –Y ¿adónde pensáis hallar eso que decís, Sancho? –¿Adónde? En la gran ciudad del Toboso? –Y bien, ¿de parte de quién la vais a buscar? –De parte del famoso caballero don Quijote de la Mancha, que desface los tuertos, y da de comer al que ha sed, y de beber al que ha hambre. –Todo eso está muy bien. Y ¿sabéis su casa, Sancho? –Mi amo dice que han de ser unos reales palacios o unos soberbios alcázares. –Y ¿habéisla visto algún día por ventura? –Ni yo ni mi amo la habemos visto jamás. –Y ¿paréceos que fuera acertado y bien hecho que si los del Toboso supiesen que estáis vos aquí con intención de ir a sonsacarles sus princesas y a desasosegarles sus damas, viniesen y os moliesen las costillas a puros palos, y no os dejasen hueso sano? –En verdad que tendrían mucha razón, cuando no considerasen que soy mandado, y que

> Mensajero sois, amigo,
> no merecéis culpa, non.[2]

–No os fiéis en eso, Sancho, porque la gente manchega es tan colérica como honrada, y no consiente cosquillas de nadie. Vive Dios que si os huele, que os mando mala ventura[3]. –¡Oxte, puto! ¡Allá darás, rayo![4] ¡No, sino ándeme yo buscando tres pies al gato por el gusto ajeno! Y más, que así será buscar a Dulcinea por el Toboso como a Marica por Rávena, o al bachiller en Salamanca[5]. ¡El diablo, el diablo me ha metido a mí en esto; que otro no!

Este soliloquio pasó consigo Sancho, y lo que sacó dél fue que volvió a decirse:

–Ahora bien: todas las cosas tienen remedio, si no es la muerte, debajo de cuyo yugo hemos de pasar todos, mal que nos pese, al acabar la vida. Este mi amo, por mil señales, he visto que es un loco de atar, y aun también yo no le quedo en zaga, pues soy más mentecato que él, pues le sigo y le sirvo, si es verdadero el refrán que dice: «Dime con quién andas, decirte he quién eres», y el otro de «No con quien naces, sino con quien paces». Siendo, pues, loco, como lo es, y de locura que las más veces toma unas cosas por otras, y juzga lo blanco por ne-

---

[2] Son dos versos famosos de un romance de Bernardo del Carpio.

[3] *Vive Dios, que si sospecha vuestras intenciones (os huele), os auguro (mando) mala ventura.*

[4] *¡Oxte, puto!:* interjección empleada para ahuyentar algo o a alguien. *¡Allá darás, rayo!:* maldición, cuya forma completa era «Allá darás, rayo, en casa de Tamayo».

[5] Hallar a Dulcinea en el Toboso es tan imposible como encontrar a una Marica en Rávena, porque allí no hay ninguna mujer de este nombre, o a un estudiante (*bachiller*) en Salamanca, porque está repleta de ellos.

gro y lo negro por blanco, como se pareció cuando dijo que los molinos de viento eran gigantes, y las mulas de los religiosos dromedarios, y las manadas de carneros ejércitos de enemigos, y otras muchas cosas a este tono, no será muy difícil hacerle creer que una labradora, la primera que me topare por aquí, es la señora Dulcinea; y cuando él no lo crea, juraré yo; y si él jurare, tornaré yo a jurar; y si porfiare, porfiaré yo más, y de manera que tengo de tener la mía siempre sobre el hito[6] venga lo que viniere. Quizá con esta porfía acabaré con él[7] que no me envíe otra vez a semejantes mensajerías, viendo cuán mal recado le traigo dellas, o quizá pensará, como yo imagino, que algún mal encantador de estos que él dice que le quieren mal, la habrá mudado la figura por hacerle mal y daño.

Con esto que pensó Sancho Panza quedó sosegado su espíritu, y tuvo por bien acabado su negocio, y deteniéndose allí hasta la tarde, por dar lugar a que don Quijote pensase que le había tenido para ir y volver del Toboso; y sucedióle todo tan bien, que cuando se levantó para subir en el rucio, vio que del Toboso hacia donde él estaba venían tres labradoras sobre tres pollinos, o pollinas, que el autor no lo declara, aunque más se puede creer que eran borricas, por ser ordinaria caballería de las aldeanas; pero como no va mucho en esto, no hay para qué detenerse en averiguarlo. En resolución: así como Sancho vio a las labradoras, a paso tirado[8] volvió a buscar a su señor don Quijote, y hallóle suspirando y diciendo mil amorosas lamentaciones. Como don Quijote le vio, le dijo:

–¿Qué hay, Sancho amigo? ¿Podré señalar este día con piedra blanca, o con negra[9]?

–Mejor será –respondió Sancho– que vuesa merced la señale con almagre, como rétulos de cátedras[10] porque le echen bien de ver los que le vieren.

–De ese modo –replicó don Quijote–, buenas nuevas traes.

–Tan buenas –respondió Sancho–, que no tiene más que hacer vuesa merced sino picar a Rocinante y salir a lo raso a ver a la señora

....

[6] *tener la suya sobre el hito:* salirse uno con la suya, empeñarse en hacer prevalecer sus razones; *hito* es una señal, generalmente un clavo o un hueso clavado en el suelo, a la que se tira con tejos o algo similar para hacer puntería.

[7] *acabaré con él:* conseguiré de él.

[8] *a paso tirado:* a paso ligero, de prisa.

[9] Los romanos tenían por costumbre señalar los días felices con una piedra blanca, y los aciagos con una negra.

[10] *rétulos de cátedras:* rótulos de cátedras; antiguamente, en las paredes de las universidades se escribían con pintura roja (*almagre*) los nombres de los que habían ganado una cátedra, precedidos de un *vítor* (señal de victoria).

Dulcinea del Toboso, que con otras dos doncellas suyas viene a ver a vuesa merced.

–¡Santo Dios! ¿Qué es lo que dices, Sancho amigo? –dijo don Quijote–. Mira no me engañes, ni quieras con falsas alegrías alegrar mis verdaderas tristezas.

–¿Qué sacaría yo de engañar a vuesa merced –respondió Sancho–, y más estando tan cerca de descubrir mi verdad? Pique, señor, y venga, y verá venir a la princesa, nuestra ama, vestida y adornada; en fin, como quien ella es. Sus doncellas y ella todas son una ascua de oro, todas mazorcas de perlas, todas son diamantes, todas rubíes, todas telas de brocado de más de diez altos[11]; los cabellos, sueltos por las espaldas, que son tantos rayos del sol que andan jugando con el viento; y, sobre todo, vienen a caballo sobre tres cananeas remendadas[12], que no hay más que ver.

–*Hacaneas* querrás decir, Sancho.

–Poca diferencia hay –respondió Sancho– de *cananeas* a *hacaneas;* pero vengan sobre lo que vinieren, ellas vienen las más galanas señoras que se puedan desear, especialmente la princesa Dulcinea, mi señora, que pasma los sentidos.

–Vamos, Sancho hijo –respondió don Quijote–; y en albricias destas no esperadas como buenas nuevas, te mando[13] el mejor despojo que ganare en la primera aventura que tuviere, y si esto no te contenta, te mando las crías que este año me dieren las tres yeguas mías, que tú sabes que quedan para parir en el prado concejil[14] de nuestro pueblo.

–A las crías me atengo –respondió Sancho–; porque de ser buenos los despojos de la primera aventura no está muy cierto.

Ya en esto salieron de la selva y descubrieron cerca a las tres aldeanas. Tendió don Quijote los ojos por todo el camino del Toboso, y como no vio sino a las tres labradoras, turbóse todo, y preguntó a Sancho si las había dejado fuera de la ciudad.

–¿Cómo fuera de la ciudad? –respondió–. ¿Por ventura tiene vuesa merced los ojos en el colodrillo, que no ve que son éstas, las que aquí vienen, resplandecientes como el mismo sol a mediodía?

–Yo no veo, Sancho –dijo don Quijote–, sino a tres labradoras sobre tres borricos.

---

[11] Siguiendo la exageración de las frases anteriores, Sancho habla de un brocado con más de diez labores (*altos*), cuando el máximo eran sólo tres.

[12] *cananeas remendadas:* se trata de una de las muchas confusiones lingüísticas de Sancho, en vez de *hacanea:* jaca sobre la que cabalgaban las grandes señoras; *remendada:* con la piel manchada, como con remiendos.

[13] *te mando:* te prometo.

[14] *concejil:* comunal, destinado al uso colectivo.

–¡Agora me libre Dios del diablo! –respondió Sancho–. Y ¿es posible que tres hacaneas, o como se llaman, blancas como el ampo[15] de la nieve, le parezcan a vuesa merced borricos? ¡Vive el Señor, que me pele estas barbas si tal fuese verdad!

–Pues yo te digo, Sancho amigo –dijo don Quijote–, que es tan verdad que son borricos, o borricas, como yo soy don Quijote y tú Sancho Panza; a lo menos, a mí tales me parecen.

–Calle, señor –dijo Sancho–; no diga la tal palabra, sino despabile esos ojos, y venga a hacer reverencia a la señora de sus pensamientos, que ya llega cerca.

Y diciendo esto, se adelantó a recebir a las tres aldeanas, y apeándose del rucio, tuvo del cabestro al jumento de una de las tres labradoras, y hincando ambas rodillas en el suelo, dijo:

–Reina y princesa y duquesa de la hermosura, vuestra altivez y grandeza sea servida de recebir en su gracia y buen talente al cautivo caballero vuestro, que allí está hecho piedra mármol, todo turbado y sin pulsos de verse ante vuestra magnífica presencia. Yo soy Sancho Panza su escudero, y él es el asendereado caballero don Quijote de la Mancha, llamado por otro nombre el Caballero de la Triste Figura.

A esta sazón ya se había puesto don Quijote de hinojos junto a Sancho, y miraba con ojos desencajados y vista turbada a la que Sancho llamaba reina y señora, y como no descubría en ella sino una moza aldeana, y no de muy buen rostro, porque era carirredonda y chata, estaba suspenso y admirado, sin osar desplegar los labios. Las labradoras estaban asimismo atónitas, viendo aquellos dos hombres tan diferentes hincados de rodillas, que no dejaban pasar adelante a su compañera; pero rompiendo el silencio la detenida, toda desgraciada y mohína, dijo:

–Apártense nora en tal[16] del camino, y déjenmos pasar; que vamos de priesa.

A lo que respondió Sancho:

–¡Oh princesa y señora universal del Toboso! ¿Cómo vuestro magnánimo corazón no se enternece viendo arrodillado ante vuestra sublimada presencia a la coluna y sustento de la andante caballería?

Oyendo lo cual otra de las dos, dijo:

–Mas ¡jo, que te estrego, burra de mi suegro![17] ¡Mirad con qué se vienen los señoritos ahora a hacer burla de las aldeanas, como si aquí

---

[15] Aunque antes Sancho había dicho que las hacaneas eran *remendadas*, ahora asegura que son de una blancura respladeciente (*ampo*, copo) como la nieve; éste era, efectivamente, el color más apreciado.

[16] *nora en tal:* eufemismo de *en hora mala.*

[17] Expresión vulgar que aquí denota impaciencia.

o supiésemos echar pullas como ellos! Vayan su camino, e déjenmos acer el nueso[18], y serles ha sano.

–Levántate, Sancho –dijo a este punto don Quijote–; que ya veo que la Fortuna, de mi mal no harta, tiene tomados los caminos todos por donde pueda venir algún contento a esta ánima mezquina que tengo en las carnes. Y tú, ¡oh extremo del valor que puede desearse, término de la humana gentileza, único remedio deste afligido corazón que te adora!, ya que el maligno encantador me persigue, y ha puesto nubes y cataratas en mis ojos, y para sólo ellos y no para otros ha mudado y transformado tu sin igual hermosura y rostro en el de una labradora pobre, si ya también el mío no le ha cambiado en el de algún vestiglo[19], para hacerle aborrecible a tus ojos, no dejes de mirarme blanda y amorosamente, echando de ver en esta sumisión y arrodillamiento que a tu contrahecha hermosura hago, la humildad con que mi alma te adora.

–¡Tomá que mi agüelo! –respondió la aldeana–. ¡Amiguita soy yo de oír resquebrajos[20]! Apártense y déjenmos ir, y agradecérselo hemos.

Apartóse Sancho y dejóla ir, contentísimo de haber salido bien de su enredo.

Apenas se vio libre la aldeana que había hecho la figura de Dulcinea, cuando, picando a su *cananea*[21] con un aguijón que en un palo traía, dio a correr por el prado adelante. Y como la borrica sentía la punta del aguijón, que le fatigaba más de lo ordinario, comenzó a dar corcovos, de manera que dio con la señora Dulcinea en tierra; lo cual visto por don Quijote, acudió a levantarla, y Sancho a componer y cinchar el albarda, que también vino a la barriga de la pollina. Acomodada, pues, la albarda, y quiriendo don Quijote levantar a su encantada señora en los brazos sobre la jumenta, la señora, levantándose del suelo, le quitó de aquel trabajo, porque haciéndose algún tanto atrás, tomó una corridica, y puestas ambas manos sobre las ancas de la pollina, dio con su cuerpo, más ligero que un halcón, sobre la albarda, y quedó a horcajadas, como si fuera hombre; y entonces dijo Sancho:

–¡Vive Roque, que es la señora nuestra ama más ligera que un acotán[22], y que puede enseñar a subir a la jineta al más diestro cordobés o mejicano! El arzón trasero de la silla pasó de un salto, y sin espuelas ha-

---

[18] *nueso:* forma rústica de *nuestro*.

[19] *vestiglo:* monstruo.

[20] Cómica confusión de la aldeana entre *requiebros*, galanterías, y *resquebrajos*, hendiduras, grietas.

[21] *cananea:* ver nota 12 de este mismo capítulo.

[22] *acotán:* alcotán, ave rapaz parecida al halcón.

ce correr la hacanea como una cebra. Y no le van en zaga sus donce
llas; que todas corren como el viento.

Y así era la verdad; porque, en viéndose a caballo Dulcinea, toda
picaron tras ella y dispararon a correr, sin volver la cabeza atrás por es
pacio de más de media legua. Siguiólas don Quijote con la vista, y cuan
do vio que no parecían, volviéndose a Sancho, le dijo:

–Sancho, ¿qué te parece cuán mal quisto soy de encantadores?
mira hasta dónde se extiende su malicia y la ojeriza que me tienen
pues me han querido privar del contento que pudiera darme ver en s
ser a mi señora. En efecto, yo nací para ejemplo de desdichados, y par
ser blanco y terrero[23] donde tomen la mira y asiesten[24] las flechas de l
mala fortuna. Y has también de advertir, Sancho, que no se contentaro
estos traidores de haber vuelto y transformado a mi Dulcinea, sino qu
la transformaron y volvieron en una figura tan baja y tan fea como la d
aquella aldeana, y juntamente le quitaron lo que es tan suyo de las prin
cipales señoras, que es el buen olor, por andar siempre entre ámbares
entre flores. Porque te hago saber, Sancho, que cuando llegué a subir
Dulcinea sobre su hacanea, según tú dices, que a mí me pareció borrica
me dio un olor de ajos crudos, que me encalabrinó[25] y atosigó el alma

–¡Oh canalla! –gritó a esta sazón Sancho–. ¡Oh encantadores aci
gos y mal intencionados, y quién os viera a todos ensartados por la
agallas, como sardinas en lercha[26]. Mucho sabéis, mucho podéis y mu
cho más hacéis. Bastaros debiera, bellacos, haber mudado las perlas d
los ojos de mi señora en agallas alcornoqueñas, y sus cabellos de or
purísimo en cerdas de cola de buey bermejo y, finalmente, todas sus fa
ciones de buenas en malas, sin que le tocárades en el olor; que por e
siquiera sacáramos lo que estaba encubierto debajo de aquella fea cor
teza; aunque, para decir verdad, nunca yo vi su fealdad, sino su hermo
sura, a la cual subía de punto y quilates un lunar que tenía sobre el la
bio derecho, a manera de bigote, con siete o ocho cabellos rubio
como hebras de oro y largos de más de un palmo.

[...]

Harto tenía que hacer el socarrón de Sancho en disimular la risa
oyendo las sandeces de su amo, tan delicadamente engañado. Final
mente, después de otras muchas razones que entre los dos pasaron
volvieron a subir en sus bestias, y siguieron el camino de Zaragoza
adonde pensaban llegar a tiempo que pudiesen hallarse en unas sole

---

[23] *terrero:* montón de tierra sobre el que se pone el blanco.
[24] *asiesten:* asesten, se dirijan.
[25] *encalabrinó:* atufó, apestó.
[26] *lercha:* junquillo en que se ensartan los pescados y las aves muertas.

nes fiestas que en aquella insigne ciudad cada año suelen hacerse. Pero antes que allá llegasen les sucedieron cosas que, por muchas, grandes y nuevas, merecen ser descritas y leídas, como se verá adelante.

[Siguiendo adelante, topan con un grupo de faranduleros, cómicos que representan el auto de *Las cortes de la muerte,* y don Quijote se deja engañar por sus disfraces.]

Capítulo XII

De la extraña aventura que le sucedió al valeroso don Quijote con el bravo Caballero de los Espejos[1]

[...]

Finalmente, Sancho se quedó dormido al pie de un alcornoque, y don Quijote, dormitando al de una robusta encina; pero poco espacio de tiempo había pasado, cuando le despertó un ruido que sintió a sus espaldas, y levantándose con sobresalto, se puso a mirar y a escuchar de dónde el ruido procedía, y vio que eran dos hombres a caballo, y que el uno, dejándose derribar de la silla, dijo al otro:

–Apéate, amigo, y quita los frenos a los caballos, que, a mi parecer, este sitio abunda de yerba para ellos, y del silencio y soledad que han menester mis amorosos pensamientos.

El decir esto y el tenderse en el suelo todo fue a un mesmo tiempo; y al arrojarse hicieron ruido las armas de que venía armado, manifiesta señal por donde conoció don Quijote que debía de ser caballero andante; y llegándose a Sancho, que dormía, le trabó del brazo, y con no pequeño trabajo le volvió en su acuerdo[2], y con voz baja le dijo:

–Hermano Sancho, aventura tenemos.

–Dios nos la dé buena –respondió Sancho–. Y ¿adónde está, señor mío, su merced de esa señora aventura?

–¿Adónde, Sancho? –replicó don Quijote–. Vuelve los ojos y mira, y verás allí tendido un andante caballero, que, a lo que a mí se me tras-

---

[1] El personaje que protagoniza este episodio se denomina a sí mismo Caballero de los Espejos, como figura en el epígrafe; sin embargo, el narrador lo llama Caballero del Bosque y más adelante (cap. XIV) también de la Selva, porque don Quijote lo encuentra en una floresta.

[2] *le volvió en su acuerdo:* lo despertó.

luce, no debe de estar demasiadamente alegre, porque le vi arrojar del caballo y tenderse en el suelo con algunas muestras de despecho, y al caer le crujieron las armas.

–Pues ¿en qué halla vuesa merced –dijo Sancho– que ésta sea aventura?

–No quiero yo decir –respondió don Quijote– que ésta sea aventura del todo, sino principio della; que por aquí se comienzan las aventuras. Pero escucha; que, a lo que parece, templando está un laúd o vigüela[3], y, según escupe y se desembaraza el pecho, debe de prepararse para cantar algo.

–A buena fe que es así –respondió Sancho–, y que debe de ser caballero enamorado.

–No hay ninguno de los andantes que no lo sea –dijo don Quijote–. Y escuchémosle, que por el hilo sacaremos el ovillo de sus pensamientos, si es que canta; que de la abundancia del corazón habla la lengua.

Replicar quería Sancho a su amo; pero la voz del Caballero del Bosque, que no era muy mala ni muy buena, lo estorbó, y estando los dos atónitos, oyeron que lo que cantó fue este soneto:

> –Dadme, señora, un término que siga,
> conforme a vuestra voluntad cortado;
> que será de la mía así estimado,
> que por jamás un punto dél desdiga.
> Si gustáis que callando mi fatiga
> muera, contadme ya por acabado;
> si queréis que os la cuente en desusado
> modo, haré que el mesmo amor la diga.
> A prueba de contrarios estoy hecho,
> de blanda cera y de diamante duro,
> y a las leyes de amor el alma ajusto.
> Blando cual es, o fuerte, ofrezco el pecho;
> entallad o imprimid lo que os dé gusto;
> que de guardarlo eternamente juro.

Con un ¡ay! arrancado, al parecer, de lo íntimo de su corazón dio fin a su canto el Caballero del Bosque, y de allí a un poco, con voz doliente y lastimada, dijo:

–¡Oh la más hermosa y la más ingrata mujer del orbe! ¿Cómo que será posible, serenísima Casildea de Vandalia[4], que has de consentir que se consuma y acabe en continuas peregrinaciones y en ásperos y duros trabajos este tu cautivo caballero? ¿No basta ya que he hecho que te confiesen por la más hermosa del mundo todos los caballeros de

---

[3] *vigüela:* vihuela, instrumento musical parecido a la guitarra.

[4] Como explicará el propio personaje en el cap. XIV, a su dama la llama Casildea de Vandalia, porque su nombre es Casilda y nació en Andalucía (Vandalusía).

Navarra, todos los leoneses, todos los tartesios[5], todos los castellanos y, finalmente, todos los caballeros de la Mancha?

–Eso no –dijo a esta sazón don Quijote–, que yo soy de la Mancha, y nunca tal he confesado, ni podía ni debía confesar una cosa tan perjudicial a la belleza de mi señora; y este tal caballero ya ves tú, Sancho, que desvaría. Pero escuchemos: quizá se declarará más.

–Sí hará –replicó Sancho–; que término lleva de quejarse un mes arreo[6].

Pero no fue así; porque, habiendo entreoído el Caballero del Bosque que hablaban cerca dél, sin pasar adelante en su lamentación, se puso en pie, y dijo con voz sonora y comedida:

–¿Quién va allá? ¿Qué gente? ¿Es por ventura de la del número de los contentos, o la del de los afligidos?

–De los afligidos –respondió don Quijote.

–Pues lléguese a mí –respondió el del Bosque–, y hará cuenta que se llega a la mesma tristeza y a la aflición mesma.

Don Quijote, que se vio responder tan tierna y comedidamente, se llegó a él, y Sancho ni más ni menos.

El caballero lamentador asió a don Quijote del brazo, diciendo:

–Sentaos aquí, señor caballero; que para entender que lo sois, y de los que profesan la andante caballería, bástame el haberos hallado en este lugar, donde la soledad y el sereno os hacen compañía, naturales lechos y propias estancias de los caballeros andantes.

A lo que respondió don Quijote:

–Caballero soy, y de la profesión que decís; y aunque en mi alma tienen su propio asiento las tristezas, las desgracias y las desventuras, no por eso se ha ahuyentado della la compasión que tengo de las ajenas desdichas. De lo que contaste poco ha colegí que las vuestras son enamoradas, quiero decir, del amor que tenéis a aquella hermosa ingrata que en vuestras lamentaciones nombrastes.

Ya cuando esto pasaban, estaban sentados juntos sobre la dura tierra, en buena paz y compañía, como si al romper del día no se hubieran de romper las cabezas[7].

–Por ventura, señor caballero –preguntó el del Bosque a don Quijote–, ¿sois enamorado?

–Por desventura lo soy –respondió don Quijote–; aunque los daños que nacen de los bien colocados pensamientos antes se deben tener por gracias que por desdichas.

....

[5] *tartesios:* andaluces; de *Tartéside*, nombre fenicio de Andalucía.

[6] *arreo:* seguido, sin interrupción.

[7] Juego de palabras entre *romper el día*, amanecer, y *romperse la cabeza*, alusión a la pelea que más adelante se describirá.

–Así es la verdad –replicó el del Bosque–, si no nos turbasen la razón y el entendimiento los desdenes, que siendo muchos, parecen venganzas.

–Nunca fui desdeñado de mi señora –respondió don Quijote.

–No, por cierto –dijo Sancho, que allí junto estaba–; porque es mi señora como una borrega mansa; es más blanda que una manteca.

–¿Es vuestro escudero éste? –preguntó el del Bosque.

–Sí es –respondió don Quijote.

–Nunca he visto yo escudero –replicó el del Bosque– que se atreva a hablar donde habla su señor; a lo menos, ahí está ese mío, que es tan grande como su padre, y no se probará que haya desplegado el labio donde yo hablo.

–Pues a fe –dijo Sancho–, que he hablado yo, y puedo hablar delante de otro tan..., y aun quédese aquí, que es peor meneallo.

El escudero del Bosque asió por el brazo a Sancho, diciéndole:

–Vámonos los dos donde podamos hablar escuderilmente todo cuanto quisiéremos, y dejemos a estos señores amos nuestros que se den de las astas[8], contándose historias de su amores; que a buen seguro que les ha de coger el día en ellas y no las han de haber acabado.

–Sea en buena hora –dijo Sancho–; y yo le diré a vuestra merced quién soy, para que vea si puedo entrar en docena con los más hablantes escuderos.

Con esto, se apartaron los dos escuderos, entre los cuales pasó un tan gracioso coloquio como fue grave el que pasó entre sus señores.

[...]

Capítulo XIV

Donde se prosigue la aventura del Caballero del Bosque

Entre muchas razones que pasaron don Quijote y el Caballero de la Selva, dice la historia que el del Bosque dijo a don Quijote:

–Finalmente, señor caballero, quiero que sepáis que mi destino, o, por mejor decir, mi elección, me trujo a enamorar de la sin par Casildea de Vandalia. Llámola sin par porque no le tiene, así en la grandeza del cuerpo como en el extremo del estado y de la hermosura.

[8] *se den de las astas:* se descuernen, discutan.

Esta tal Casildea, pues, que voy contando, pagó mis buenos pensamientos y comedidos deseos con hacerme ocupar, como su madrina a Hércules[1], en muchos y diversos peligros, prometiéndome al fin de cada uno que en el fin del otro llegaría el de mi esperanza; pero así se han ido eslabonando mis trabajos, que no tienen cuento, ni yo sé cuál ha de ser el último que dé principio al cumplimiento de mis buenos deseos. Una vez me mandó que fuese a desafiar a aquella famosa giganta de Sevilla llamada la Giralda[2], que es tan valiente y fuerte como hecha de bronce, y sin mudarse de un lugar, es la más movible y voltaria[3] mujer del mundo. Llegué, vila y vencíla[4], y hícela estar queda y a raya, porque en más de una semana no soplaron sino vientos nortes. Vez también hubo que me mandó fuese a tomar en peso las antiguas piedras de los valientes Toros de Guisando[5], empresa más para encomendarse a ganapanes que a caballeros. Otra vez me mandó que me precipitase y sumiese en la sima de Cabra[6], peligro inaudito y temeroso, y que le trujese particular relación de lo que en aquella escura profundidad se encierra. Detuve el movimiento a la Giralda, pesé los Toros de Guisando, despeñéme en la sima y saqué a luz lo escondido de su abismo, y mis esperanzas, muertas que muertas, y sus mandamientos y desdenes, vivos que vivos. En resolución, últimamente me ha mandado que discurra por todas las provincias de España y haga confesar a todos los andantes caballeros que por ellas vagaren que ella sola es la más aventajada en hermosura de cuantas hoy viven, y que yo soy el más valiente y el más bien enamorado caballero del orbe; en cuya demanda he andado ya la mayor parte de España, y en ella he vencido muchos caballeros que se han atrevido a contradecirme. Pero de lo que yo más me precio y ufano es de haber vencido en singular batalla a aquel tan famoso caballero don Quijote de la Mancha, y héchole confesar que es más hermosa mi Casildea que su Dulcinea; y en sólo este vencimiento hago cuenta que he vencido todos los caballeros del mundo, porque el tal don Quijote que digo los ha vencido a todos; y habiéndole yo vencido a él, su gloria, su fama y su honra se ha transferido y pasado a mi persona.

....

[1] Fue Juno, madrastra (y no *madrina*, que es un italianismo) de Hércules, la que le indujo a realizar los doce famosos trabajos.

[2] Se refiere a la veleta, formada por una estatua de la Victoria, con que se remata la torre de la catedral de Sevilla.

[3] *voltaria:* voluble, inconstante, que da vueltas.

[4] Es una adaptación de la célebre frase de César: *Veni, vidi, vici.*

[5] Los toros de Guisando son unas estatuas de piedra prerromanas que se encuentran en la provincia de Ávila. *Valientes* tiene el significado de 'grandes', 'corpulentos'.

[6] Profunda sima que está situada a unos 5 kilómetros de esa población cordobesa.

Y tanto el vencedor es más honrado,
cuanto más el vencido es reputado[7].

Así que ya corren por mi cuenta y son mías las inumerables hazañas del ya referido don Quijote.

Admirado quedó don Quijote al oír al Caballero del Bosque, y estuvo mil veces por decirle que mentía, y ya tuvo el mentís en el pico de
la lengua; pero reportóse lo mejor que pudo, por hacerle confesar por
su propia boca su mentira, y, así, sosegadamente le dijo:

–De que vuesa merced, señor caballero, haya vencido a los más
caballeros andantes de España, y aun de todo el mundo, no digo nada;
pero de que haya vencido a don Quijote de la Mancha, póngolo en duda. Podría ser que fuese otro que le pareciese, aunque hay pocos que
le parezcan.

–¿Cómo no? –replicó el del Bosque–. Por el cielo que nos cubre
que peleé con don Quijote, y le vencí y rendí; y es un hombre alto de
cuerpo, seco de rostro, estirado y avellanado[8] de miembros, entrecano,
la nariz aguileña y algo corva, de bigotes grandes, negros y caídos.
Campea[9] debajo del nombre del *Caballero de la Triste Figura,* y trae
por escudero a un labrador llamado Sancho Panza; oprime el lomo y ri-
ge el freno de un famoso caballo llamado Rocinante, y, finalmente, tiene por señora de su voluntad a una tal Dulcinea del Toboso, llamada un
tiempo Aldonza Lorenzo; como la mía, que, por llamarse Casilda y ser
de la Andalucía, yo la llamo Casildea de Vandalia. Si todas estas señas
no bastan para acreditar mi verdad, aquí está mi espada, que la hará dar
crédito a la mesma incredulidad.

–Sosegaos, señor caballero –dijo don Quijote–, y escuchad lo que
decir os quiero. Habéis de saber que ese don Quijote que decís es el
mayor amigo que en este mundo tengo, y tanto, que podré decir que le
tengo en lugar de mi misma persona, y que por las señas que dél me
habéis dado, tan puntuales y ciertas, no puedo pensar sino que sea el
mismo que habéis vencido. Por otra parte, veo con los ojos y toco con
las manos no ser posible ser el mesmo, si ya no fuese que como él tiene
muchos enemigos encantadores, especialmente uno que de ordinario
le persigue, no haya alguno dellos tomado su figura para dejarse vencer, por defraudarle de la fama que sus altas caballerías le tienen gran-
jeada y adquirida por todo lo descubierto de la tierra. Y, para confirma-

----

[7] Se recoge aquí la idea de dos versos de *La Araucana* (I, 2), poema épico de Alonso de Ercilla. La cita no es del todo fiel, ya que el texto evocado dice en realidad: «Pues
no es el vencedor más estimado / de aquello en que el vencido es reputado».

[8] *avellanado:* enjuto, seco como una avellana.

[9] *Campea:* lucha victoriosamente.

ción desto, quiero también que sepáis que los tales encantadores sus contrarios no ha más de dos días que transformaron la figura y persona de la hermosa Dulcinea del Toboso en una aldeana soez y baja, y desta manera habrán transformado a don Quijote; y si todo esto no basta para enteraros en esta verdad que digo, aquí está el mesmo don Quijote, que la sustentará con sus armas a pie, o a caballo, o de cualquiera suerte que os agradare.

Y, diciendo esto, se levantó en pie y se empuñó en la espada, esperando qué resolución tomaría el Caballero del Bosque; el cual, con voz asimismo sosegada, respondió y dijo:

–Al buen pagador no le duelen prendas; el que una vez, señor don Quijote, pudo venceros transformado, bien podrá tener esperanza de rendiros en vuestro propio ser. Mas porque no es bien que los caballeros hagan sus fechos de armas a escuras, como los salteadores y rufianes, esperemos el día, para que el sol vea nuestras obras. Y ha de ser condición de nuestra batalla que el vencido ha de quedar a la voluntad del vencedor, para que haga dél todo lo que quisiere, con tal que sea decente a caballero lo que se le ordenare.

–Soy más que contento desa condición y convenencia[10] –respondió don Quijote.

Y, en diciendo esto, se fueron donde estaban sus escuderos, y los hallaron roncando y en la misma forma que estaban cuando les salteó el sueño. Despertáronlos y mandáronles que tuviesen a punto los caballos, porque en saliendo el sol habían de hacer los dos una sangrienta, singular y desigual[11] batalla; a cuyas nuevas quedó Sancho atónito y pasmado, temeroso de la salud de su amo, por las valentías que había oído decir del suyo al escudero del Bosque; pero, sin hablar palabra, se fueron los dos escuderos a buscar su ganado, que ya todos tres caballos y el rucio se habían olido y estaban todos juntos.

En el camino dijo el del Bosque a Sancho:

–Ha de saber, hermano, que tienen por costumbre los peleantes de la Andalucía, cuando son padrinos de alguna pendencia, no estarse ociosos mano sobre mano en tanto que sus ahijados riñen. Dígolo porque esté advertido que mientras nuestros dueños riñeren, nosotros también hemos de pelear y hacernos astillas.

–Esa costumbre, señor escudero –respondió Sancho–, allá puede correr y pasar con los rufianes y peleantes que dice; pero con los escuderos de los caballeros andantes, ni por pienso. A lo menos, yo no he oído decir a mi amo semejante costumbre, y sabe de memoria todas las ordenanzas de la andante caballería. Cuanto más que yo quiero que sea

---

[10] *covenencia*: conveniencia, acuerdo.

[11] *desigual*: ardua, dificultosa.

verdad[12] y ordenanza expresa el pelear los escuderos en tanto que sus señores pelean; pero yo no quiero cumplirla, sino pagar la pena que estuviese puesta a los tales pacíficos escuderos, que yo aseguro que no pase de dos libras de cera[13]; y más quiero pagar las tales libras, que sé que me costarán menos que las hilas[14] que podré gastar en curarme la cabeza, que ya me la cuento por partida y dividida en dos partes. Hay más: que me imposibilita el reñir el no tener espada, pues en mi vida me la puse.

–Para eso sé yo un buen remedio –dijo el del Bosque–: yo traigo aquí dos talegas de lienzo, de un mesmo tamaño; tomaréis vos la una, y yo la otra, y riñiremos a talegazos, con armas iguales.

–Desa manera, sea en buena hora –respondió Sancho–; porque antes servirá la tal pelea de despolvorearnos que de herirnos.

–No ha de ser así –replicó el otro–; porque se han de echar dentro de las talegas, porque no se las lleve el aire, media docena de guijarros lindos y pelados, que pesen tanto los unos como los otros, y desta manera nos podremos atalegar[15] sin hacernos mal ni daño.

–¡Mirad, cuerpo de mi padre –respondió Sancho–, qué martas cebollinas[16] o qué copos de algodón cardado pone en las talegas, para no quedar molidos los cascos y hechos alheña[17] los huesos! Pero aunque se llenaran de capullos de seda, sepa, señor mío, que no he de pelear; peleen nuestros amos, y allá se lo hayan, y bebamos y vivamos nosotros; que el tiempo tiene cuidado de quitarnos las vidas, sin que andemos buscando apetites[18] para que se acaben antes de llegar su sazón y término y que se cayan[19] de maduras.

–Con todo –replicó el del Bosque–, hemos de pelear siquiera media hora.

–Eso no –respondió Sancho–; no seré yo tan descortés ni tan desagradecido, que con quien he comido y he bebido trabe cuestión alguna, por mínima que sea; cuanto más que estando sin cólera y sin enojo, ¿quién diablos se ha de amañar a reñir a secas?

–Para eso –dijo el del Bosque– yo daré un suficiente remedio: y es que antes que comencemos la pelea, yo me llegaré bonitamente a vues-

---

[12] *quiero que sea verdad:* admito que sea verdad.

[13] En las cofradías se imponían penas que consistían en pagar cirios.

[14] *hilas:* vendas.

[15] *atalegar:* neologismo inventado por Cervantes.

[16] Graciosa confusión de Sancho: la marta cebellina es una piel extremadamente suave y muy apreciada.

[17] *hechos alheña:* molidos, hechos polvo; la alheña es un arbusto cuyas hojas, reducidas a polvo, se emplean para teñir.

[18] *apetites:* salsas para excitar el apetito, estimulantes.

[19] *cayan:* caigan.

tra merced y le daré tres o cuatro bofetadas, que dé con él[20] a mis pies; con las cuales le haré despertar la cólera, aunque esté con más sueño que un lirón.

–Contra ese corte[21] sé yo otro –respondió Sancho–, que no le va en zaga: cogeré yo un garrote, y antes que vuestra merced llegue a despertarme la cólera, haré yo dormir a garrotazos de tal suerte la suya, que no despierte si no fuere en el otro mundo; en el cual se sabe que no soy yo hombre que me dejo manosear el rostro de nadie. [...]

En lo que se detuvo don Quijote en que Sancho subiese en el alcornoque, tomó el de los Espejos del campo lo que le pareció necesario; y creyendo que lo mismo habría hecho don Quijote, sin esperar son de trompeta ni otra señal que los avisase, volvió las riendas a su caballo –que no era más ligero ni de mejor parecer que Rocinante–, y a todo su correr, que era un mediano trote, iba a encontrar a su enemigo; pero viéndole ocupado en la subida de Sancho, detuvo las riendas y paróse en la mitad de la carrera, de lo que el caballo quedó agradecidísimo, a causa que ya no podía moverse. Don Quijote, que le pareció que ya su enemigo venía volando, arrimó reciamente las espuelas a las trasijadas[22] ijadas de Rocinante, y le hizo aguijar de manera, que cuenta la historia que esta sola vez se conoció haber corrido algo, poque todas las demás siempre fueron trotes declarados; y con esta no vista furia llegó donde el de los Espejos estaba hincando a su caballo las espuelas hasta los botones[23], sin que le pudiese mover un solo dedo del lugar donde había hecho estanco[24] de su carrera.

En esta buena sazón y coyuntura halló don Quijote a su contrario embarazado con su caballo y ocupado con su lanza, que nunca, o no acertó, o no tuvo lugar de ponerla en ristre. Don Quijote, que no miraba en estos inconvenientes, a salvamano y sin peligro alguno encontró al de los Espejos, con tanta fuerza, que mal de su grado le hizo venir al suelo por las ancas del caballo, dando tal caída, que, sin mover pie ni mano, dio señales de que estaba muerto.

Apenas le vio caído Sancho, cuando se deslizó del alcornoque y a toda priesa vino donde su señor estaba; el cual, apeándose de Rocinante, fue sobre el de los Espejos, y quitándole las lazadas del yelmo para ver si era muerto y para que le diese el aire si acaso estaba vivo... y vio... ¿Quién podrá decir lo que vio, sin causar admiración, maravilla y es-

---

[20] Uso de la tercera persona como tratamiento de respeto, aquí probablemente irónico; equivale a *usted* o a *vuestra merced*.

[21] *corte:* treta de esgrima.

[22] *trasijadas:* flacas, escuálidas.

[23] *hasta los botones:* hasta los topes.

[24] *estanco:* parada, detención.

panto a los que lo oyeren? Vio, dice la historia, el rostro mesmo, la misma figura, el mesmo aspecto, la misma fisonomía, la mesma efigie, la pespetiva mesma del bachiller Sansón Carrasco; y así como la vio, en altas voces dijo:

–¡Acude, Sancho, y mira lo que has de ver y no lo has de creer! ¡Aguija, hijo, y advierte lo que puede la magia; lo que pueden los hechiceros y los encantadores!

Llegó Sancho, y como vio el rostro del bachiller Carrasco, comenzó a hacerse mil cruces y a santiguarse otras tantas. En todo esto, no daba muestras de estar vivo el derribado caballero, y Sancho dijo a don Quijote:

–Soy de parecer, señor mío, que, por sí o por no, vuesa merced hinque y meta la espada por la boca a este que parece el bachiller Sansón Carrasco; quizá matará en él a alguno de sus enemigos los encantadores.

–No dices mal –dijo don Quijote–; porque de los enemigos, los menos.

Y sacando la espada para poner en efecto el aviso y consejo de Sancho, llegó el escudero del de los Espejos, ya sin las narices que tan feo le habían hecho, y a grandes voces dijo:

–Mire vuesa merced lo que hace, señor don Quijote; que ese que tiene a los pies es el bachiller Sansón Carrasco su amigo, y yo soy su escudero.

Y viéndole Sancho sin aquella fealdad primera, le dijo:

–¿Y las narices?

A lo que él respondió:

–Aquí las tengo, en la faldriquera.

Y echando mano a la derecha, sacó unas narices de pasta y barniz, de máscara, de la manifatura que quedan delineadas[25]. Y mirándole más y más Sancho, con voz admirativa y grande, dijo:

–¡Santa María, y valme! ¿Éste no es Tomé Cecial, mi vecino y mi compadre?

–Y ¡cómo si lo soy! –respondió el ya desnarigado escudero–. Tomé Cecial soy, compadre y amigo Sancho Panza, y luego os diré los arcaduces[26], embustes y enredos por donde soy aquí venido; y, en tanto, pedid y suplicad al señor vuestro amo que no toque, maltrate, hiera ni mate al Caballero de los Espejos, que a sus pies tiene, porque sin duda alguna es el atrevido y mal aconsejado del bachiller Sansón Carrasco, nuestro compatrioto.

---

[25] *unas narices... de la manifatura que quedan delineadas:* 'unas narices cuya forma (*manifatura,* manufactura) queda descrita'; efectivamente, poco antes se han dado toda clase de detalles sobre esas narices.

[26] *arcaduces:* cangilones de la noria, con los que se recoge el agua; metafóricamente significa 'medios para conseguir algún fin'.

En esto, volvió en sí el de los Espejos; lo cual visto por don Quijote, le puso la punta desnuda de su espada encima del rostro, y le dijo:

–Muerto sois, caballero, si no confesáis que la sin par Dulcinea del Toboso se aventaja en belleza a vuestra Casildea de Vandalia; y, además de esto, habéis de prometer, si de esta contienda y caída quedárades con vida, de ir a la ciudad del Toboso y presentaros en su presencia de mi parte, para que haga de vos lo que más en voluntad le viniere; y si os dejare en la vuestra, asimismo habéis de volver a buscarme, que el rastro de mis hazañas os servirá de guía que os traiga donde yo estuviere, y a decirme lo que con ella hubiéredes pasado; condiciones que, conforme a las que pusimos antes de nuestra batalla, no salen de los términos de la andante caballería.

–Confieso –dijo el caído caballero– que vale más el zapato descosido y sucio de la señora Dulcinea del Toboso que las barbas mal peinadas, aunque limpias, de Casildea, y prometo de ir y volver de su presencia a la vuestra, y daros entera y particular cuenta de lo que me pedís.

–También habéis de confesar y creer –añadió don Quijote– que aquel caballero que vencistes no fue ni pudo ser don Quijote de la Mancha, sino otro que se le parecía, como yo confieso y creo que vos, aunque parecéis el bachiller Sansón Carrasco, no lo sois, sino otro que le parece, y que en su figura aquí me le han puesto mis enemigos, para que detenga y temple el ímpetu de mi cólera, y para que use blandamente de la gloria del vencimiento.

[...]

Capítulo XV

Donde se cuenta y da noticia de quién era el Caballero de los Espejos y su escudero

[...]

Dice, pues, la historia que cuando el bachiller Sansón Carrasco aconsejó a don Quijote que volviese a proseguir sus dejadas caballerías, fue por haber entrado primero en bureo[1] con el cura y el barbero sobre qué medio se podría tomar para reducir a don Quijote a que se estuviese

---

[1] *entrar en bureo:* juntarse para tratar alguna cosa.

en su casa quieto y sosegado, sin que le alborotasen sus mal buscadas aventuras; de cuyo consejo salió, por voto común de todos y parecer particular de Carrasco, que dejasen salir a don Quijote, pues el detenerle parecía imposible, y que Sansón le saliese al camino como caballero andante, y trabase batalla con él, pues no faltaría sobre qué, y le venciese, teniéndolo por cosa fácil, y que fuese pacto y concierto que el vencido quedase a merced del vencedor; y, así vencido don Quijote, le había de mandar el bachiller caballero se volviese a su pueblo y casa, y no saliese della en dos años, o hasta tanto que por él le fuese mandado otra cosa; lo cual era claro que don Quijote vencido cumpliría indubitablemente, por no contravenir y faltar a las leyes de la caballería, y podría ser que en el tiempo de su reclusión se le olvidasen sus vanidades, o se diese lugar de buscar a su locura algún conveniente remedio.

[Don Quijote corre otras aventuras, entre las que figura el descenso a la cueva de Montesinos, junto a las lagunas de Ruidera, y asiste a las bodas de Camacho el rico. Va a parar a una venta, camino de Aragón.]

CAPÍTULO XXV

**Donde se apunta la aventura del rebuzno y la graciosa
del titerero[1], con las memorables adivinanzas
del mono adivino**

[Cuentan a nuestro caballero la divertida historia de dos regidores que se pusieron a rebuznar para encontrar a un burro que buscaban, y oye hablar del mono adivino y el retablo (teatrillo portátil) de maese Pedro.]

Preguntó luego don Quijote al ventero qué mase[2] Pedro era aquél y qué retablo y qué mono traía. A lo que respondió el ventero:

–Éste es un famoso titerero, que ha muchos días que anda por esta Mancha de Aragón[3] enseñando un retablo de Melisendra, dada[4] por el fa-

---

[1] *titerero:* titiritero, que maneja un teatro de títeres.

[2] *mase:* maese.

[3] Se refiere a la parte oriental de La Mancha, concretamente a las tierras de Albacete.

[4] Aquí hay que suponer un error del cajista, que probablemente se saltó algunas palabras: «un retablo de la libertad de Melisendra, dada por...».

moso don Gaiferos, que es una de las mejores y más bien representadas historias que de muchos años a esta parte en este reino se han visto. Trae asimismo consigo un mono de la más rara habilidad que se vio entre monos, ni se imaginó entre hombres; porque si le preguntan algo, está atento a lo que le preguntan y luego salta sobre los hombros de su amo, y, llegándosele al oído, le dice la respuesta de lo que le preguntan, y maese Pedro la declara luego; y de las cosas pasadas dice mucho más que de las que están por venir; y aunque no todas veces acierta en todas, en las más no yerra; de modo que nos hace creer que tiene el diablo en el cuerpo. Dos reales lleva por cada pregunta, si es que el mono responde, quiero decir, si responde el amo por él, después de haberle hablado al oído; y, así, se cree que el tal maese Pedro está riquísimo; y es *hombre galante,* como dicen en Italia, y *bon compaño*[5], y dase la mejor vida del mundo; habla más que seis y bebe más que doce, todo a costa de su lengua y de su mono y de su retablo.

En esto, volvió maese Pedro, y en una carreta venía el retablo, y el mono, grande y sin cola, con las posaderas de fieltro[6], pero no de mala cara; y apenas le vio don Quijote, cuando le preguntó:

–Dígame vuestra merced, señor adivino: *¿qué peje pillamo?*[7] ¿Qué ha de ser de nosotros? Y vea aquí mis dos reales.

Y mandó a Sancho que se los diese a maese Pedro, el cual respondió por el mono, y dijo:

–Señor, este animal no responde ni da noticia de las cosas que están por venir; de las pasadas sabe algo, y de las presentes, algún tanto.

–¡Voto a Rus[8] –dijo Sancho–, no dé yo un ardite porque me digan lo que por mí ha pasado!; porque ¿quién lo puede saber mejor que yo mesmo? Y pagar yo porque me digan lo que sé, sería una gran necedad; pero pues sabe las cosas presentes, he aquí mis dos reales, y dígame el señor monísimo qué hace ahora mi mujer Teresa Panza, y en qué se entretiene.

No quiso tomar maese Pedro el dinero, diciendo:

–No quiero recebir adelantados los premios, sin que hayan precedido los servicios.

Y dando con la mano derecha dos golpes sobre el hombro izquierdo, en un brinco se le puso el mono en él, y llegando la boca al oído, daba diente con diente muy apriesa; y habiendo hecho este ade-

---

[5] *bon compaño:* jovial, de buen humor.

[6] *posaderas de fieltro:* llenas de callos, para protegerse, como si llevara fieltro.

[7] Locución italiana que literalmente significa «¿qué pez cogemos?».

[8] Eufemismo de «¡Voto a Dios!».

mán por espacio de un credo, de otro brinco se puso en el suelo, y al punto, con grandísima priesa, se fue maese Pedro a poner de rodillas ante don Quijote, y abrazándole las piernas, dijo:

—Estas piernas abrazo, bien así como si abrazara las dos colunas de Hércules[9], ¡oh resucitador insigne de la ya puesta en olvido andante caballería! ¡Oh no jamás como se debe alabado caballero don Quijote de la Mancha, ánimo de los desmayados, arrimo de los que van a caer, brazo de los caídos, báculo y consuelo de todos los desdichados!

Quedó pasmado don Quijote, absorto Sancho, suspenso el primo[10], atónito el paje[11], abobado el del rebuzno[12], confuso el ventero, y, finalmente, espantados todos los que oyeron las razones del titerero, el cual prosiguió diciendo:

—Y tú, ¡oh buen Sancho Panza!, el mejor escudero y del mejor caballero del mundo, alégrate; que tu buena mujer Teresa está buena, y ésta es la hora en que ella está rastrillando una libra de lino, y, por más señas, tiene a su lado izquierdo un jarro desbocado que cabe un buen porqué de vino, con que se entretiene en su trabajo.

—Eso creo yo muy bien —respondió Sancho—; porque es ella una bienaventurada, y, a no ser celosa, no la trocara yo por la giganta Andandona[13], que, según mi señor, fue una mujer muy cabal y muy de pro; y es mi Teresa de aquellas que no se dejan mal pasar, aunque sea a costa de sus herederos.

—Ahora digo —dijo a esta sazón don Quijote— que el que lee mucho y anda mucho, ve mucho y sabe mucho. Digo esto porque ¿qué persuasión fuera bastante para persuadirme que hay monos en el mundo que adivinen, como lo he visto ahora por mis propios ojos? Porque yo soy el mesmo don Quijote de la Mancha que este buen animal ha dicho, puesto que se ha extendido algún tanto en mis alabanzas; pero como quiera que yo me sea, doy gracias al cielo, que me dotó de un ánimo blando y compasivo, inclinado siempre a hacer bien a todos, y mal a ninguno.

—Si yo tuviera dineros —dijo el paje—, preguntara al señor mono qué me ha de suceder en la peregrinación que llevo.

---

[9] Se refiere a los dos montes, Abila y Calpe, que están a uno y otro lado del estrecho de Gibraltar. Según la mitología, en un principio estaban juntos y Hércules los separó para dejar paso al mar.

[10] *el primo*: el de un licenciado que habían conocido, que se lo había ofrecido a don Quijote para que le sirviera de guía en la visita a la cueva de Montesinos.

[11] *el paje*: se trata de un jovencito al que han encontrado por el camino, que va a incorporarse a una compañía de infantería para servir al rey.

[12] *el del rebuzno*: el que había contado la historia de los rebuznos, de la que ya hemos hablado.

[13] *Andandona*: personaje del *Amadís de Gaula*.

A lo que respondió maese Pedro, que ya se había levantado de los pies de don Quijote:

–Ya he dicho que esta bestezuela no responde a lo por venir; que si respondiera, no importara no haber dineros, que por servicio del señor don Quijote, que está presente, dejara yo todos los intereses del mundo. Y agora, porque se lo debo, y por darle gusto, quiero armar mi retablo y dar placer a cuantos están en la venta, sin paga alguna.

Oyendo lo cual el ventero, alegre sobremanera, señaló el lugar donde se podía poner el retablo, que en un punto fue hecho.

[...]

Puestos, pues, todos cuantos había en la venta, y algunos en pie, frontero[14] del retablo, y acomodados don Quijote, Sancho, el paje y el primo en los mejores lugares, el trujamán[15] comenzó a decir lo que oirá y verá el que le oyere o viere el capítulo siguiente.

CAPÍTULO XXVI

Donde se prosigue la graciosa aventura del titerero, con otras cosas en verdad harto buenas

[Comienza la representación de títeres. Se va viendo cómo el valeroso Gaiferos libera a su amada Melisendra, que estaba en poder de los moros, y huyen los dos a caballo, perseguidos por sus enemigos, con el rey Marsilio a la cabeza.]

Viendo y oyendo, pues, tanta morisma y tanto estruendo[1] don Quijote, parecióle ser bien dar ayuda a los que huían, y levantándose en pie, en voz alta dijo:

–No consentiré yo que en mis días y en mi presencia se le haga superchería[2] a tan famoso caballero y a tan atrevido enamorado como don Gaiferos. ¡Deteneos, mal nacida canalla, no le sigáis ni persigáis; si no, conmigo sois en la batalla!

---

[14] *frontero:* enfrente.

[15] *trujamán:* intérprete; se refiere aquí al muchacho que va explicando las hazañas que muestra el retablo.

[1] Durante la persecución suenan trompetas, dulzainas, atabales y tambores.

[2] *superchería:* injuria, violencia con abuso de fuerza.

Y diciendo y haciendo, desenvainó la espada, y de un brinco se puso junto al retablo, y con acelerada y nunca vista furia comenzó a llover cuchilladas sobre la titerera morisma, derribando a unos, descabezando a otros, estropeando a éste, destrozando a aquél, y, entre otros muchos, tiró un altibajo[3] tal, que si maese Pedro no se abaja, se encoge y agazapa, le cercenara la cabeza con más facilidad que si fuera hecha de masa de mazapán. Daba voces maese Pedro, diciendo:

–Deténgase vuesa merced, señor don Quijote, y advierta que estos que derriba, destroza y mata no son verdaderos moros, sino unas figurillas de pasta. ¡Mire, pecador de mí, que me destruye y echa a perder toda mi hacienda!

Mas no por esto dejaba de menudear don Quijote cuchilladas, mandobles, tajos y reveses como llovidos. Finalmente, en menos de dos credos dio con todo el retablo en el suelo, hechas pedazos y desmenuzadas todas sus jarcias[4] y figuras [...].

Enternecióse Sancho Panza con las razones de maese Pedro, y díjole

–No llores, maese Pedro, ni te lamentes, que me quiebras el corazón; porque te hago saber que es mi señor don Quijote tan católico y escrupuloso cristiano, que si él cae en la cuenta de que te ha hecho algún agravio, te lo sabrá y te lo querrá pagar y satisfacer con muchas ventajas.

–Con que me pagase el señor don Quijote alguna parte de las hechuras[5] que me ha deshecho, quedaría contento, y su merced aseguraría su conciencia; porque no se puede salvar quien tiene lo ajeno contra la voluntad de su dueño y no lo restituye.

–Así es –dijo don Quijote–; pero hasta ahora yo no sé que tenga nada vuestro, maese Pedro.

–¿Cómo no? –respondió maese Pedro–. Y estas reliquias que están por este duro y estéril suelo, ¿quién las esparció y aniquiló sino la fuerza invencible dese poderoso brazo? Y ¿cúyos[6] eran sus cuerpos sino míos? Y ¿con quién me sustentaba yo sino con ellos?

–Ahora acabo de creer –dijo a este punto don Quijote– lo que otras muchas veces he creído: que estos encantadores que me persiguen no hacen sino ponerme las figuras como ellas son delante de los ojos, y luego me las mudan y truecan en las que ellos quieren. Real y verdaderamente os digo, señores que me oís, que a mí me pareció todo lo que aquí ha pasado que pasaba al pie de la letra: que Melisendra era Melisendra, don Gaiferos don Gaiferos, Marsilio Marsilio, y Carlo Magno Carlo

---

[3] *altibajo:* golpe que se da con la espada de arriba abajo.
[4] *jarcias:* aparejos.
[5] *hechuras:* figuras.
[6] *cúyos:* de quién.

Magno; por eso se me alteró la cólera, y por cumplir con mi profesión de caballero andante, quise dar ayuda y favor a los que huían, y con este buen propósito hice lo que habéis visto; si me ha salido al revés, no es culpa mía, sino de los malos que me persiguen; y, con todo esto, deste mi yerro, aunque no ha procedido de malicia, quiero yo mismo condenarme en costas: vea maese Pedro lo que quiere por las figuras deshechas, que yo me ofrezco a pagárselo luego, en buena y corriente moneda castellana.

[...]

CAPÍTULO XXVII

Donde se da cuenta quiénes eran maese Pedro y su mono, con el mal suceso que don Quijote tuvo en la aventura del rebuzno, que no la acabó como él quisiera y como lo tenía pensado

Entra Cide Hamete, coronista desta grande historia, con estas palabras en este capítulo: «Juro como católico cristiano...»; a lo que su traductor dice que el jurar Cide Hamete como católico cristiano siendo él moro, como sin duda lo era, no quiso decir otra cosa sino que así como el católico cristiano cuando jura, jura, o debe jurar, verdad, y decirla en lo que dijere, así él la decía, como si jurara como cristiano católico, en lo que quería escribir de don Quijote, especialmente en decir quién era maese Pedro, y quién el mono adivino que traía admirados todos aquellos pueblos con sus adivinanzas.

Dice, pues, que bien se acordará el que hubiere leído la primera parte desta historia, de aquel Ginés de Pasamonte a quien, entre otros galeotes, dio libertad don Quijote en Sierra Morena, beneficio que después le fue mal agradecido y peor pagado de aquella gente maligna y mal acostumbrada. Este Ginés de Pasamonte, a quien don Quijote llamaba Ginesillo de Parapilla[1], fue el que hurtó a Sancho Panza el rucio; que por no haberse puesto el cómo ni el cuándo en la primera parte, por culpa de los impresores, ha dado en qué entender a muchos, que atribuían a poca memoria del autor la falta de emprenta[2]. Pero, en re-

_____

[1] Como puede verse en el capítulo XXII de la primera parte, no es don Quijote quien llama así a ese personaje, sino el comisario que lo custodia.

[2] A Cervantes le gusta jugar con los supuestos descuidos e imprecisiones del cronista; sin embargo, esta vez echa la culpa a la imprenta (*emprenta*).

solución, Ginés le hurtó estando sobre él durmiendo Sancho Panza, usando de la traza y modo que usó Brunelo cuando, estando Sacripante sobre Albraca, le sacó el caballo de entre las piernas[3] y después le cobró Sancho como se ha contado[4]. Este Ginés, pues, temeroso de no ser hallado de la justicia, que le buscaba para castigarle de sus infinitas bellaquerías y delitos, que fueron tantos y tales, que él mismo compuso un gran volumen contándolos, determinó pasarse al reino de Aragón y cubrirse el ojo izquierdo, acomodándose al oficio de titerero; que esto y el jugar de manos[5] lo sabía hacer por extremo.

Sucedió, pues, que de unos cristianos ya libres que venían de Berbería compró aquel mono, a quien enseñó que en haciéndole cierta señal, se le subiese en el hombro, y le murmurase, o lo pareciese, al oído. Hecho esto, antes que entrase en el lugar donde entraba con su retablo y mono, se informaba en el lugar más cercano, o de quien él mejor podía, qué cosas particulares hubiesen sucedido en el tal lugar, y a qué personas; y llevándolas bien en la memoria, lo primero que hacía era mostrar su retablo, el cual unas veces era de una historia, y otras de otra; pero todas alegres y regocijadas y conocidas. Acabada la muestra, proponía las habilidades de su mono, diciendo al pueblo que adivinaba todo lo pasado y lo presente; pero que en lo de por venir no se daba maña. Por la respuesta de cada pregunta pedía dos reales, y de algunas hacía barato[6], según tomaba el pulso a los preguntantes; y como tal vez llegaba a las casas de quien él sabía los sucesos de los que en ella moraban, aunque no le preguntasen nada por no pagarle, él hacía la seña al mono, y luego decía que le había dicho tal y tal cosa, que venía de molde con lo sucedido. Con esto cobraba crédito inefable, y andábanse todos tras él. Otras veces, como era tan discreto, respondía de manera que las respuestas venían bien con las preguntas; y como nadie le apuraba ni apretaba a que dijese cómo adevinaba su mono, a todos hacía monas, y llenaba sus esqueros[7].

Así como entró en la venta, conoció a don Quijote y a Sancho, por cuyo conocimiento le fue fácil poner en admiración a don Quijote y a Sancho Panza, y a todos los que en ella estaban; pero hubiérale de costar caro si don Quijote bajara un poco más la mano cuando cortó la ca-

---

[3] Es un pasaje del *Orlando furioso* de Ariosto. El medio empleado consistió en quitar el jumento a Sancho y dejarlo a él apoyado sobre cuatro estacas.

[4] Nuestro protagonista pudo recobrar más tarde su rucio porque lo reconoció cuando vio venir montado en él a Ginés disfrazado de gitano.

[5] *jugar de manos:* en el doble sentido de 'hacer malabarismos' y 'robar'.

[6] *barato:* rebaja.

[7] *hacía monas:* engañaba; *esqueros:* bolsas.

beza al rey Marsilio y destruyó toda su caballería, como queda dicho en el antecedente capítulo.

[Después de otras sabrosas aventuras, nuestros protagonistas se encuentran con unos duques que conocen sus hazañas y los acogen en su palacio, con la intención de divertirse a su costa preparándoles una serie de burlas.]

CAPÍTULO XXXI

Que trata de muchas y grandes cosas

[...]

Cuenta, pues, la historia que antes que a la casa de placer o castillo llegasen, se adelantó el duque y dio orden a todos sus criados del modo que habían de tratar a don Quijote; el cual, como llegó con la duquesa a las puertas del castillo, al instante salieron dél los lacayos o palafreneros, vestidos hasta en pies de unas ropas que llaman de levantar[1], de finísimo raso carmesí, y cogiendo a don Quijote en brazos, sin ser oído ni visto, le dijeron:

–Vaya la vuestra grandeza a apear a mi señora la duquesa.

Don Quijote lo hizo, y hubo grandes comedimientos[2] entre los dos sobre el caso; pero, en efecto, venció la porfía de la duquesa, y no quiso decender o bajar del palafrén sino en los brazos del duque, diciendo que no se hallaba digna de dar a tan gran caballero tan inútil carga. En fin, salió el duque a apearla; y al entrar en un gran patio, llegaron dos hermosas doncellas y echaron sobre los hombros a don Quijote un gran manto de finísima escarlata, y en un instante se coronaron todos los corredores del patio de criados y criadas de aquellos señores, diciendo a grandes voces:

–¡Bien sea venido la flor y la nata de los caballeros andantes!

Y todos, o los más, derramaban pomos de aguas olorosas sobre don Quijote y sobre los duques, de todo lo cual se admiraba don Quijote; y aquél fue el primer día que de todo en todo conoció y creyó ser caballero andante verdadero, y no fantástico, viéndose tratar del mesmo modo que él había leído se trataban los tales caballeros en los pasados siglos.

[...]

---

[1] *ropas de levantar:* especie de batas de andar por casa, que llegan hasta los pies.
[2] *comedimientos:* cortesías, finezas.

CAPÍTULO XXXIV

Que cuenta de la noticia que se tuvo de cómo se había de desencantar la sin par Dulcinea del Toboso, que es una de las aventuras más famosas deste libro

Grande era el gusto que recebían el duque y la duquesa de la conversación de don Quijote y de la de Sancho Panza; y confirmándose en la intención que tenían de hacerles algunas burlas que llevasen vislumbres y apariencias de aventuras, tomaron motivo de la que don Quijote ya les había contado de la cueva de Montesinos, para hacerle una que fuese famosa –pero de lo que más la duquesa se admiraba era que la simplicidad de Sancho fuese tanta, que hubiese venido a creer ser verdad infalible que Dulcinea del Toboso estuviese encantada, habiendo sido él mesmo el encantador y el embustero de aquel negocio–; y así, habiendo dado orden a sus criados de todo lo que habían de hacer, de allí a seis días le llevaron a caza de montería, con tanto aparato de monteros y cazadores como pudiera llevar un rey coronado. Diéronle a don Quijote un vestido de monte y a Sancho otro verde, de finísimo paño; pero don Quijote no se le quiso poner, diciendo que otro día[1] había de volver al duro ejercicio de las armas y que no podía llevar consigo guardarropas ni reposterías[2]. Sancho sí tomó el que le dieron, con intención de venderle en la primera ocasión que pudiese.

Llegado, pues, el esperado día, armóse don Quijote, vistióse Sancho, y encima de su rucio, que no le quiso dejar, aunque le daban un caballo, se metió entre la tropa de los monteros. La duquesa salió bizarramente aderezada, y don Quijote, de puro cortés y comedido, tomó la rienda de su palafrén, aunque el duque no quería consentirlo, y, finalmente, llegaron a un bosque que entre dos altísimas montañas estaba, donde tomados los puestos, paranzas[3] y veredas, y repartida la gente por diferentes puestos, se comenzó la caza con grande estruendo, grita y vocería, de manera que unos a otros no podían oírse, así por los ladridos de los perros como por el son de las bocinas.

[...]

Con estos y otros entretenidos razonamientos, salieron de la tienda al bosque, y en requerir algunas paranzas, presto se les pasó el día y

[1] *otro día:* al otro día, al día siguiente.
[2] *guardarropas ni reposterías:* ropa ni objetos de servicio.
[3] *paranza:* lugar desde donde el cazador acecha a la pieza; también, trampa de caza.

se les vino la noche, y no tan clara ni tan sesga[4] como la sazón del tiempo pedía, que era en la mitad del verano; pero un cierto claroescuro que trujo consigo ayudó mucho a la intención de los duques, y así comenzó a anochecer un poco más adelante del crepúsculo, a deshora pareció que todo el bosque por todas cuatro partes se ardía, y luego se oyeron por aquí y por allí, y por acá y por acullá, infinitas cornetas y otros instrumentos de guerra, como de muchas tropas de caballería que por el bosque pasaba. La luz del fuego, el son de los bélicos instrumentos, casi cegaron y atronaron los ojos y los oídos de los circunstantes, y aun de todos los que en el bosque estaban.

Luego se oyeron infinitos lelilíes[5], al uso de moros cuando entran en las batallas; sonaron trompetas y clarines, retumbaron tambores, resonaron pífaros[6], casi todos a un tiempo, tan continuo y tan apriesa, que no tuviera sentido el que no quedara sin él al son confuso de tantos instrumentos. Pasmóse el duque, suspendióse la duquesa, admiróse don Quijote, tembló Sancho Panza, y, finalmente, aun hasta los mesmos sabidores de la causa se espantaron. Con el temor les cogió el silencio, y un postillón[7] que en traje de demonio les pasó por delante, tocando en vez de corneta un hueco y desmesurado cuerno, que un ronco y espantoso son despedía.

–¡Hola, hermano correo! –dijo el duque–; ¿quién sois, adónde vais, y qué gente de guerra es la que por este bosque parece que atraviesa?

A lo que respondió el correo con voz horrísona y desenfadada:

–Yo soy el Diablo; voy a buscar a don Quijote de la Mancha; la gente que por aquí viene son seis tropas de encantadores, que sobre un carro triunfante traen a la sin par Dulcinea del Toboso. Encantada viene con el gallardo francés Montesinos, a dar orden a don Quijote de cómo ha de ser desencantada la tal señora.

–Si vos fuérades diablo, como decís y como vuestra figura muestra, ya hubiérades conocido al tal caballero don Quijote de la Mancha, pues le tenéis delante.

–En Dios y en mi conciencia –respondió el Diablo– que no miraba en ello; porque traigo en tantas cosas divertidos los pensamientos, que de la principal a que venía se me olvidaba.

–Sin duda –dijo Sancho– que este demonio debe de ser hombre de bien y buen cristiano; porque, a no serlo, no jura *en Dios y en mi*

[4] *sesga:* sosegada.
[5] *lelilíes:* lililíes, gritos de guerra o de fiesta de los moros.
[6] *pífaros:* pífanos, flautines de tono muy agudo.
[7] *postillón:* correo.

conciencia. Ahora yo tengo para mí que aun en el mesmo infierno debe de haber buena gente.

Luego el Demonio, sin apearse, encaminando la vista a don Quijote, dijo:

–A ti, el Caballero de los Leones[8] (que entre las garras dellos te vea yo), me envía el desgraciado pero valiente caballero Montesinos, mandándome que de su parte te diga que le esperes en el mismo lugar que te topare; a causa que trae consigo a la que llaman Dulcinea del Toboso, con orden de darte la que es menester para desencantarla. Y por no ser para más mi venida, no ha de ser más mi estada: los demonios como yo queden contigo, y los ángeles buenos con estos señores.

Y, en diciendo esto, tocó el desaforado cuerno, y volvió las espaldas y fuese, sin esperar respuesta de ninguno.

Renovóse la admiración de todos, especialmente en Sancho y don Quijote: en Sancho, en ver que, a despecho de la verdad, querían que estuviese encantada Dulcinea; en don Quijote, por no poder asegurarse si era verdad o no lo que le había pasado en la cueva de Montesinos[9]. Y estando elevado en estos pensamientos, el duque le dijo:

–¿Piensa vuestra merced esperar, señor don Quijote?

–Pues ¿no? –respondió él–. Aquí esperaré intrépido y fuerte, si me viniese a embestir todo el infierno.

–Pues si yo veo otro diablo y oigo otro cuerno como el pasado, así esperaré yo aquí como en Flandes –dijo Sancho.

En esto, se cerró más la noche, y comenzaron a discurrir muchas luces por el bosque, bien así como discurren por el cielo las exhalaciones secas de la tierra, que parecen a nuestra vista estrellas que corren. Oyóse asimismo un espantoso ruido, al modo de aquel que se causa de las ruedas macizas que suelen traer los carros de bueyes, de cuyo chirrío áspero y continuado se dice que huyen los lobos y los osos, si los hay por donde pasan. Añadióse a toda esta tempestad otra que las aumentó todas, que fue que parecía verdaderamente que a las cuatro partes del bosque se estaban dando a un mismo tiempo cuatro rencuentros o batallas, porque allí sonaba el duro estruendo de espantosa

[8] Este apelativo nace de la aventura de los leones (capítulo XVII de la segunda parte), en que don Quijote desafía a uno de esos animales, que no hace el menor caso de sus bravatas.

[9] Cuando don Quijote bajó a la cueva de Montesinos, vio, entre otras muchas cosas, a Dulcinea encantada, vestida de labradora (capítulo XXIII de la segunda parte). Pero no estaba totalmente seguro de las visiones que allí tuvo, porque Sancho le aseguró que sólo había permanecido una hora y, por tanto, no podía haber vivido todas las experiencias que él contaba.

artillería, acullá se disparaban infinitas escopetas, cerca casi sonaban las voces de los combatientes, lejos se reiteraban los lililíes agarenos[10].

Finalmente, las cornetas, los cuernos, las bocinas, los clarines, las trompetas, los tambores, la artillería, los arcabuces y, sobre todo, el temeroso ruido de los carros, formaban todos juntos un son tan confuso y tan horrendo, que fue menester que don Quijote se valiese de todo su corazón para sufrirle; pero el de Sancho vino a tierra, y dio con él desmayado en las faldas de la duquesa, la cual le recibió en ellas, y a gran priesa mandó que le echasen agua en el rostro. Hízose así, y él volvió en su acuerdo, a tiempo que ya un carro de las rechinantes ruedas llegaba a aquel puesto.

Tirábanle cuatro perezosos bueyes, todos cubiertos de paramentos negros; en cada cuerno traían atada y encendida una grande hacha de cera, y encima del carro venía hecho un asiento alto, sobre el cual venía sentado un venerable viejo, con una barba más blanca que la mesma nieve, y tan luenga, que le pasaba de la cintura; su vestidura era una ropa larga de negro bocací[11], que por venir el carro lleno de infinitas luces, se podía bien divisar y discernir todo lo que en él venía. Guiábanle dos feos demonios vestidos del mesmo bocací; con tan feos rostros, que Sancho, habiéndolos visto una vez, cerró los ojos por no verlos otra. Llegando, pues, el carro a igualar al puesto, se levantó de su alto asiento el viejo venerable, y puesto en pie, dando una gran voz, dijo:

–Yo soy el sabio Lirgandeo[12].

Y pasó el carro adelante, sin hablar más palabra. Tras éste pasó otro carro de la misma manera, con otro viejo entronizado; el cual, haciendo que el carro se detuviese, con voz no menos grave que el otro, dijo:

–Yo soy el sabio Alquife, el grande amigo de Urganda la Desconocida[13].

Y pasó adelante.

Luego, por el mismo continente[14], llegó otro carro; pero el que venía sentado en el tronco no era viejo como los demás, sino hombrón robusto y de mala catadura; el cual, al llegar, levantándose en pie, como los otros, dijo con voz más ronca y más endiablada:

–Yo soy Arcalaus, el encantador, enemigo mortal de Amadís de Gaula y de toda su parentela.

----

[10] *agarenos:* de los moros.

[11] *bocací:* lienzo brillante teñido de distintos colores.

[12] *Lirgandeo:* fingido cronista de *El Caballero del Febo.*

[13] Alquife, personaje del *Amadís de Grecia,* se casó con Urganda la Desconocida, encantadora del *Amadís de Gaula.*

[14] *por el mismo continente:* del mismo modo.

Y pasó adelante. Poco desviados de allí, hicieron alto estos tres carros, y cesó el enfadoso ruido de sus ruedas, y luego se oyó otro, no ruido, sino un son de una suave y concertada música formado, con que Sancho se alegró, y lo tuvo a buena señal; y, así, dijo a la duquesa, de quien un punto ni un paso se apartaba:

–Señora, donde hay música no puede haber cosa mala.

–Tampoco donde hay luces y claridad –respondió la duquesa.

A lo que replicó Sancho:

–Luz da el fuego, y claridad las hogueras, como lo vemos en las que nos cercan, y bien podría ser que nos abrasasen; pero la música siempre es indicio de regocijos y de fiestas.

–Ello dirá –dijo don Quijote, que todo lo escuchaba.

Y dijo bien, como se muestra en el capítulo siguiente.

Capítulo XXXV

Donde se prosigue la noticia que tuvo don Quijote del desencanto de Dulcinea, con otros admirables sucesos

Al compás de la agradable música vieron que hacia ellos venía un carro de los que llaman triunfales, tirado de seis mulas pardas, encubertadas, empero, de lienzo blanco, y sobre cada una tenía un diciplinante de luz[1], asimesmo vestido de blanco, con una hacha de cera grande, encendida, en la mano. Era el carro dos veces, y aun tres, mayor que los pasados, y los lados, y encima dél, ocupaban doce otros diciplinantes albos como la nieve, todos con sus hachas encendidas, vista que admiraba y espantaba juntamente; y en un levantado trono venía sentada una ninfa, vestida de mil velos de tela de plata, brillando por todos ellos infinitas hojas de argentería de oro[2], que la hacían, si no rica, a lo menos vistosamente vestida. Traía el rostro cubierto con un transparente y delicado cendal, de modo que, sin impedirlo sus lizos[3], por entre ellos se descubría un hermosísimo rostro de doncella, y las muchas luces daban lugar para distinguir la belleza y los años, que, al parecer, no llegaban a veinte, ni bajaban de diez y siete.

---

[1] *diciplinante de luz:* disciplinante que en las procesiones lleva un hacha o cirio (ver nota 1, cap. LII de la primera parte).

[2] *argentería de oro:* lentejuelas.

[3] *lizos:* hilos fuertes que sirven de urdimbre en ciertos tejidos, en este caso el cendal.

Junto a ella venía una figura vestida de una ropa de las que llaman rozagantes[4], hasta los pies, cubierta la cabeza con un velo negro; pero al punto que llegó el carro a estar frente a frente de los duques y de don Quijote, cesó la música de las chirimías, y luego la de las arpas y laúdes que en el carro sonaban; y levantándose en pie la figura de la ropa, la apartó a entrambos lados, y quitándose el velo del rostro, descubrió patentemente ser la mesma figura de la muerte, descarnada y fea, de que don Quijote recibió pesadumbre, y Sancho miedo, y los duques hicieron algún sentimiento temeroso. Alzada y puesta en pie esta muerte viva, con voz algo dormida y con lengua no muy despierta, comenzó a decir desta manera:

–Yo soy Merlín[5], aquel que las historias
dicen que tuve por mi padre al diablo
(mentira autorizada de los tiempos),
príncipe de la Mágica y monarca
y archivo de la ciencia zoroástrica[6],
émulo[7] a las edades y a los siglos
que solapar pretenden las hazañas
de los andantes bravos caballeros
a quien yo tuve y tengo gran cariño.
Y puesto que es de los encantadores,
de los magos o mágicos contino[8]
dura la condición, áspera y fuerte,
la mía es tierna, blanda y amorosa,
y amiga de hacer bien a todas gentes.
En las cavernas lóbregas de Dite[9],
donde estaba mi alma entretenida
en formar ciertos rombos y caráteres,
llegó la voz doliente de la bella
y sin par Dulcinea del Toboso.
Supe su encantamento y su desgracia,
y su transformación de gentil dama
en rústica aldeana; condolíme,
y encerrando mi espíritu en el hueco
desta espantosa y fiera notomía[10],
después de haber revuelto cien mil libros
desta mi ciencia endemoniada y torpe,

---

[4] *rozagante:* vestido lujoso que arrastra por el suelo.
[5] Merlín es el sabio por excelencia, famoso por sus dotes adivinadoras y proféticas.
[6] *zoroástrica:* del rey persa Zoroastro, considerado el inventor de la magia.
[7] *émulo:* contrario.
[8] *contino:* continuamente.
[9] *Dite:* Plutón, dios de los infiernos.
[10] *notomía:* anatomía.

vengo a dar el remedio que conviene
a tamaño dolor, a mal tamaño.
     ¡Oh tú, gloria y honor de cuantos visten
las túnicas de acero y de diamante,
luz y farol, sendero, norte y guía
de aquellos que, dejando el torpe sueño
y las ociosas plumas, se acomodan
a usar el ejercicio intolerable
de las sangrientas y pesadas armas!
A ti digo, ¡oh varón como se debe
por jamás alabado!; a ti, valiente
juntamente y discreto don Quijote,
de la Mancha esplendor, de España estrella,
que para recobrar su estado primo[11]
la sin par Dulcinea del Toboso,
es menester que Sancho, tu escudero,
se dé tres mil azotes y trecientos
en ambas sus valientes[12] posaderas,
al aire descubiertas y de modo
que le escuezan, le amarguen y le enfaden.
Y en esto se resuelven todos cuantos
de su desgracia han sido los autores,
y a esto es mi venida, mis señores.

–¡Voto a tal! –dijo a esta sazón Sancho–. No digo yo tres mil azotes; pero así me daré yo tres como tres puñaladas. ¡Válate el diablo por modo de desencantar! ¡Yo no sé qué tienen que ver mis posas[13] con los encantos! ¡Par Dios que si el señor Merlín no ha hallado otra manera como desencantar a la señora Dulcinea del Toboso, encantada se podrá ir a la sepultura!

–Tomaros he yo –dijo don Quijote–, don villano, harto de ajos, y amarraros he a un árbol, desnudo como vuestra madre os parió, y no digo yo tres mil y trecientos, sino seis mil y seiscientos azotes os daré, tan bien pegados, que no se os caigan a tres mil y trecientos tirones. Y no me repliquéis palabra, que os arrancaré el alma.

Oyendo lo cual Merlín, dijo:

–No ha de ser así; porque los azotes que ha de recebir el buen Sancho han de ser por su voluntad, y no por fuerza, y en el tiempo que él quisiere, que no se le pone término señalado; pero permítesele que si él quisiere redimir su vejación por la mitad de este vapulamiento, puede dejar que se los dé ajena mano, aunque sea algo pesada.

[11] *primo:* primero.
[12] *valientes:* grandes, robustas.
[13] *posas:* posaderas.

–Ni ajena, ni propia, ni pesada, ni por pesar –replicó Sancho–; a mí no me ha de tocar alguna mano. ¿Parí yo, por ventura, a la señora Dulcinea del Toboso, para que paguen mis posas lo que pecaron sus ojos? El señor mi amo sí que es parte suya; pues la llama a cada paso *mi vida, mi alma,* sustento y arrimo suyo, se puede y debe azotar por ella y hacer todas las diligencias necesarias para su desencanto; pero ¿azotarme yo...? ¡Abernuncio![14]

Apenas acabó de decir esto Sancho, cuando, levantándose en pie la argentada ninfa que junto al espíritu de Merlín venía, quitándose el sutil velo del rostro, le descubrió tal, que a todos pareció más que demasiadamente hermoso, y con un desenfado varonil y con una voz no muy adamada[15], hablando derechamente con Sancho Panza, dijo:

–¡Oh malaventurado escudero, alma de cántaro, corazón de alcornoque, de entrañas guijeñas y apedernaladas[16]! Si te mandaran, ladrón desuellacaras, que te arrojaras de una alta torre al suelo; si te pidieran, enemigo del género humano, que te comieras una docena de sapos, dos de lagartos y tres de culebras; si te persuadieran a que mataras a tu mujer y a tus hijos con algún truculento y agudo alfanje, no fuera maravilla que te mostraras melindroso y esquivo; pero hacer caso de tres mil y trecientos azotes, que no hay niño de la doctrina, por ruin que sea, que no se los lleve cada mes, admira, adarva[17], espanta a todas las entrañas piadosas de los que lo escuchan, y aun las de todos aquellos que lo vinieren a saber con el discurso del tiempo. Pon, ¡oh miserable y endurecido animal!, pon, digo, esos tus ojos de mochuelo espantadizo en las niñas destos míos, comparados a rutilantes estrellas, y veráslos llorar hilo a hilo y madeja a madeja, haciendo surcos, carreras y sendas por los hermosos campos de mis mejillas. Muévate, socarrón y malintencionado monstro, que la edad tan florida mía, que aún se está todavía en el diez y... de los años, pues tengo diez y nueve, y no llego a veinte, se consume y marchita debajo de la corteza de una rústica labradora; y si ahora no lo parezco, es merced particular que me ha hecho el señor Merlín, que está presente, sólo porque te enternezca mi belleza; que las lágrimas de una afligida hermosura vuelven en algodón los riscos, y los tigres en ovejas. Date, date en esas carnazas, bestión indómito, y saca de harón[18] ese brío, que a sólo comer y más comer te in-

---

[14] *¡Abernuncio!:* ¡abrenuncio!, fórmula habitual para rechazar algo.
[15] *adamada:* propia de una dama.
[16] *guijeñas:* duras como guijas (guijarros); *apedernaladas:* como de pedernal.
[17] *adarva:* pasma, espanta.
[18] *sacar de harón:* sacar del estado de pereza.

clina, y pon en libertad la lisura de mis carnes, la mansedumbre de mi condición y la belleza de mi faz; y si por mí no quieres ablandarte ni reducirte a algún razonable término, hazlo por ese pobre caballero que a tu lado tienes, por tu amo, digo, de quien estoy viendo el alma, que la tiene atravesada en la garganta, no diez dedos de los labios[19], que no espera sino tu rígida o blanda respuesta, o para salirse por la boca, o para volverse al estómago.

Tentóse, oyendo esto, la garganta don Quijote, y dijo, volviéndose al duque:

–Por Dios, señor, que Dulcinea ha dicho la verdad: que aquí tengo el alma atravesada en la garganta, como una nuez de ballesta[20].

–¿Qué decís vos a esto, Sancho? –preguntó la duquesa.

–Digo, señora –respondió Sancho–, lo que tengo dicho: que de los azotes, abernuncio.

–*Abrenuncio* habéis de decir, Sancho, y no como decís –dijo el duque.

–Déjeme vuestra grandeza –respondió Sancho–; que no estoy agora para mirar en sotilezas ni en letras más o menos; porque me tienen tan turbado estos azotes que me han de dar, o me tengo de dar, que no sé lo que me digo, ni lo que me hago. Pero querría yo saber de la señora mi señora Dulcinea del Toboso adónde aprendió el modo de rogar que tiene: viene a pedirme que me abra las carnes a azotes, y llámame alma de cántaro y bestión indómito, con una tiramira[21] de malos nombres, que el diablo los sufra. ¿Por ventura son mis carnes de bronce, o vame a mí algo en que se desencante o no? ¿Qué canasta de ropa blanca, de camisas, de tocadores y de escarpines, anque no los gasto, trae delante de sí para ablandarme, sino un vituperio y otro, sabiendo aquel refrán que dicen por ahí, que un asno cargado de oro sube ligero por una montaña, y que dádivas quebrantan peñas, y a Dios rogando y con el mazo dando, y que más vale un «toma» que dos «te daré»? Pues el señor mi amo, que había de traerme la mano por el cerro[22] y halagarme para que yo me hiciese de lana y algodón cardado, dice que si me coge, me amarrará desnudo a un árbol y me doblará la parada de los azotes; y habían de considerar estos lastimados[23] señores que no solamente piden que se azote un escudero, sino un gobernador; como quien dice: «bebe con guindas»[24].

---

[19] *no diez dedos de los labios:* no a diez dedos de los labios.

[20] *nuez de ballesta:* hueso sujeto al tablero de la ballesta para afirmar o armar la cuerda.

[21] *tiramira:* retahíla.

[22] *traerme la mano por el cerro:* pasarme la mano por el espinazo, por el lomo, halagarme.

[23] *lastimados:* que tienen lástima, no de Sancho, sino de Dulcinea.

[24] *bebe con guindas:* expresión con la que se encarece algo.

Aprendan, aprendan mucho de enhoramala a saber rogar, y a saber pedir, y a tener crianza; que no son todos los tiempos unos, ni están los hombres siempre de un buen humor. Estoy yo ahora reventando de pena por ver mi sayo verde roto, y vienen a pedirme que me azote de mi voluntad, estando ella tan ajena dello como de volverme cacique.

–Pues en verdad, amigo Sancho –dijo el duque–, que si no os ablandáis más que una breva madura, que no habéis de empuñar el gobierno. ¡Bueno sería que yo enviase a mis insulanos un gobernador cruel, de entrañas pedernalinas, que no se dobla a las lágrimas de las afligidas doncellas, ni a los ruegos de discretos, imperiosos y antiguos encantadores y sabios! En resolución, Sancho, o vos habéis de ser azotado, o os han de azotar, o no habéis de ser gobernador.

–Señor –respondió Sancho–, ¿no se me darían dos días de término para pensar lo que me está mejor?

–No, en ninguna manera –dijo Merlín–. Aquí, en este instante y en este lugar, ha de quedar asentado lo que ha de ser deste negocio: o Dulcinea volverá a la cueva de Montesinos y a su prístino estado de labradora, o ya, en el ser que está, será llevada a los elíseos campos[25], donde estará esperando se cumpla el número del vápulo.

–Ea, buen Sancho –dijo la duquesa–, buen ánimo y buena correspondencia al pan que habéis comido del señor don Quijote, a quien todos debemos servir y agradar, por su buena condición y por sus altas caballerías. Dad el sí, hijo, desta azotaina, y váyase el diablo para diablo y el temor para mezquino; que un buen corazón quebranta mala ventura, como vos bien sabéis.

[...]

–¡Ea, pues, a la mano de Dios! –dijo Sancho–. Yo consiento en mi mala ventura; digo que yo acepto la penitencia, con las condiciones apuntadas[26].

Apenas dijo estas últimas palabras Sancho, cuando volvió a sonar la música de las chirimías y se volvieron a disparar infinitos arcabuces, y don Quijote se colgó del cuello de Sancho, dándole mil besos en la frente y en las mejillas. La duquesa y el duque y todos los circunstantes dieron muestras de haber recebido grandísimo contento, y el carro comenzó a caminar; y, al pasar, la hermosa Dulcinea inclinó la cabeza a los duques y hizo una gran reverencia a Sancho.

[...]

....

[25] *elíseos campos:* campos elíseos; según la mitología, lugar apacible y placentero adonde iban las almas de los héroes y de las personas virtuosas.

[26] Las condiciones que ha puesto Sancho son que no se le fije límite en el tiempo para cumplir la penitencia, que no se le obligue a hacerse sangre, que se le acepte algún azote que salga más flojo y que Merlín lleve la cuenta para que no se pase del número.

CAPÍTULO XXXVI

Donde se cuenta la extraña y jamás imaginada aventura de la dueña[1] Dolorida, alias de la condesa Trifaldi, con una carta que Sancho Panza escribió a su mujer Teresa Panza

[...]

Preguntó la duquesa a Sancho otro día[2] si había comenzado la tarea de la penitencia que había de hacer por el desencanto de Dulcinea. Dijo que sí, y que aquella noche se había dado cinco azotes. Preguntóle la duquesa que con qué se los había dado. Respondió que con la mano.

–Eso –replicó la duquesa– más es darse de palmadas que de azotes. Yo tengo para mí que el sabio Merlín[3] no estará contento con tanta blandura; menester será que el buen Sancho haga alguna diciplina de abrojos, o de las de canelones[4], que se dejen sentir; porque la letra con sangre entra, y no se ha de dar tan barata la libertad de una tan gran señora como lo es Dulcinea, por tan poco precio; y advierta Sancho que las obras de caridad que se hacen tibia y flojamente no tienen mérito ni valen nada.

A lo que respondió Sancho:

–Déme vuestra señoría alguna diciplina o ramal conveniente, que yo me daré con él, como no me duela demasiado; porque hago saber a vuesa merced que, aunque soy rústico, mis carnes tienen más de algodón que de esparto, y no será bien que yo me descríe[5] por el provecho ajeno.

–Sea en buena hora –respondió la duquesa–; yo os daré mañana una diciplina que os venga al justo y se acomode con la ternura de vuestras carnes, como si fueran sus hermanas propias.

A lo que dijo Sancho:

–Sepa vuestra alteza, señora mía de mi ánima, que yo tengo escrita una carta a mi mujer Teresa Panza, dándole cuenta de todo lo que me ha sucedido después que me aparté della; aquí la tengo en el seno, que no le falta más de ponerle el sobrescrito[6]; querría que

---

[1] *dueña:* señora de respeto que llevaba la casa y acompañaba a las damas.

[2] *otro día:* al otro día, al día siguiente.

[3] Ahora ya sabemos que el que ha hecho de Merlín es un mayordomo del duque, que también participa en la burla.

[4] *diciplina de abrojos:* disciplina (látigo) que tenía en las cuerdas unos abrojos o unas piezas de metal; *de canelones:* la de extremos gruesos y retorcidos.

[5] *me descríe:* desmejore.

[6] *sobrescrito:* la dirección.

vuestra discreción la leyese, porque me parece que va conforme a lo de gobernador, digo, al modo que deben de escribir los gobernadores.

–¿Y quién la notó[7]? –preguntó la duquesa.

–¿Quién la había de notar sino yo, pecador de mí? –respondió Sancho.

–¿Y escribístesla vos? –dijo la duquesa.

–Ni por pienso –respondió Sancho–, porque yo no sé leer ni escribir, puesto que sé firmar.

–Veámosla –dijo la duquesa–; que a buen seguro que vos mostréis en ella la calidad y suficiencia de vuestro ingenio.

Sacó Sancho una carta abierta al seno, y tomándola la duquesa, vio que decía desta manera:

CARTA DE SANCHO PANZA A TERESA PANZA, SU MUJER

Si buenos azotes me daban, bien caballero me iba[8]; si buen gobierno me tengo, buenos azotes me cuesta. Esto no lo entenderás tú, Teresa mía, por ahora; otra vez lo sabrás. Has de saber, Teresa, que tengo determinado que andes en coche, que es lo que hace al caso; porque todo otro andar es andar a gatas. Mujer de un gobernador eres; ¡mira si te roerá nadie los zancajos[9]! Ahí te envío un vestido verde de cazador que me dio mi señora la duquesa; acomódale en modo que sirva de saya y cuerpos a nuestra hija. Don Quijote, mi amo, según he oído decir en esta tierra, es un loco cuerdo y un mentecato gracioso, y que yo no le voy en zaga. Hemos estado en la cueva de Montesinos, y el sabio Merlín ha echado mano de mí para el desencanto de Dulcinea del Toboso, que por allá se llama Aldonza Lorenzo; con tres mil y trecientos azotes, menos cinco, que me he de dar, quedará desencantada como la madre que la parió. No dirás desto nada a nadie, porque pon lo tuyo en concejo[10], y unos dirán que es blanco, y otros que es negro. De aquí a pocos días me partiré al gobierno, adonde voy con grandísimo deseo de hacer dineros por-

---

[7] *notó:* dictó.

[8] Estas palabras se suponen en boca del condenado al que se azotaba y sometía a la vergüenza pública montado en un asno.

[9] *roer los zancajos:* murmurar o hablar mal de alguien. Significa, a la vez, que nadie va a murmurar de la esposa de un gobernador y que, al ir en coche, nada le dañará los zancajos (talones).

[10] *pon lo tuyo en concejo:* habla de algún asunto tuyo en un grupo. El concejo era una reunión de vecinos de una localidad para tratar asuntos de interés común.

que me han dicho que todos los gobernadores nuevos van con este mesmo deseo; tomaréle el pulso, y avisaréte si has de venir a estar conmigo o no. El rucio está bueno, y se te encomienda mucho; y no le pienso dejar, aunque me llevaran a ser Gran Turco[11]. La duquesa mi señora te besa mil veces las manos; vuélvele el retorno con dos mil, que no hay cosa que menos cueste ni valga más barata, según dice mi amo, que los buenos comedimientos. No ha sido Dios servido de depararme otra maleta con otros cien escudos, como la de marras[12]; pero no te dé pena, Teresa mía, que en salvo está el que repica[13], y todo saldrá en la colada del gobierno[14]; sino que me ha dado gran pena que me dicen que si una vez le pruebo, que me tengo de comer las manos[15] tras él, y si así fuese, no me costaría muy barato, aunque los estropeados y mancos ya se tienen su calonjía[16] en la limosna que piden; así que, por una vía o por otra, tú has de ser rica, de buena ventura. Dios te la dé, como puede, y a mí me guarde para servirte. Deste castillo, a veinte de julio 1614.

Tu marido el gobernador,
SANCHO PANZA

En acabando la duquesa de leer la carta, dijo a Sancho:

–En dos cosas anda un poco descaminado el buen gobernador: la una, en decir o dar a entender que este gobierno se le han dado por los azotes que se ha de dar, sabiendo él, que no lo puede negar, que cuando el duque, mi señor, se le prometió, no se soñaba haber azotes en el mundo; la otra es que se muestra en ella muy codicioso, y no querría que orégano fuese[17]; porque la codicia rompe el saco, y el gobernador codicioso hace la justicia desgobernada.

–Yo no lo digo por tanto, señora –respondió Sancho–; y si a vuesa merced le parece que la tal carta no va como ha de ir, no hay sino rasgarla y hacer otra nueva, y podría ser que fuese peor si me lo dejan a mi caletre.

---

[11] *Gran Turco:* antiguo sultán de Turquía.

[12] En otra ocasión habían encontrado en el monte una maleta que contenía cien escudos (capítulo XXIII de la primera parte). Al emprender el segundo viaje, Sancho manifestó a su mujer su esperanza de topar con otras tantas monedas.

[13] *en salvo está el que repica:* mientras toca la campana no hay peligro de invasiones, es decir, está a salvo el que está sobre aviso.

[14] *todo saldrá en la colada del gobierno:* todo se aclarará en el momento del gobierno.

[15] *comerse las manos:* desear algo vivamente; Sancho interpreta esta expresión coloquial al pie de la letra.

[16] *calonjía:* canonjía, prebenda (renta que iba unida a un cargo) del canónigo.

[17] Alusión a la frase proverbial (ver nota 6, cap. XXI de la primera parte); con ella se manifiesta el temor de que algo no salga como se espera.

–No, no –replicó la duquesa–; buena está ésta, y quiero que el duque la vea.

Con esto, se fueron a un jardín donde habían de comer aquel día. Mostró la duquesa la carta de Sancho al duque, de que recibió grandísimo contento. [...]

> [Aparece la condesa Trifaldi, llamada la dueña Dolorida, a la que el gigante Malambruno ha cubierto la cara de una frondosa barba. Para luchar contra él y deshacer el hechizo, don Quijote deberá ir al lejano reino de Candaya montado en un caballo de madera, llamado Clavileño, que construyó Merlín.]

CAPÍTULO XLI

De la venida de Clavileño, con el fin desta dilatada aventura

Llegó en esto la noche, y con ella el punto determinado en que el famoso caballo Clavileño viniese, cuya tardanza fatigaba ya a don Quijote, pareciéndole que, pues Malambruno se detenía en enviarle, o que él no era el caballero para quien estaba guardada aquella aventura, o que Malambruno no osaba venir con él a singular batalla. Pero veis aquí cuando a deshora[1] entraron por el jardín cuatro salvajes, vestidos todos de verde yedra, que sobre sus hombros traían un gran caballo de madera. Pusiéronle de pies en el suelo, y uno de los salvajes dijo:

–Suba sobre esta máquina el que tuviere ánimo para ello.

–Aquí –dijo Sancho– yo no subo, porque ni tengo ánimo ni soy caballero.

Y el salvaje prosiguió diciendo:

–Y ocupe las ancas el escudero, si es que lo tiene, y fíese del valeroso Malambruno, que si no fuere de su espada, de ninguna otra, ni de otra malicia, será ofendido; y no hay más que torcer esta clavija que sobre el cuello trae puesta, que él los llevará por los aires, adonde los atiende[2] Malambruno; pero porque la alteza y sublimidad del camino no les cause vaguidos[3], se han de cubrir los ojos hasta que el caballo relinche, que será señal de haber dado fin a su viaje.

----

[1] *a deshora:* de improviso.
[2] *atiende:* espera.
[3] *vaguidos:* vahídos, desvanecimientos.

Esto dicho, dejando a Clavileño, con gentil continente se volvieron por donde habían venido. La Dolorida, así como vio al caballo, casi con lágrimas dijo a don Quijote:

–Valeroso caballero, las promesas de Malambruno han sido ciertas; el caballo está en casa, nuestras barbas crecen[4], y cada una de nosotras y con cada pelo dellas te suplicamos nos rapes y tundas, pues no está en más sino en que subas en él con tu escudero y des felice principio a vuestro nuevo viaje.

–Eso haré yo, señora condesa Trifaldi, de muy buen grado y de mejor talante, sin ponerme a tomar cojín, ni calzarme espuelas, por no detenerme; tanta es la gana que tengo de veros a vos, señora, y a todas estas dueñas rasas y mondas.

–Eso no haré yo –dijo Sancho–, ni de malo ni de buen talante, en ninguna manera; y si es que este rapamiento no se puede hacer sin que yo suba a las ancas, bien puede buscar mi señor otro escudero que le acompañe, y estas señoras otro modo de alisarse los rostros; que yo no soy brujo para gustar de andar por los aires. Y ¿qué dirán mis insulanos cuando sepan que su gobernador se anda paseando por los vientos? Y otra cosa más: que habiendo tres mil y tantas leguas de aquí a Candaya, si el caballo se cansa o el gigante se enoja, tardaremos en dar la vuelta media docena de años, y ya ni habrá ínsula ni ínsulos en el mundo que me conozcan; y pues se dice comúnmente que en la tardanza va el peligro, y que cuando te dieren la vaquilla, acudas con la soguilla, perdónenme las barbas destas señoras, que bien se está San Pedro en Roma; quiero decir que bien me estoy en esta casa, donde tanta merced se me hace y de cuyo dueño tan gran bien espero como es verme gobernador.

A lo que el duque dijo:

–Sancho amigo, la ínsula que yo os he prometido no es movible ni fugitiva; raíces tiene tan hondas, echadas en los abismos de la tierra, que no la arrancarán ni mudarán de donde está a tres tirones; y pues vos sabéis que sé yo que no hay ninguno género de oficio destos de mayor cantía que no se granjee con alguna suerte de cohecho[5], cuál más, cuál menos, el que yo quiero llevar por este gobierno es que vais[6] con vuestro señor don Quijote a dar cima y cabo a esta memorable aventura; que ahora[7] volváis sobre Clavileño con la brevedad que su li-

---

[4] Además de la Trifaldi, aparecen barbadas otras doce dueñas que la acompañan. El motivo fue que la condesa, que tenía a su cargo el cuidado de la infanta, no supo guardarla de los amores de un caballero, sino que colaboró en ellos. Malambruno hizo extensivo el castigo a todas las dueñas de palacio.

[5] *cohecho:* soborno.

[6] *vais:* vayáis.

[7] *ahora:* ora.

gereza promete, ora la contraria fortuna os traiga y vuelva a pie, hecho romero, de mesón en mesón y de venta en venta, siempre que volviéredes hallaréis vuestra ínsula donde la dejáis, y a vuestros insulanos con el mesmo deseo de recebiros por su gobernador que siempre han tenido, y mi voluntad será la mesma; y no pongáis duda en esta verdad, señor Sancho, que sería hacer notorio agravio al deseo que de serviros tengo.

–No más, señor –dijo Sancho–: yo soy un pobre escudero y no puedo llevar a cuestas tantas cortesías; suba mi amo, tápenme estos ojos y encomiéndenme a Dios, y avísenme si cuando vamos por estas altanerías[8], podré encomendarme a nuestro Señor o invocar los ángeles que me favorezcan.

A lo que respondió Trifaldi:

–Sancho, bien podéis encomendaros a Dios o a quien quisiéredes, que Malambruno, aunque es encantador, es cristiano, y hace sus encantamentos con mucha sagacidad y con mucho tiento, sin meterse con nadie.

–¡Ea, pues –dijo Sancho–, Dios me ayude y la Santísima Trinidad de Gaeta[9]!

–Desde la memorable aventura de los batanes –dijo don Quijote–, nunca he visto a Sancho con tanto temor como ahora, y si yo fuera tan grosero como otros, su pusilanimidad me hiciera algunas cosquillas en el ánimo. Pero llegaos aquí, Sancho; que con licencia destos señores os quiero hablar aparte dos palabras.

Y apartando a Sancho entre unos árboles del jardín, y asiéndole ambas las manos le dijo:

–Ya ves, Sancho hermano, el largo viaje que nos espera, y que sabe Dios cuándo volveremos dél, ni la comodidad y espacio que nos darán los negocios; y, así, querría que ahora te retirases en tu aposento, como que vas a buscar alguna cosa necesaria para el camino, y en un daca las pajas[10], te dieses a buena cuenta de los tres mil y trecientos azotes a que estás obligado, siquiera quinientos, que dados te los tendrás, que el comenzar las cosas es tenerlas medio acabadas.

–¡Par Dios –dijo Sancho–, que vuestra merced debe de ser menguado[11]! Esto es como aquello que dicen: «¡en priesa me ves, y doncellez me demandas[12]!» ¿Ahora que tengo de ir sentado en una tabla rasa, quiere

---

[8] *vamos por esas altanerías:* vayamos por esas alturas.

[9] *Santísima Trinidad de Gaeta:* santuario próximo a Nápoles por el que tenían especial devoción los navegantes.

[10] *en un daca las pajas:* en un santiamén, en un instante.

[11] *menguado:* falto de juicio, tonto.

[12] '¡Me ves a punto de parir y quieres que sea virgen (doncella)!'

vuestra merced que me lastime las posas? En verdad en verdad que no tiene vuestra merced razón. Vamos ahora a rapar estas dueñas, que a la vuelta yo le prometo a vuestra merced, como quien soy, de darme tanta priesa a salir de mi obligación, que vuestra merced se contente, y no le digo más.

Y don Quijote respondió:

–Pues con esa promesa, buen Sancho, voy consolado, y creo que la cumplirás, porque en efecto, aunque tonto, eres hombre verídico.

–No soy verde[13], sino moreno –dijo Sancho–, pero aunque fuera de mezcla, cumpliera mi palabra.

Y con esto se volvieron a[14] subir en Clavileño, y al subir dijo don Quijote:

–Tapaos, Sancho, y subid, Sancho; que quien de tan lueñes[15] tierras envía por nosotros, no será para engañarnos por la poca gloria que le puede redundar de engañar a quien dél se fía; y puesto que todo sucediese al revés de lo que imagino, la gloria de haber emprendido esta hazaña no la podrá oscurecer malicia alguna.

–Vamos, señor –dijo Sancho–, que las barbas y lágrimas destas señoras las tengo clavadas en el corazón, y no comeré bocado que bien me sepa hasta verlas en su primera lisura. Suba vuesa merced y tápese primero, que si yo tengo de ir a las ancas, claro está que primero sube el de la silla.

–Así es la verdad –replicó don Quijote.

Y sacando un pañuelo de la faldriquera, pidió a la Dolorida que le cubriese muy bien los ojos, y habiéndoselos cubierto, se volvió a descubrir y dijo:

–Si mal no me acuerdo, yo he leído en Virgilio aquello del Paladión de Troya, que fue un caballo de madera que los griegos presentaron a la diosa Palas, el cual iba preñado de caballeros armados, que después fueron la total ruina de Troya[16]; y así, será bien ver primero lo que Clavileño trae en su estómago.

–No hay para qué –dijo la Dolorida–; que yo le fío y sé que Malambruno no tiene nada de malicioso ni de traidor; vuesa merced, señor don Quijote, suba sin pavor alguno, y a mi daño si alguno le sucediere.

Parecióle a don Quijote que cualquiera cosa que replicase acerca de su seguridad sería poner en detrimento su valentía, y, así, sin más altercar, subió sobre Clavileño y le tentó la clavija, que fácilmente se rodeaba; y como no tenía estribos, y le colgaban las piernas, no pare-

---

[13] Sancho ha confundido *verídico* (veraz, digno de crédito) con *verdico*; el chiste está un poco traído por los pelos.

[14] *se volvieron a:* regresaron para.

[15] *lueñes:* lejanas.

[16] En el libro II de la *Eneida* Virgilio habla del engaño de que se sirvieron los griegos para entrar en la ciudad de Troya, ocultos en el vientre del caballo, y destruirla.

cía sino figura de tapiz flamenco, pintada o tejida en algún romano triunfo. De mal talante y poco a poco llegó a subir Sancho, y acomodándose lo mejor que pudo en las ancas, las halló algo duras y no nada blandas, y pidió al duque que, si fuese posible, le acomodasen de algún cojín o de alguna almohada, aunque fuese del estrado de su señora la duquesa, o del lecho de algún paje; porque las ancas de aquel caballo más parecían de mármol que de leño.

A esto dijo la Trifaldi que ningún jaez ni ningún género de adorno sufría sobre sí Clavileño; que lo que podía hacer era ponerse a mujeriegas, y que así no sentiría tanto la dureza. Hízolo así Sancho, y diciendo «a Dios», se dejó vendar los ojos, y ya después de vendados se volvió a descubrir, y mirando a todos los del jardín tiernamente y con lágrimas, dijo que le ayudasen en aquel trance con sendos paternostres y sendas avemarías, porque Dios deparase quien por ellos los dijese cuando en semejantes trances se viesen. A lo que dijo don Quijote:

–Ladrón, ¿estás puesto en la horca por ventura, o en el último término de la vida, para usar de semejantes plegarias? ¿No estás, desalmada y cobarde criatura, en el mismo lugar que ocupó la linda Magalona[17], del cual decendió, no a la sepultura, sino a ser reina de Francia, si no mienten las historias? Y yo, que voy a tu lado, ¿no puedo ponerme al del valeroso Pierres, que oprimió este mismo lugar que yo ahora oprimo? Cúbrete, cúbrete, animal descorazonado, y no te salga a la boca el temor que tienes, a lo menos en presencia mía.

–Tápenme –respondió Sancho–; y pues no quieren que me encomiende a Dios ni que sea encomendado, ¿qué mucho que tema no ande por aquí alguna región[18] de diablos, que den con nosotros en Peralvillo[19]?

Cubriéronse, y sintiendo don Quijote que estaba como había de estar, tentó la clavija, y apenas hubo puesto los dedos en ella cuando todas las dueñas y cuantos estaban presentes levantaron las voces, diciendo:

–¡Dios te guíe, valeroso caballero!

–¡Dios sea contigo, escudero intrépido!

–¡Ya, ya vais por esos aires, rompiéndolos con más velocidad que una saeta!

–¡Ya comenzáis a suspender y admirar a cuantos desde la tierra os están mirando!

---

[17] Como se explica en el capítulo XL de la segunda parte, en ese mismo caballo fue llevada la princesa Magalona por el valeroso Pierres, que la robó para desposarla.

[18] *región:* legión.

[19] *que den con nosotros en Peralvillo:* que nos lleven a Peralvillo, lugar próximo a Ciudad Real, donde la Santa Hermandad ajusticiaba a los delincuentes.

–¡Tente, valeroso Sancho, que te bamboleas! ¡Mira no cayas; que será peor tu caída que la del atrevido mozo que quiso regir el carro del Sol, su padre[20]!

Oyó Sancho las voces, y apretándose con su amo y ciñiéndole con los brazos, le dijo:

–Señor, ¿cómo dicen éstos que vamos tan altos, si alcanzan acá sus voces, y no parecen sino que están aquí hablando, junto a nosotros?

–No repares en eso, Sancho, que como estas cosas y estas volaterías van fuera de los cursos ordinarios, de mil leguas verás y oirás lo que quisieres. Y no me aprietes tanto, que me derribas; y en verdad que no sé de qué te turbas ni te espantas, que osaré jurar que en todos los días de mi vida he subido en cabalgadura de paso más llano; no parece sino que no nos movemos de un lugar. Destierra, amigo, el miedo, que, en efecto, la cosa va como ha de ir, y el viento llevamos en popa.

–Así es la verdad –respondió Sancho–; que por este lado da un viento tan recio, que parece que con mil fuelles me están soplando.

Y así era ello; que unos grandes fuelles le estaban haciendo aire; tan bien trazada estaba la tal aventura por el duque y la duquesa y su mayordomo, que no le faltó requisito que la dejase de hacer perfecta.

Sintiéndose, pues, soplar don Quijote, dijo:

–Sin duda alguna, Sancho, que ya debemos de llegar a la segunda región[21] del aire, adonde se engendra el granizo, las nieves; los truenos, los relámpagos y los rayos se engendran en la tercera región; y si es que desta manera vamos subiendo, presto daremos en la región del fuego, y no sé yo cómo templar esta clavija para que no subamos donde nos abrasemos.

En esto, con unas estopas ligeras de encenderse y apagarse, desde lejos, pendientes de una caña, les calentaban los rostros. Sancho, que sintió el calor, dijo:

–Que me maten si no estamos ya en el lugar del fuego, o bien cerca; porque una gran parte de mi barba se me ha chamuscado, y estoy, señor, por descubrirme y ver en qué parte estamos.

–No hagas tal –respondió don Quijote–, y acuérdate del verdadero cuento del licenciado Torralba[22], a quien llevaron los diablos en volandas

----

[20] Alude al mito de Faetón, hijo del Sol, que, por querer guiar su carro, cayó en las aguas del río Po.

[21] *región:* espacio que, según la filosofía antigua, ocupaba cada uno de los cuatro elementos.

[22] Al doctor Eugenio Torralba lo había procesado la Inquisición por brujo.

por el aire, caballero en una caña, cerrados los ojos, y en doce horas llegó a Roma, y se apeó en Torre de Nona, que es una calle de la ciudad[23], y vio todo el fracaso y asalto y muerte de Borbón[24], y por la mañana ya estaba de vuelta en Madrid, donde dio cuenta de todo lo que había visto; el cual asimismo dijo que cuando iba por el aire, le mandó el diablo que abriese los ojos y los abrió, y se vio tan cerca, a su parecer, del cuerpo de la luna, que la pudiera asir con la mano, y que no osó mirar a la tierra por no desvanecerse. Así que, Sancho, no hay para qué descubrirnos; que el que nos lleva a cargo, él dará cuenta de nosotros, y quizá vamos tomando puntas[25] y subiendo en alto para dejarnos caer de una sobre el reino de Candaya, como hace el sacre o neblí sobre la garza para cogerla, por más que se remonte; y aunque nos parece que no ha media hora que nos partimos del jardín, créeme que debemos de haber hecho gran camino.

–No sé lo que es –respondió Sancho Panza–; sólo sé decir que si la señora Magallanes o Magalona se contentó destas ancas, que no debía de ser muy tierna de carnes.

Todas estas pláticas de los dos valientes oían el duque y la duquesa y los del jardín, de que recibían extraordinario contento; y queriendo dar remate a la extraña y bien fabricada aventura, por la cola de Clavileño le pegaron fuego con unas estopas, y al punto, por estar el caballo lleno de cohetes tronadores, voló por los aires, con extraño ruido, y dio con don Quijote y con Sancho Panza en el suelo, medio chamuscados.

En este tiempo ya se habían desparecido del jardín todo el barbado escuadrón de las dueñas, y la Trifaldi y todo, y los del jardín quedaron como desmayados, tendidos por el suelo. Don Quijote y Sancho se levantaron maltrechos, y mirando a todas partes quedaron atónitos de verse en el mesmo jardín de donde habían partido, y de ver tendido por tierra tanto número de gente; y creció más su admiración cuando a un lado del jardín vieron hincada una gran lanza en el suelo, y pendiente della y de dos cordones de seda verde un pergamino liso y blanco, en el cual, con grandes letras de oro, estaba escrito lo siguiente:

El ínclito caballero don Quijote de la Mancha feneció[26] y acabó la aventura de la condesa Trifaldi, por otro nombre llamada la dueña Dolorida, y compañía, con sólo intentarla.

....

[23] *Torre de Nona:* no es una calle, sino la cárcel de Roma.

[24] Se refiere al destrozo (*fracaso*, italianismo) y saqueo de la ciudad por las tropas del emperador Carlos V, bajo la dirección del condestable Carlos, duque de Borbón, que murió en la empresa.

[25] *tomar puntas:* dar vueltas el ave, esperando la ocasión de caer sobre su presa.

[26] *feneció:* finalizó.

*Malambruno se da por contento y satisfecho a toda su volun-
tad, y las barbas de las dueñas ya quedan lisas y mondas, y los reyes
don Clavijo y Antonomasia*[27]*, en su prístino estado. Y cuando se
cumpliere el escuderil vápulo, la blanca paloma se verá libre de los
pestíferos girifaltes que la persiguen*[28]*, y en brazos de su querido
arrullador; que así está ordenado por el sabio Merlín, protoencanta-
dor de los encantadores.*

Habiendo, pues, don Quijote leído las letras del pergamino, claro
entendió que del desencanto de Dulcinea hablaban; y dando muchas
gracias al cielo de que con tan poco peligro hubiese acabado tan gran
fecho, reduciendo a su pasada tez los rostros de las venerables dueñas,
que ya no parecían, se fue adonde el duque y la duquesa aún no habían
vuelto en sí, y trabando de la mano al duque, le dijo:

–¡Ea, buen señor, buen ánimo; buen ánimo, que todo es nada! La
aventura es ya acabada, sin daño de barras[29], como lo muestra claro el
escrito que en aquel padrón[30] está puesto.

El duque, poco a poco, y como quien de un pesado sueño recuerda[31], fue volviendo en sí, y por el mismo tenor la duquesa y todos los que
por el jardín estaban caídos, con tales muestras de maravilla y espanto,
que casi se podían dar a entender haberles acontecido de veras lo que
tan bien sabían fingir de burlas. Leyó el duque el cartel con los ojos medio cerrados, y luego, con los brazos abiertos, fue a abrazar a don Quijote, diciéndole ser el más buen caballero que en ningún siglo se hubiese
visto.

Sancho andaba mirando por la Dolorida, por ver qué rostro tenía
sin las barbas, y si era tan hermosa sin ellas como su gallarda disposición prometía; pero dijéronle que así como Clavileño bajó ardiendo
por los aires y dio en el suelo, todo el escuadrón de las dueñas, con la
Trifaldi, había desaparecido, y que ya iban rapadas y sin cañones[32]. Preguntó la duquesa a Sancho que cómo le había ido en aquel largo viaje.
A lo cual Sancho respondió:

---

[27] Clavijo y Antonomasia son los amantes, que han llegado a ser reyes, por cuya causa la condesa Trifaldi y las demás dueñas han sido castigadas. Malambruno la convirtió a
ella en una mona de bronce, y a él en un cocodrilo de metal.

[28] Se refiere a Dulcinea, que se verá libre de quienes la persiguen (*girifaltes:* gerifal-
tes, aves de rapiña) cuando Sancho se haya dado los azotes prescritos (*escuderil vápulo*).

[29] *sin daño de barras:* sin perjuicio de terceros.

[30] *padrón:* inscripción en una columna en la que se evoca un suceso notable; aquí
sirve de columna la lanza.

[31] *recuerda:* despierta.

[32] *cañones:* lo más duro del pelo de la barba, próximo a la raíz.

-Yo, señora, sentí que íbamos, según mi señor me dijo, volando por la región del fuego, y quise descubrirme un poco los ojos; pero mi amo, a quien pedí licencia para descubrirme, no lo consintió; mas yo, que tengo no sé qué briznas de curioso y de desear saber lo que se me estorba y impide, bonitamente y sin que nadie lo viese, por junto a las narices aparté tanto cuanto[33] el pañizuelo que me tapaba los ojos, y por allí miré hacia la tierra, y parecióme que toda ella no era mayor que un grano de mostaza, y los hombres que andaban sobre ella, poco mayores que avellanas; porque se vea cuán altos debíamos de ir entonces.

A esto dijo la duquesa:

-Sancho amigo, mirad lo que decís, que, a lo que parece, vos no vistes la tierra, sino los hombres que andaban sobre ella; y está claro que si la tierra os pareció como un grano de mostaza y cada hombre como una avellana, un hombre solo había de cubrir toda la tierra.

[...]

Capítulo XLII

De los consejos que dio don Quijote a Sancho Panza antes que fuese a gobernar la ínsula, con otras cosas bien consideradas

Con el felice y gracioso suceso de la aventura de la Dolorida quedaron tan contentos los duques, que determinaron pasar con las burlas adelante, viendo el acomodado sujeto[1] que tenían para que se tuviesen por veras; y, así, habiendo dado la traza y órdenes que sus criados y sus vasallos habían de guardar con Sancho en el gobierno de la ínsula prometida, otro día, que fue el que sucedió al vuelo de Clavileño, dijo el duque a Sancho que se adeliñase[2] y compusiese para ir a ser gobernador, que ya sus insulanos le estaban esperando como el agua de mayo. [...]

En esto llegó don Quijote, y sabiendo lo que pasaba y la celeridad con que Sancho se había de partir a su gobierno, con licencia del du-

---

[33] *tanto cuanto:* un poco.
[1] *sujeto:* tema.
[2] *adeliñase:* aliñase, arreglase.

que le tomó por la mano y se fue con él a su estancia, con intención de aconsejarle cómo se había de haber en su oficio.

Entrados, pues, en su aposento, cerró tras sí la puerta, y hizo casi por fuerza que Sancho se sentase junto a él, y con reposada voz le dijo:

–Infinitas gracias doy al cielo, Sancho amigo, de que antes y primero que yo haya encontrado con alguna buena dicha, te haya salido a ti a recebir y a encontrar la buena ventura. Yo, que en mi buena suerte te tenía librada la paga de tus servicios, me veo en los principios de aventajarme, y tú, antes de tiempo, contra la ley del razonable discurso, te ves premiado de tus deseos. Otros cohechan, importunan, solicitan, madrugan, ruegan, porfían, y no alcanzan lo que pretenden; y llega otro, y sin saber cómo ni cómo no, se halla con el cargo y oficio que otros muchos pretendieron; y aquí entra y encaja bien el decir que hay buena y mala fortuna en las pretensiones. Tú, que para mí, sin duda alguna, eres un porro[3], sin madrugar ni trasnochar, y sin hacer diligencia alguna, con sólo el aliento que te ha tocado de la andante caballería, sin más ni más te ves gobernador de una ínsula, como quien no dice nada. Todo esto digo, ¡oh Sancho!, para que no atribuyas a tus merecimientos la merced recebida, sino que des gracias al cielo, que dispone suavemente las cosas, y después las darás a la grandeza que en sí encierra la profesión de la caballería andante. Dispuesto, pues, el corazón a creer lo que te he dicho, está, ¡oh hijo!, atento a este tu Catón[4], que quiere aconsejarte y ser norte y guía que te encamine y saque a seguro puerto de este mar proceloso donde vas a engolfarte; que los oficios y grandes cargos no son otra cosa sino un golfo profundo de confusiones. Primeramente, ¡oh hijo!, has de temer a Dios; porque en el temerle está la sabiduría, y siendo sabio no podrás errar en nada. Lo segundo, has de poner los ojos en quien eres, procurando conocerte a ti mismo, que es el más difícil conocimiento que puede imaginarse. Del conocerte saldrá el no hincharte como la rana que quiso igualarse con el buey[5], que si esto haces, vendrá a ser feos pies de la rueda[6] de tu locura la consideración de haber guardado puercos en tu tierra.

–Así es la verdad –respondió Sancho–, pero fue cuando muchacho; pero después, algo hombrecillo, gansos fueron los que guardé,

[3] *porro*: necio.

[4] Catón el Censor fue autor de un libro de aforismos (*Disticha Catonis*) que se usaba como lectura en las escuelas; de ahí vino que se diera el nombre de Catón a toda cartilla o texto de primeras letras.

[5] Alusión a la fábula de Esopo en que una rana, para parecerse al buey, se hincha tanto, que revienta.

[6] El pavo real, que se enorgullece de la rueda que forma con su cola, se avergüenza de la fealdad de sus pies.

que no puercos. Pero esto paréceme a mí que no hace al caso; que no todos los que gobiernán vienen de casta de reyes.

–Así es verdad –replicó don Quijote–; por lo cual los no de principios nobles deben acompañar la gravedad del cargo que ejercitan con una blanda suavidad que, guiada por la prudencia, los libre de la murmuración maliciosa, de quien no hay estado que se escape. Haz gala, Sancho, de la humildad de tu linaje, y no te desprecies de decir que vienes de labradores; porque viendo que no te corres, ninguno se pondrá a correrte; y préciate más de ser humilde virtuoso que pecador soberbio. Inumerables son aquellos que de baja estirpe nacidos, han subido a la suma dignidad pontificia e imperatoria; y desta verdad te pudiera traer tantos ejemplos, que te cansaran. Mira, Sancho: si tomas por medio la virtud, y te precias de hacer hechos virtuosos, no hay para qué tener envidia a los que los tienen príncipes y señores[7], porque la sangre se hereda, y la virtud se aquista[8], y la virtud vale por sí sola lo que la sangre no vale. Siendo esto así, como lo es, que si acaso viniere a verte cuando estés en tu ínsula alguno de tus parientes, no le deseches ni le afrentes; antes le has de acoger, agasajar y regalar; que con esto satisfarás al cielo, que gusta que nadie se desprecie de lo que él hizo, y corresponderás a lo que debes a la naturaleza bien concertada. Si trujeres a tu mujer contigo (porque no es bien que los que asisten a gobiernos de mucho tiempo estén sin las propias), enséñala, doctrínala, y desbástala de su natural rudeza; porque todo lo que suele adquirir un gobernador discreto suele perder y derramar una mujer rústica y tonta. Si acaso enviudares, cosa que puede suceder, y con el cargo mejorares de consorte, no la tomes tal que te sirva de anzuelo y de caña de pescar, y del no quiero de tu capilla[9]; porque en verdad te digo que de todo aquello que la mujer del juez recibiere, ha de dar cuenta el marido en la residencia universal, donde pagará con el cuatro tanto[10] en la muerte las partidas de que no se hubiere hecho cargo en la vida. Nunca te guíes por la ley del encaje[11], que suele tener mucha cabida con los ignorantes que presumen de agudos. Hallen en ti más compasión las lágrimas del pobre, pero no más justicia, que las informaciones del rico. Procura des-

---

[7] «No hay por qué tener envidia a los que tienen como ascendientes príncipes y señores.»

[8] *aquista:* adquiere.

[9] Alude a la frase proverbial «No quiero, no quiero, pero échamelo en la capilla (capucha) o en el sombrero», con que se finge rechazar lo que realmente se desea.

[10] 'En el juicio final (*residencia universal*) pagará el cuádruplo (*cuatro tanto*).' Se llamaba *residencia* a la cuenta que tenían que dar ante el juez algunos cargos públicos al finalizar su gestión.

[11] *la ley del encaje:* la arbitrariedad.

cubrir la verdad por entre las promesas y dádivas del rico como por entre los sollozos e importunidades del pobre. Cuando pudiere y debiere tener lugar la equidad, no cargues todo el rigor de la ley al delincuente; que no es mejor la fama del juez riguroso que la del compasivo. Si acaso doblares la vara de la justicia, no sea con el peso de la dádiva, sino con el de la misericordia. Cuando te sucediere juzgar algún pleito de algún enemigo, aparta las mientes de tu injuria y ponlas en la verdad del caso. No te ciegue la pasión propia en la causa ajena; que los yerros que en ella hicieres, las más veces serán sin remedio; y si le tuvieren, será a costa de tu crédito, y aun de tu hacienda. Si alguna mujer hermosa viniere a pedirte justicia, quita los ojos de sus lágrimas y tus oídos de sus gemidos, y considera despacio la sustancia de lo que pide, si no quieres que se anegue tu razón en su llanto y tu bondad en sus suspiros. Al que has de castigar con obras no trates mal con palabras, pues le basta al desdichado la pena del suplicio, sin la añadidura de las malas razones. Al culpado que cayere debajo de tu juridición considérale hombre miserable, sujeto a las condiciones de la depravada naturaleza nuestra, y en todo cuanto fuere de tu parte, sin hacer agravio a la contraria, muéstratele piadoso y clemente; porque aunque los atributos de Dios todos son iguales, más resplandece y campea a nuestro ver el de la misericordia que el de la justicia. Si estos preceptos y estas reglas sigues, Sancho, serán luengos tus días, tu fama será eterna, tus premios colmados, tu felicidad indecible, casarás tus hijos como quisieres, títulos tendrán ellos y tus nietos, vivirás en paz y beneplácito de las gentes, y en los últimos pasos de la vida te alcanzará el de la muerte, en vejez suave y madura, y cerrarán tus ojos las tiernas y delicadas manos de tus terceros netezuelos. Esto que hasta aquí te he dicho son documentos[12] que han de adornar tu alma; escucha ahora los que han de servir para adorno del cuerpo.

[12] *documentos*: consejos, enseñanzas.

CAPÍTULO XLIII

De los consejos segundos que dio don Quijote a Sancho Panza

¿Quién oyera el pasado razonamiento de don Quijote que no le tuviera por persona muy cuerda y mejor intencionada? Pero, como muchas veces en el progreso desta grande historia queda dicho, solamente disparaba[1] en tocándole en la caballería, y en los demás discursos mostraba tener claro y desenfadado entendimiento, de manera que a cada paso desacreditaban sus obras su juicio, y su juicio sus obras; pero en ésta destos segundos documentos que dio a Sancho mostró tener gran donaire, y puso su discreción y su locura en un levantado punto.

Atentísimamente le escuchaba Sancho, y procuraba conservar en la memoria sus consejos, como quien pensaba guardarlos y salir por ellos a buen parto de la preñez de su gobierno. Prosiguió, pues, don Quijote, y dijo:

–En lo que toca a cómo has de gobernar tu persona y casa, Sancho, lo primero que te encargo es que seas limpio, y que te cortes las uñas, sin dejarlas crecer, como algunos hacen, a quien su ignorancia les ha dado a entender que las uñas largas les hermosean las manos, como si aquel excremento[2] y añadidura que se dejan de cortar fuese uña, siendo antes garras de cernícalo lagartijero: puerco y extraordinario abuso. No andes, Sancho, desceñido y flojo; que el vestido descompuesto da indicios de ánimo desmazalado[3], si ya la descompostura y flojedad no cae debajo de socarronería, como se juzgó en la de Julio César. Toma con discreción el pulso a lo que pudiere valer tu oficio, y si sufriere[4] que des librea a tus criados, dásela honesta y provechosa más que vistosa y bizarra, y repártela entre tus criados y los pobres; quiero decir que si has de vestir seis pajes, viste tres y otros tres pobres; y así tendrás pajes para el cielo y para el suelo; y este nuevo modo de dar librea no la alcanzan los vanagloriosos. No comas ajos ni cebollas, porque no saquen por el olor tu villanería. Anda despacio; habla con reposo, pero no de manera que parezca que te escuchas a ti

---

[1] *disparaba:* disparataba.
[2] *excremento:* excrecencia.
[3] *desmazalado:* decaído.
[4] *sufriere:* si tu oficio te permitiere.

mismo, que toda afectación es mala. Come poco y cena más poco, que la salud de todo el cuerpo se fragua en la oficina del estómago. Sé templado en el beber, considerando que el vino demasiado ni guarda secreto ni cumple palabra. Ten cuenta, Sancho, de no mascar a dos carrillos, ni de erutar delante de nadie.

–Eso de *erutar* no entiendo –dijo Sancho.

Y don Quijote le dijo:

–*Erutar,* Sancho, quiere decir *regoldar,* y éste es uno de los más torpes vocablos que tiene la lengua castellana, aunque es muy significativo; y, así, la gente curiosa[5] se ha acogido al latín, y al *regoldar* dice *erutar,* y a los *regüeldos, erutaciones;* y cuando algunos no entienden estos términos, importa poco, que el uso los irá introduciendo con el tiempo, que con facilidad se entiendan; y esto es enriquecer la lengua, sobre quien tiene poder el vulgo y el uso.

–En verdad, señor –dijo Sancho–, que uno de los consejos y avisos que pienso llevar en la memoria ha de ser el de no regoldar, porque lo suelo hacer muy a menudo.

–*Erutar,* Sancho, que no *regoldar* –dijo don Quijote.

–*Erutar* diré de aquí adelante –respondió Sancho–, y a fe que no se me olvide.

–También, Sancho, no has de mezclar en tus pláticas la muchedumbre de refranes que sueles; que, puesto que los refranes son sentencias breves, muchas veces los traes tan por los cabellos, que más parecen disparates que sentencias.

–Eso Dios lo puede remediar –respondió Sancho–, porque sé más refranes que un libro, y viénenseme tantos juntos a la boca cuando hablo, que riñen, por salir, unos con otros; pero la lengua va arrojando los primeros que encuentra, aunque no vengan a pelo. Mas yo tendré cuenta de aquí adelante de decir los que convengan a la gravedad de mi cargo; que en casa llena, presto se guisa la cena; y quien destaja, no baraja[6]; y a buen salvo está el que repica[7], y el dar y el tener, seso ha menester.

–¡Eso sí, Sancho! –dijo don Quijote–. ¡Encaja, ensarta, enhila refranes, que nadie te va a la mano! ¡Castígame mi madre, y yo trómpogelas[8]! Estoyte diciendo que excuses refranes, y en un instante has echado aquí una letanía dellos, que así cuadran con lo que vamos tra-

---

[5] *curiosa:* instruida, culta.

[6] *quien destaja, no baraja:* el que corta (los naipes), no baraja.

[7] *a buen salvo está el que repica:* ver nota 13, cap. XXXVI.

[8] Esta frase proverbial viene a significar: 'me advierte mi madre, y yo hago burla (*trómpogelas,* trómposelas) de sus advertencias'.

tando como por los cerros de Úbeda. Mira, Sancho, no te digo yo que parece mal un refrán traído a propósito; pero cargar y ensartar refranes a troche y moche hace la plática desmayada y baja. Cuando subieres a caballo, no vayas echando el cuerpo sobre el arzón postrero, ni lleves las piernas tiesas y tiradas y desviadas de la barriga del caballo, ni tampoco vayas tan flojo, que parezca que vas sobre el rucio; que el andar a caballo a unos hace caballeros; a otros, caballerizos. Sea moderado tu sueño, que el que no madruga con el sol, no goza del día; y advierte, ¡oh Sancho!, que la diligencia es madre de la buena ventura; y la pereza, su contraria, jamás llegó al término que pide un buen deseo. Este último consejo que ahora darte quiero, puesto que no sirva para adorno del cuerpo, quiero que le lleves muy en la memoria, que creo que no te será de menos provecho que los que hasta aquí te he dado; y es que jamás te pongas a disputar de linajes, a lo menos, comparándolos entre sí, pues, por fuerza, en los que se comparan uno ha de ser el mejor, y del que abatieres serás aborrecido, y del que levantares, en ninguna manera premiado. Tu vestido será calza entera[9], ropilla larga, herreruelo un poco más largo; greguescos, ni por pienso, que no les están bien ni a los caballeros ni a los gobernadores. Por ahora, esto se me ha ofrecido, Sancho, que aconsejarte; andará el tiempo, y según las ocasiones, así serán mis documentos, como tú tengas cuidado de avisarme el estado en que te hallares.

–Señor –respondió Sancho–, bien veo que todo cuanto vuestra merced me ha dicho son cosas buenas, santas y provechosas; pero ¿de qué han de servir, si de ninguna me acuerdo? Verdad sea que aquello de no dejarme crecer las uñas y de casarme otra vez, si se ofreciere, no se me pasará del magín; pero esotros badulaques[10] y enredos y revoltillos, no se me acuerda ni acordará más dellos que de las nubes de antaño, y, así, será menester que se me den por escrito; que puesto que no sé leer ni escribir, yo se los daré a mi confesor para que me los encaje y recapacite cuando fuere menester.

–¡Ah, pecador de mí –respondió don Quijote–, y qué mal parece en los gobernadores el no saber leer ni escribir! Porque has de saber, ¡oh Sancho!, que no saber un hombre leer, o ser zurdo[11], arguye una de dos cosas: o que fue hijo de padres demasiado humildes y bajos, o él tan travieso y malo, que no pudo entrar en el buen uso ni la buena doc-

....

[9] *calza entera:* calzones que cubren muslos y piernas; *ropilla:* vestidura corta con mangas; *herreruelo:* especie de capa; *greguescos:* calzones anchos.

[10] *badulaques:* complicaciones.

[11] En aquella época se consideraba que ser zurdo era una falta de educación debida a ignorancia de los padres.

trina. Gran falta es la que llevas contigo, y, así, querría que aprendieses a firmar siquiera.

–Bien sé firmar mi nombre –respondió Sancho–; que cuando fui prioste[12] en mi lugar, aprendí a hacer unas letras como de marca de fardo, que decían que decía mi nombre; cuanto más que fingiré que tengo tullida la mano derecha, y haré que firme otro por mí, que para todo hay remedio, si no es para la muerte; y teniendo yo el mando y el palo, haré lo que quisiere, cuanto más que el que tiene el padre alcalde...[13] Y siendo yo gobernador, que es más que ser alcalde, ¡llegaos, que la dejan ver![14] No, sino popen y calóñenme[15], que vendrán por lana, y volverán trasquilados; y a quien Dios quiere bien, la casa le sabe[16]; y las necedades del rico por sentencias pasan en el mundo; y, siéndolo yo, siendo gobernador y juntamente liberal, como lo pienso ser, no habrá falta que se me parezca. No, sino haceos miel, y paparos han moscas; tanto vales cuanto tienes, decía una mi agüela; y del hombre arraigado no te verás vengado.

–¡Oh, maldito seas de Dios, Sancho! –dijo a esta sazón don Quijote–. ¡Sesenta mil satanases te lleven a ti y a tus refranes! Una hora ha que los estás ensartando y dándome con cada uno tragos de tormento. Yo te aseguro que estos refranes te han de llevar un día a la horca; por ellos te han de quitar el gobierno tus vasallos, o ha de haber entre ellos comunidades[17]. Dime, ¿dónde los hallas, ignorante, o cómo los aplicas, mentecato, que para decir yo uno y aplicarle bien, sudo y trabajo como si cavase?

–Por Dios, señor nuestro amo –replicó Sancho–, que vuesa merced se queja de bien pocas cosas. ¿A qué diablos se pudre[18] de que yo me sirva de mi hacienda, que ninguna otra tengo, ni otro caudal alguno sino refranes y más refranes? Y ahora se me ofrecen cuatro que venían aquí pintiparados, o como peras en tabaque[19]; pero no los diré, porque al buen callar llaman Sancho.

–Ese Sancho no eres tú –dijo don Quijote–, porque no sólo no eres buen callar, sino mal hablar y mal porfiar; y con todo eso querría

---

[12] *prioste*: hermano mayor de una cofradía.

[13] Sancho corta el refrán «El que tiene el padre alcalde, seguro va a juicio».

[14] *¡llegaos, que la dejan ver!*: expresión amenazante e irónica que significa algo parecido a 'atreveos conmigo'.

[15] *pópen(me) y calóñenme*: desprécienme y calúmnienme.

[16] *la casa le sabe*: sabe dónde está su casa.

[17] *comunidades*: levantamientos populares, revoluciones.

[18] *se pudre*: se molesta.

[19] *tabaque*: cestillo de mimbre para guardar fruta; *como peras en tabaque*: muy a propósito.

saber qué cuatro refranes te ocurrían ahora a la memoria que venían aquí a propósito, que yo ando recorriendo la mía, que la tengo buena, y ninguno se me ofrece.

—¿Qué mejores —dijo Sancho— que «entre dos muelas cordales nunca pongas tus pulgares», y «a idos de mi casa y qué queréis con mi mujer, no hay responder«, y «si da el cántaro en la piedra o la piedra en el cántaro, mal para el cántaro», todos los cuales vienen a pelo? Que nadie se tome[20] con su gobernador ni con el que manda, porque saldrá lastimado, como el que pone el dedo entre dos muelas cordales, y aunque no sean cordales, como sean muelas, no importa; y a lo que dijere el gobernador no hay que replicar, como al «salíos de mi casa y qué queréis con mi mujer». Pues lo de la piedra en el cántaro un ciego lo verá. Así que es menester que el que ve la mota en el ojo ajeno, vea la viga en el suyo, porque no se diga por él: «espantóse la muerta de la degollada», y vuestra merced sabe bien que más sabe el necio en su casa que el cuerdo en la ajena.

—Eso no, Sancho —respondió don Quijote—; que el necio en su casa ni en la ajena sabe nada, a causa que sobre el cimiento de la necedad no asienta ningún discreto edificio. Y dejemos esto aquí, Sancho; que si mal gobernares, tuya será la culpa, y mía la vergüenza; mas consuélame que he hecho lo que debía en aconsejarte con las veras y con la discreción a mí posible: con esto salgo de mi obligación y de mi promesa. Dios te guíe, Sancho, y te gobierne en tu gobierno, y a mí me saque del escrúpulo que me queda que has de dar con toda la ínsula patas arriba, cosa que pudiera yo excusar con descubrir al duque quién eres, diciéndole que toda esa gordura y esa personilla que tienes no es otra cosa que un costal lleno de refranes y de malicias.

—Señor —replicó Sancho—, si a vuestra merced le parece que no soy de pro para este gobierno, desde aquí le suelto; que más quiero un solo negro de la uña de mi alma, que a todo mi cuerpo; y así me sustentaré Sancho a secas con pan y cebolla, como gobernador con perdices y capones; y más, que mientras se duerme, todos son iguales, los grandes y los menores, los pobres y los ricos; y si vuestra merced mira en ello, verá que sólo vuestra merced me ha puesto en esto de gobernar, que yo no sé más de gobiernos de ínsulas que un buitre; y si se imagina que por ser gobernador me ha de llevar el diablo, más me quiero ir Sancho al cielo que gobernador al infierno.

—Por Dios, Sancho —dijo don Quijote—, que por solas estas últimas razones que has dicho, juzgo que mereces ser gobernador de mil ínsulas: buen natural tienes, sin el cual no hay ciencia que valga; enco-

---

[20] *se tome*: riña.

miéndate a Dios, y procura no errar en la primera intención; quiero
decir que siempre tengas intento y firme propósito de acertar en
cuantos negocios te ocurrieren, porque siempre favorece el cielo los
buenos deseos. Y vámonos a comer, que creo que ya estos señores
nos aguardan.

[...]

Capítulo XLV

De cómo el gran Sancho Panza tomó la posesión de su ínsula, y del modo que comenzó a gobernar

[...]

Digo, pues, que con todo su acompañamiento llegó Sancho a un
lugar de hasta mil vecinos, que era de los mejores que el duque tenía.
Diéronle a entender que se llamaba la ínsula Barataria, o ya porque el
lugar se llamaba Baratario, o ya por el barato[1] con que se le había dado
el gobierno. Al llegar a las puertas de la villa, que era cercada, salió el
regimiento[2] del pueblo a recebirle; tocaron las campanas, y todos los
vecinos dieron muestras de general alegría, y con mucha pompa le llevaron a la iglesia mayor a dar gracias a Dios, y luego con algunas ridícu-
las ceremonias le entregaron las llaves del pueblo y le admitieron perpetuo gobernador de la ínsula Barataria.

El traje, las barbas, la gordura y pequeñez del nuevo gobernador
tenía admirada a toda la gente que el busilis del cuento no sabía, y aun
a todos los que lo sabían, que eran muchos. Finalmente, en sacándole
de la iglesia, le llevaron a la silla del juzgado y le sentaron en ella, y el
mayordomo del duque le dijo:

–Es costumbre antigua en esta ínsula, señor gobernador, que el
que viene a tomar posesión desta famosa ínsula está obligado a responder a una pregunta que se le hiciere, que sea algo intricada y
dificultosa; de cuya respuesta el pueblo toma y toca el pulso del ingenio de su nuevo gobernador, y así, o se alegra o se entristece con
su venida.

[...]

....

[1] *barato:* dinero que quien gana en el juego da a los mirones que le han prestado algún servicio; es decir, que el duque había dado el gobierno a Sancho sin que él tuviera
ningún mérito.

[2] *regimiento:* los regidores, el ayuntamiento.

A este instante entraron en el juzgado dos hombres, el uno vestido de labrador y el otro de sastre, porque traía unas tijeras en la mano, y el sastre dijo:

–Señor gobernador, yo y este hombre labrador venimos ante vuestra merced en razón que este buen hombre llegó a mi tienda ayer (que yo, con perdón de los presentes, soy sastre examinado, que Dios sea bendito), y poniéndome un pedazo de paño en las manos, me preguntó: «Señor, ¿habría en esto paño harto para hacerme una caperuza?» Yo, tanteando el paño, le respondí que sí; él debióse de imaginar, a lo que yo imagino, e imaginé bien, que sin duda yo le quería hurtar alguna parte del paño, fundándose en su malicia y en la mala opinión de los sastres, y replicóme que mirase si habría para dos; adivinéle el pensamiento y díjele que sí; y él, caballero en[3] su dañada y primera intención, fue añadiendo caperuzas, y yo añadiendo síes, hasta que llegamos a cinco caperuzas; y ahora en este punto acaba de venir por ellas; yo se las doy, y no me quiere pagar la hechura, antes me pide que le pague o vuelva su paño.

–¿Es todo esto así, hermano? –preguntó Sancho.

–Sí, señor –respondió el hombre–; pero hágale vuestra merced que muestre las cinco caperuzas que me ha hecho.

–De buena gana –respondió el sastre.

Y sacando encontinente[4] la mano de bajo del herreruelo, mostró en ella cinco caperuzas puestas en las cinco cabezas de los dedos de la mano, y dijo:

–He aquí las cinco caperuzas que este buen hombre me pide, y en Dios y en mi conciencia que no me ha quedado nada del paño, y yo daré la obra a vista de veedores[5] del oficio.

Todos los presentes se rieron de la multitud de las caperuzas y del nuevo pleito. Sancho se puso a considerar un poco, y dijo:

–Paréceme que en este pleito no ha de haber largas dilaciones, sino juzgar luego a juicio de buen varón; y, así, yo doy por sentencia que el sastre pierda las hechuras, y el labrador el paño, y las caperuzas se lleven a los presos de la cárcel, y no haya más.

Si la sentencia pasada de la bolsa del ganadero movió a admiración a los circunstantes, ésta les provocó a risa; pero, en fin, se hizo lo que mandó el gobernador. Ante el cual se presentaron dos hombres ancianos; el uno traía una cañaheja[6] por báculo, y el sin báculo dijo:

---

[3] *caballero en…:* firme en su idea.

[4] *encontinente:* al instante.

[5] *veedores:* inspectores.

[6] *cañaheja:* planta de largo tallo, semejante a la caña vulgar.

–Señor, a este buen hombre le presté días ha diez escudos de oro en oro, por hacerle placer y buena obra, con condición que me los volviese cuando se los pidiese; pasáronse muchos días sin pedírselos, por no ponerle en mayor necesidad, de volvérmelos, que la que él tenía cuando yo se los presté; pero por parecerme que se descuidaba en la paga, se los he pedido una y muchas veces, y no solamente no me los vuelve, pero me los niega y dice que nunca tales diez escudos le presté, y que si se los presté, que ya me los ha vuelto. Yo no tengo testigos ni del prestado ni de la vuelta, porque no me los ha vuelto; querría que vuestra merced le tomase juramento, y si jurare que me los ha vuelto, yo se los perdono para aquí y para delante de Dios.

–¿Qué decís vos a esto, buen viejo del báculo? –dijo Sancho.

A lo que dijo el viejo:

–Yo, señor, confieso que me los prestó, y baje vuestra merced esa vara[7]; y pues él lo deja en mi juramento, yo juraré como se los he vuelto y pagado real y verdaderamente.

Bajó el gobernador la vara, y en tanto, el viejo del báculo dio el báculo al otro viejo, que se le tuviese en tanto que juraba, como si le embarazara mucho, y luego puso la mano en la cruz de la vara, diciendo que era verdad que se le habían prestado aquellos diez escudos que se le pedían; pero que él se los había vuelto de su mano a la suya, y que por no caer en ello se los volvía a pedir por momentos. Viendo lo cual, el gran gobernador, preguntó al acreedor qué respondía a lo que decía su contrario, y dijo que sin duda alguna su deudor debía de decir verdad, porque le tenía por hombre de bien y buen cristiano, y que a él se le debía de haber olvidado el cómo y cuándo se los había vuelto, y que desde allí en adelante jamás le pediría nada. Tornó a tomar su báculo el deudor, y bajando la cabeza, se salió del juzgado. Visto lo cual Sancho, y que sin más ni más se iba, y viendo también la paciencia del demandante, inclinó la cabeza sobre el pecho, y poniéndose el índice de la mano derecha sobre las cejas y las narices, estuvo como pensativo un pequeño espacio, y luego alzó la cabeza y mandó que le llamasen al viejo del báculo, que ya se había ido. Trujéronsele, y en viéndole Sancho, le dijo:

–Dadme, buen hombre, ese báculo, que le he menester.

–De muy buena gana –respondió el viejo–: hele aquí, señor.

Y púsosele en la mano. Tomóle Sancho, y dándosele al otro viejo, le dijo:

–Andad con Dios, que ya vais pagado.

---

[7] Como era habitual, quiere prestar juramento sobre la cruz que, a tal fin, hay en la vara de mando.

–¿Yo, señor? –respondió el viejo–. Pues ¿vale esta cañaheja diez escudos de oro?

–Sí –dijo el gobernador–; o, si no, yo soy el mayor porro del mundo. Y ahora se verá si tengo yo caletre para gobernar todo un reino.

Y mandó que allí, delante de todos, se rompiese y abriese la caña. Hízose así, y en el corazón della hallaron diez escudos en oro; quedaron todos admirados, y tuvieron a su gobernador por un nuevo Salomón.

Preguntáronle de dónde había colegido que en aquella cañaheja estaban aquellos diez escudos, y respondió que de haberle visto dar el viejo que juraba, a su contrario, aquel báculo, en tanto que hacía el juramento, y jurar que se los había dado real y verdaderamente, y que, en acabando de jurar, le tornó a pedir el báculo, le vino a la imaginación que dentro dél estaba la paga de lo que pedían. De donde se podía colegir que los que gobiernan, aunque sean unos tontos, tal vez los encamina Dios en sus juicios; y más que él había oído contar otro caso como aquél al cura de su lugar, y que él tenía tan gran memoria, que a no olvidársele todo aquello de que quería acordarse, no hubiera tal memoria en toda la ínsula. Finalmente, el un viejo corrido y el otro pagado, se fueron, y los presentes quedaron admirados, y el que escribía las palabras, hechos y movimientos de Sancho no acababa de determinarse si le tendría y pondría por tonto, o por discreto.

[...]

Capítulo XLVII

Donde se prosigue cómo se portaba Sancho Panza en su gobierno

Cuenta la historia que desde el juzgado llevaron a Sancho Panza a un suntuoso palacio, adonde en una gran sala estaba puesta una real y limpísima mesa; y así como Sancho entró en la sala, sonaron chirimías, y salieron cuatro pajes a darle aguamanos, que Sancho recibió con mucha gravedad.

Cesó la música, sentóse Sancho a la cabecera de la mesa, porque no había más de aquel asiento, y no otro servicio en toda ella. Púsose a su lado en pie un personaje, que después mostró ser médico, con una varilla de ballena en la mano. Levantaron una riquísima y blanca toalla con que estaban cubiertas las frutas y mucha diversidad de platos de diversos manjares; uno que parecía estudiante echó la bendición, y un paje puso un babador randado[1] a Sancho; otro que hacía el oficio de maestresala llegó un plato de fruta delante; pero apenas hubo comido un bocado, cuando el de la varilla tocando con ella en el plato, se le quitaron de delante con grandísima celeridad; pero el maestresala le llegó otro de otro manjar. Iba a probarle Sancho, pero antes que llegase a él ni le gustase, ya la varilla había tocado en él, y un paje alzádole con tanta presteza como el de la fruta. Visto lo cual por Sancho, quedó suspenso, y mirando a todos, preguntó si se había de comer aquella comida como juego de maesecoral[2]. A lo cual respondió el de la vara:

–No se ha de comer, señor gobernador, sino como es uso y costumbre en las otras ínsulas donde hay gobernadores. Yo, señor, soy médico, y estoy asalariado en esta ínsula para serlo de los gobernadores della, y miro por su salud mucho más que por la mía, estudiando de noche y de día, y tanteando la complexión del gobernador, para acertar a curarle cuando cayere enfermo; y lo principal que hago es asistir a sus comidas y cenas, y a dejarle comer de lo que me parece que le conviene, y a quitarle lo que imagino que le ha de hacer daño y ser nocivo al estómago; y, así, mandé quitar el plato de la fruta, por ser demasiadamente húmeda, y el plato del otro manjar también le mandé quitar, por ser demasiadamente caliente y tener muchas especies[3], que acrecientan la sed; y el que mucho bebe, mata y consume el húmedo radical[4], donde consiste la vida.

–Desa manera, aquel plato de perdices que están allí asadas y, a mi parecer, bien sazonadas, no me harán algún daño.

A lo que el médico respondió:

–Ésas no comerá el señor gobernador en tanto que yo tuviere vida.

–Pues ¿por qué? –dijo Sancho.

Y el médico respondió:

–Porque nuestro maestro Hipócrates, norte y luz de la medicina, en un aforismo suyo, dice: *Omnis saturatio mala, perdices autem pessima*. Quiere decir: «Toda hartazga es mala, pero la de las perdices, malísima».

–Si eso es así –dijo Sancho–, vea el señor doctor de cuantos manjares hay en esta mesa cuál me hará más provecho y cuál menos daño,

---

[1] *babador randado:* babero con encajes.
[2] *maesecoral:* juego de manos en que se hace aparecer y desaparecer los objetos.
[3] La comida era picante (*caliente*), con muchas especias.
[4] *húmedo radical:* antiguamente se llamaba así a cierto humor o líquido que se creía que daba vigor y elasticidad a las fibras del cuerpo.

y déjeme comer dél sin que me le apalee; porque por vida del gobernador, y así Dios me le deje gozar, que me muero de hambre, y el negarme la comida, aunque le pese al señor doctor y él más me diga, antes será quitarme la vida que aumentármela.

–Vuestra merced tiene razón, señor gobernador –respondió el médico–, y, así, es mi parecer que vuestra merced no coma de aquellos conejos guisados que allí están, porque es manjar peliagudo. De aquella ternera, si no fuera asada y en adobo, aún se pudiera probar; pero no hay para qué.

Y Sancho dijo:

–Aquel platonazo que está más adelante vahando[5] me parece que es olla podrida, que por la diversidad de cosas que en las tales ollas podridas hay, no podré dejar de topar con alguna que me sea de gusto y de provecho.

–*Absit!*[6] –dijo el médico–. Vaya lejos de nosotros tan mal pensamiento: no hay cosa en el mundo de peor mantenimiento que una olla podrida. Allá las ollas podridas para los canónigos o para los retores de colegios o para las bodas labradorescas, y déjennos libres las mesas de los gobernadores, donde ha de asistir todo primor y toda atildadura; y la razón es porque siempre y a doquiera y de quienquiera son más estimadas las medicinas simples que las compuestas, porque en las simples no se puede errar y en las compuestas sí, alterando la cantidad de las cosas de que son compuestas; mas lo que yo sé que ha de comer el señor gobernador ahora para conservar su salud y corroborarla, es un ciento de cañutillos de suplicaciones[7] y unas tajadicas subtiles de carne de membrillo, que le asienten el estómago y le ayuden a la digestión.

Oyendo esto Sancho, se arrimó sobre el espaldar de la silla y miró de hito en hito al tal médico, y con voz grave le preguntó cómo se llamaba y dónde había estudiado. A lo que él respondió:

–Yo, señor gobernador, me llamo el doctor Pedro Recio de Agüero, y soy natural de un lugar llamado Tirteafuera, que está entre Caracuel y Almodóvar del Campo, a la mano derecha, y tengo el grado de doctor por la universidad de Osuna.

A lo que respondió Sancho, todo encendido en cólera:

–Pues, señor doctor Pedro Recio de Mal Agüero, natural de Tirteafuera, lugar que está a la derecha mano como vamos de Caracuel a Almodóvar del Campo, graduado en Osuna, quíteseme luego delante; si no, voto al sol que tome un garrote y que a garrotazos, comenzando

---

[5] *vahando:* de *vahar*, echar vaho.

[6] *Absit!:* de ningún modo, en absoluto.

[7] *cañutillos de suplicaciones:* barquillos.

por él[8], no me ha de quedar médico en toda la ínsula, a lo menos de aquellos que yo entienda que son ignorantes; que a los médicos sabios, prudentes y discretos los pondré sobre mi cabeza[9] y los honraré como a personas divinas. Y vuelvo a decir que se me vaya, Pedro Recio, de aquí; si no, tomaré esta silla donde estoy sentado y se la estrellaré en la cabeza, y pídanmelo en residencia[10], que yo me descargaré con decir que hice servicio a Dios en matar a un mal médico, verdugo de la república. Y denme de comer, o si no, tómense su gobierno, que oficio que no da de comer a su dueño no vale dos habas.

Alborotóse el doctor viendo tan colérico al gobernador, y quiso hacer tirteafuera[11] de la sala, sino que en aquel instante sonó una corneta de posta en la calle, y asomándose el maestresala a la ventana, volvió diciendo:

–Correo viene del duque mi señor; algún despacho debe de traer de importancia.

Entró el correo sudando y asustado, y sacando un pliego del seno, le puso en las manos del gobernador, y Sancho le puso en las del mayordomo, a quien mandó leyese el sobrescrito, que decía así: *A don Sancho Panza, gobernador de la ínsula Barataria, en su propia mano, o en las de su secretario.* Oyendo lo cual, Sancho dijo:

–¿Quién es aquí mi secretario?

Y uno de los que presentes estaban respondió:

–Yo, señor, porque sé leer y escribir, y soy vizcaíno.

–Con esa añadidura –dijo Sancho–, bien podéis ser secretario del mismo emperador. Abrid ese pliego, y mirad lo que dice.

Hízolo así el recién nacido secretario, y habiendo leído lo que decía, dijo que era negocio para tratarse a solas. Mandó Sancho despejar la sala, y que no quedase en ella sino el mayordomo y el maestresala, y los demás y el médico se fueron; y luego el secretario leyó la carta, que así decía:

A mi noticia ha llegado, señor don Sancho Panza, que unos enemigos míos y desa ínsula la han de dar un asalto furioso, no sé qué noche; conviene velar y estar alerta, porque no le tomen desapercibido. Sé también por espías verdaderas que han entrado en ese lugar cuatro personas disfrazadas para quitaros la vida, porque se temen de vuestro ingenio; abrid el ojo, y mirad quién llega a hablaros, y no comáis de cosa que os presentaren. Yo tendré cuidado de socorreros si

---

[8] Ver nota 20, cap. XIV de la segunda parte.

[9] *poner sobre la cabeza:* respetar.

[10] Ver nota 10, cap. XLII de la segunda parte.

[11] *tirteafuera:* tírate afuera, retírate; exclamación rústica que, naturalmente, juega con el nombre del pueblo del doctor.

os viéredes en trabajo, y en todo haréis como se espera de vuestro entendimiento. Deste lugar, a 16 de agosto, a las cuatro de la mañana.

Vuestro amigo

EL DUQUE

Quedó atónito Sancho, y mostraron quedarlo asimismo los circunstantes, y volviéndose al mayordomo, le dijo:

–Lo que agora se ha de hacer, y ha de ser luego[12], es meter en un calabozo al doctor Recio; porque si alguno me ha de matar, ha de ser él, y de muerte adminícula[13] y pésima, como es la de la hambre.

–También –dijo el maestresala– me parece a mí que vuesa merced no coma de todo lo que está en esta mesa, porque lo han presentado unas monjas, y como suele decirse, detrás de la cruz está el diablo.

–No lo niego –respondió Sancho–, y por ahora denme un pedazo de pan y obra de cuatro libras[14] de uvas, que en ellas no podrá venir veneno, porque, en efecto, no puedo pasar sin comer, y si es que hemos de estar prontos para estas batallas que nos amenazan, menester será estar bien mantenidos, porque tripas llevan corazón, que no corazón tripas.

[...]

CAPÍTULO LIII

Del fatigado fin y remate que tuvo el gobierno de Sancho Panza

«Pensar que en esta vida las cosas della han de durar siempre en un estado, es pensar en lo excusado; antes parece que ella anda todo en redondo, digo, a la redonda: la primavera sigue al verano[1], el verano al estío, el estío al otoño, y el otoño al invierno, y el invierno a la primavera, y así torna a andarse el tiempo con esta rueda continua; sola la vida

---

[12] *luego:* en seguida.

[13] *adminícula:* lenta.

[14] *obra de cuatro libras:* cosa de cuatro libras, cuatro libras más o menos.

[1] *verano:* en la época clásica, parte final de la primavera a la que sigue el estío, que viene a ser nuestro verano actual.

humana corre a su fin ligera más que el tiempo, sin esperar renovarse si no es en la otra, que no tiene términos que la limiten.» Esto dice Cide Hamete, filósofo mahomético; porque esto de entender la ligereza e instabilidad de la vida presente, y la duración de la eterna que se espera, muchos sin lumbre de fe, sino con la luz natural, lo han entendido; pero aquí nuestro autor lo dice por la presteza con que se acabó, se consumió, se deshizo, se fue como en sombra y humo el gobierno de Sancho.

El cual, estando la séptima noche de los días de su gobierno en su cama, no harto de pan ni de vino, sino de juzgar y dar pareceres y de hacer estatutos y pragmáticas, cuando el sueño, a despecho y pesar de la hambre, le comenzaba a cerrar los párpados, oyó tan gran ruido de campanas y de voces, que no parecía sino que toda la ínsula se hundía. Sentóse en la cama, y estuvo atento y escuchando, por ver si daba en la cuenta de lo que podía ser la causa de tan grande alboroto; pero no sólo no lo supo, pero añadiéndose al ruido de voces y campanas el de infinitas trompetas y atambores, quedó más confuso y lleno de temor y espanto; y levantándose en pie, se puso unas chinelas, por la humedad del suelo, y sin ponerse sobrerropa de levantar, ni cosa que se pareciese, salió a la puerta de su aposento a tiempo cuando vio venir por unos corredores más de veinte personas con hachas encendidas en las manos y con las espadas desenvainadas, gritando todos a grandes voces:

–¡Arma[2], arma, señor gobernador, arma!; que han entrado infinitos enemigos en la ínsula, y somos perdidos si vuestra industria y valor no nos socorre.

Con este ruido, furia y alboroto llegaron donde Sancho estaba, atónito y embelesado de lo que oía y veía, y cuando llegaron a él, uno le dijo:

–¡Ármese luego vuestra señoría, si no quiere perderse y que toda esta ínsula se pierda!

–¿Qué me tengo de armar –respondió Sancho–, ni qué sé yo de armas ni de socorros? Estas cosas mejor será dejarlas para mi amo don Quijote, que en dos paletas las despachará y pondrá en cobro; que yo, pecador fui a Dios, no se me entiende nada destas priesas.

–¡Ah, señor gobernador! –dijo otro–. ¿Qué relente[3] es ése? Ármese vuesa merced, que aquí le traemos armas ofensivas y defensivas, y salga a esa plaza, y sea nuestra guía y nuestro capitán, pues de derecho le toca el serlo, siendo nuestro gobernador.

–Ármenme norabuena –replicó Sancho.

---

[2] *Arma:* alarma.
[3] *relente:* pereza, lentitud.

Y al momento le trujeron dos paveses[4], que venían proveídos dellos, y le pusieron encima de la camisa, sin dejarle tomar otro vestido, un pavés delante y otro detrás, y por unas concavidades que traían hechas le sacaron los brazos, y le liaron muy bien con unos cordeles, de modo que quedó emparedado y entablado, derecho como un huso, sin poder doblar las rodillas ni menearse un solo paso. Pusiéronle en las manos una lanza, a la cual se arrimó para poder tenerse en pie. Cuando así le tuvieron, le dijeron que caminase, y los guiase, y animase a todos; que siendo él su norte, su lanterna y su lucero, tendrían buen fin sus negocios.

–¿Cómo tengo de caminar, desventurado yo –respondió Sancho–, que no puedo jugar las choquezuelas de las rodillas, porque me lo impiden estas tablas que tan cosidas tengo con mis carnes? Lo que han de hacer es llevarme en brazos y ponerme, atravesado o en pie, en algún postigo, que yo le guardaré, o con esta lanza o con mi cuerpo.

–Ande, señor gobernador –dijo otro–, que más el miedo que las tablas le impiden el paso; acabe y menéese, que es tarde, y los enemigos crecen, y las voces se aumentan, y el peligro carga.

Por cuyas persuasiones y vituperios probó el pobre gobernador a moverse, y fue a dar consigo en el suelo tan gran golpe, que pensó que se había hecho pedazos. Quedó como galápago encerrado y cubierto con sus conchas, o como medio tocino metido entre dos artesas, o bien así como barca que da al través en la arena; y no por verle caído aquella gente burladora le tuvieron compasión alguna; antes, apagando las antorchas, tornaron a reforzar las voces, y a reiterar el «¡arma!» con tan gran priesa, pasando por encima del pobre Sancho, dándole infinitas cuchilladas sobre los paveses, que si él no se recogiera y encogiera metiendo la cabeza entre los paveses, lo pasara muy mal el pobre gobernador, el cual, en aquella estrecheza recogido, sudaba y trasudaba, y de todo corazón se encomendaba a Dios que de aquel peligro le sacase.

Unos tropezaban en él, otros caían, y tal hubo que se puso encima un buen espacio, y desde allí, como desde atalaya, gobernaba los ejércitos, y a grandes voces decía:

–¡Aquí de los nuestros, que por esta parte cargan más los enemigos! ¡Aquel portillo se guarde, aquella puerta se cierre, aquellas escalas se tranquen! ¡Vengan alcancías[5], pez y resina en calderas de aceite ardiendo! ¡Trinchéense[6] las calles con colchones!

------

[4] *paveses:* escudos largos que cubrían todo el cuerpo.

[5] *alcancías:* ollas llenas de alquitrán que se arrojaban contra el enemigo a modo de proyectil.

[6] *Trinchéense:* atrinchérense.

En fin, él nombraba con todo ahínco todas las baratijas e instrumentos y pertrechos de guerra con que suele defenderse el asalto de una ciudad, y el molido Sancho, que lo escuchaba y sufría todo, decía entre sí:

–¡Oh, si mi Señor fuese servido que se acabase ya de perder esta ínsula, y me viese yo o muerto o fuera desta grande angustia!

Oyó el cielo su petición, y cuando menos lo esperaba, oyó voces que decían:

–¡Vitoria, vitoria! ¡Los enemigos van de vencida! ¡Ea, señor gobernador, levántese vuesa merced y venga a gozar del vencimiento y a repartir los despojos que se han tomado a los enemigos, por el valor dese invencible brazo!

–Levántenme –dijo con voz doliente el dolorido Sancho.

Ayudáronle a levantar, y puesto en pie, dijo:

–El enemigo que yo hubiere vencido quiero que me le claven en la frente[7]. Yo no quiero repartir despojos de enemigos, sino pedir y suplicar a algún amigo, si es que le tengo, que me dé un trago de vino, que me seco, y me enjugue este sudor, que me hago agua.

Limpiáronle, trujéronle el vino, desliáronle los paveses, sentóse sobre su lecho y desmayóse del temor, del sobresalto y del trabajo[8]. Ya les pesaba a los de la burla de habérsela hecho tan pesada; pero el haber vuelto en sí Sancho les templó la pena que les había dado su desmayo. Preguntó qué hora era; respondiéronle que ya amanecía. Calló, y sin decir otra cosa, comenzó a vestirse, todo sepultado en silencio, y todos le miraban y esperaban en qué había de parar la priesa con que se vestía. Vistióse, en fin, y poco a poco, porque estaba molido y no podía ir mucho a mucho, se fue a la caballeriza, siguiéndole todos los que allí se hallaban, y llegándose al rucio, le abrazó y le dio un beso de pez en la frente, y no sin lágrimas en los ojos, le dijo:

–Venid vos acá, compañero mío y amigo mío, y conllevador de mis trabajos y miserias; cuando yo me avenía con vos y no tenía otros pensamientos que los que me daban los cuidados de remendar vuestros aparejos y de sustentar vuestro corpezuelo, dichosas eran mis horas, mis días y mis años; pero después que os dejé y me subí sobre las torres de la ambición y de la soberbia, se me han entrado por el alma adentro mil miserias, mil trabajos y cuatro mil desasosiegos.

Y en tanto que estas razones iba diciendo, iba asimesmo enalbardando el asno, sin que nadie nada le dijese. Enalbardado, pues, el rucio, con gran pena y pesar subió sobre él, y encaminando sus palabras

---

[7] *que me le claven en la frente:* forma coloquial de ponderar la imposibilidad o falsedad de algo.

[8] *trabajo:* penalidades.

y razones al mayordomo, al secretario, al maestresala y a Pedro Recio el doctor, y a otros muchos que allí presentes estaban, dijo:

–Abrid camino, señores míos, y dejadme volver a mi antigua libertad; dejadme que vaya a buscar la vida pasada, para que me resucite de esta muerte presente. Yo no nací para ser gobernador, ni para defender ínsulas ni ciudades de los enemigos que quisieren acometerlas. Mejor se me entiende a mí de arar y cavar, podar y ensarmentar las viñas, que de dar leyes ni de defender provincias ni reinos. Bien se está San Pedro en Roma; quiero decir, que bien se está cada uno usando el oficio para que fue nacido. Mejor me está a mí una hoz en la mano que un cetro de gobernador; más quiero hartarme de gazpachos que estar sujeto a la miseria de un médico impertinente que me mate de hambre, y más quiero recostarme a la sombra de una encina en el verano y arroparme con un zamarro de dos pelos en el invierno, en mi libertad, que acostarme con la sujeción del gobierno entre sábanas de holanda y vestirme de martas cebollinas[9]. Vuestras mercedes se queden con Dios, y digan al duque mi señor que desnudo nací, desnudo me hallo: ni pierdo ni gano; quiero decir, que sin blanca entré en este gobierno, y sin ella salgo, bien al revés de como suelen salir los gobernadores de otras ínsulas. Y apártense, déjenme ir, que me voy a bizmar[10], que creo que tengo brumadas[11] todas las costillas, merced a los enemigos que esta noche se han paseado sobre mí.

–No ha de ser así, señor gobernador –dijo el doctor Recio–, que yo le daré a vuesa merced una bebida contra caídas y molimientos, que luego le vuelva en su prístina entereza y vigor; y en lo de la comida, yo prometo a vuesa merced de enmendarme, dejándole comer abundantemente de todo aquello que quisiere.

–¡Tarde piache[12]! –respondió Sancho–. Así dejaré de irme como volverme turco. No son estas burlas para dos veces. Por Dios que así me quede en éste, ni admita otro gobierno, aunque me le diesen entre dos platos[13], como volar al cielo sin alas. Yo soy del linaje de los Panzas, que todos son testarudos, y si una vez dicen nones, nones han de ser, aunque sean pares, a pesar de todo el mundo. [...]

[Sancho abandona la ínsula y regresa al palacio de los duques. Por el camino se encuentra a su vecino Ricote, uno de los moriscos expulsados de España, que le cuenta sus desdichas.]

---

[9] *martas cebollinas:* ver nota 16, cap. XIV de la segunda parte.

[10] *bizmar:* aplicar emplastos.

[11] *brumadas:* magulladas.

[12] *tarde piache:* tarde piaste, tarde hablaste.

[13] *entre dos platos:* como los manjares delicados que se sirven cubiertos con otro plato para que se conserven en su punto.

CAPÍTULO LV

De cosas sucedidas a Sancho en el camino, y otras, que no hay más que ver

[Poco antes de llegar a su destino, Sancho y el rucio caen en una sima, donde permanecen toda la noche. Por fin, los gritos del infeliz son oídos por el propio don Quijote.]

Parecióle a don Quijote que oía la voz de Sancho Panza, de que quedó suspenso y asombrado; y levantando la voz todo lo que pudo, dijo:

–¿Quién está allá abajo? ¿Quién se queja?

–¿Quién puede estar aquí, o quién se ha de quejar –respondieron–, sino el asendereado de Sancho Panza, gobernador, por sus pecados y por su mala andanza, de la ínsula Barataria, escudero que fue del famoso caballero don Quijote de la Mancha?

Oyendo lo cual don Quijote, se le dobló la admiración y se le acrecentó el pasmo, viniéndosele al pensamiento que Sancho Panza debía de ser muerto, y que estaba allí penando su alma; y llevado desta imaginación, dijo:

–Conjúrote por todo aquello que puedo conjurarte como católico cristiano, que me digas quién eres; y si eres alma en pena, dime qué quieres que haga por ti; que pues es mi profesión favorecer y acorrer a los necesitados deste mundo, también lo seré[1] para acorrer y ayudar a los menesterosos del otro mundo, que no pueden ayudarse por sí propios.

–Desa manera –respondieron–, vuestra merced que me habla debe de ser mi señor don Quijote de la Mancha, y aun en el órgano de la voz no es otro, sin duda.

–Don Quijote soy –replicó don Quijote–: el que profeso socorrer y ayudar en sus necesidades a los vivos y a los muertos. Por eso dime quién eres, que me tienes atónito; porque si eres mi escudero Sancho Panza y te has muerto, como no te hayan llevado los diablos, y, por la misericordia de Dios, estés en el purgatorio, sufragios tiene nuestra santa madre la Iglesia católica romana bastantes a sacarte de las penas en que estás, y yo, que lo solicitaré con ella, por mi parte, con cuanto mi hacienda alcanzase; por eso, acaba de declararte y dime quién eres.

–¡Voto a tal! –respondieron–, y por el nacimiento de quien vuesa merced quisiere, juro, señor don Quijote de la Mancha, que yo soy su escudero Sancho Panza, y que nunca me he muerto en todos los días de mi vida; sino que habiendo dejado mi gobierno por cosas y causas

---

[1] *lo seré:* seré católico cristiano.

que es menester más espacio para decirlas, anoche caí en esta sima donde yago, el rucio conmigo, que no me dejará mentir, pues, por más señas, está aquí conmigo.

Y hay más: que no parece sino que el jumento entendió lo que Sancho dijo, porque al momento comenzó a rebuznar, tan recio, que toda la cueva retumbaba.

–¡Famoso testigo! –dijo don Quijote–. El rebuzno conozco, como si le pariera, y tu voz oigo, Sancho mío. Espérame; iré al castillo del duque, que está aquí cerca, y traeré quien te saque desta sima, donde tus pecados te deben de haber puesto.

–Vaya vuesa merced –dijo Sancho–, y vuelva presto, por un solo Dios; que ya no lo puedo llevar el estar aquí sepultado en vida, y me estoy muriendo de miedo.

Dejóle don Quijote, y fue al castillo a contar a los duques el suceso de Sancho Panza, de que no poco se maravillaron, aunque bien entendieron que debía de haber caído por la correspondencia[2] de aquella gruta que de tiempos inmemoriales estaba allí hecha; pero no podían pensar cómo había dejado el gobierno sin tener aviso de su venida. Finalmente, como dicen, llevaron sogas y maromas[3] y a costa de mucha gente y de mucho trabajo, sacaron al rucio y a Sancho Panza de aquellas tinieblas a la luz del sol. [...]

*Sancho Panza y su asno
caen en una sima.
Ilustración de Célestin Nanteuil.*

---

[2] *por la correspondencia:* por la otra boca.

[3] El *como dicen* alude a un romance de doña Urraca, uno de cuyos versos es: «Toma sogas y maromas / por salvar del muro abajo...».

[Llega, finalmente, el momento de despedirse de los duques, y nuestros protagonistas reanudan la marcha, rumbo a Zaragoza.]

CAPÍTULO LIX

Donde se cuenta del extraordinario suceso, que se puede tener por aventura, que le sucedió a don Quijote

Al polvo y al cansancio que don Quijote y Sancho sacaron del descomedimiento de los toros[1], socorrió una fuente clara y limpia que entre una fresca arboleda hallaron, en el margen de la cual, dejando libres, sin jáquima[2] y freno, al rucio y a Rocinante, los dos asendereados amo y mozo se sentaron. Acudió Sancho a la repostería de sus alforjas y dellas sacó de lo que él solía llamar condumio[3]; enjuagóse la boca, lavóse don Quijote el rostro, con cuyo refrigerio cobraron aliento los espíritus desalentados. No comía don Quijote, de puro pesaroso, ni Sancho no osaba tocar a los manjares que delante tenía, de puro comedido, y esperaba a que su señor hiciese la salva[4], pero viendo que, llevado de sus imaginaciones, no se acordaba de llevar el pan a la boca, no abrió la suya, y atropellando por todo género de crianza, comenzó a embaular en el estómago el pan y queso que se le ofrecía.

–Come, Sancho amigo –dijo don Quijote–, sustenta la vida, que más que a mí te importa, y déjame morir a mí a manos de mis pensamientos y a fuerzas de mis desgracias. Yo, Sancho, nací para vivir muriendo, y tú para morir comiendo; y porque veas que te digo verdad en esto, considérome impreso en historias, famoso en las armas, comedido en mis acciones, respetado de príncipes, solicitado de doncellas, al cabo al cabo, cuando esperaba palmas, triunfos y coronas, granjeadas y merecidas por mis valerosas hazañas, me he visto esta mañana pisado y acoceado y molido de los pies de animales inmundos y soeces. Esta consideración me embota los dientes, entorpece las muelas, y

---

[1] Han sido pisoteados por una manada de toros bravos, porque don Quijote quiso hacerles frente y no se apartó de su camino.

[2] *jáquima:* correaje que sujeta la cabeza de las caballerías.

[3] *condumio:* lo que se come con el pan, vocablo rústico.

[4] *hiciese la salva:* empezase a comer; *hacer la salva* era función de los maestresalas de los grandes señores, que debían probar las comidas y bebidas que se les servían para asegurarse de que estaban en buenas condiciones y aquéllos podían tomarlas a salvo.

entomece[5] las manos, y quita de todo en todo la gana de comer, de manera que pienso dejarme morir de hambre, muerte la más cruel de las muertes.

–Desta manera –dijo Sancho, sin dejar de mascar apriesa–, no aprobará vuestra merced aquel refrán que dicen: «muera Marta, y muera harta». Yo, a lo menos, no pienso matarme a mí mismo; antes pienso hacer como el zapatero que tira[6] el cuero con los dientes hasta que le hace llegar donde él quiere; yo tiraré mi vida comiendo hasta que llegue al fin que le tiene determinado el cielo; y sepa, señor, que no hay mayor locura que la que toca en querer desesperarse como vuestra merced, y créame, y después de comido, échese a dormir un poco sobre los colchones verdes destas yerbas, y verá cómo cuando despierte se halla algo más aliviado.

Hízolo así don Quijote, pareciéndole que las razones de Sancho más eran de filósofo que de mentecato, y díjole:

–Si tú, ¡oh Sancho!, quisieses hacer por mí lo que yo ahora te diré, serían mis alivios más ciertos y mis pesadumbres no tan grandes; y es que mientras yo duermo, obedeciendo tus consejos, tú te desviases un poco lejos de aquí, y con las riendas de Rocinante, echando al aire tus carnes, te dieses trecientos o cuatrocientos azotes a buena cuenta de los tres mil y tantos que te has de dar por el desencanto de Dulcinea; que es lástima no pequeña que aquella pobre señora esté encantada por tu descuido y negligencia.

–Hay mucho que decir en eso –dijo Sancho–. Durmamos, por ahora, entrambos, y después, Dios dijo lo que será. Sepa vuestra merced que esto de azotarse un hombre a sangre fría es cosa recia, y más si caen los azotes sobre un cuerpo mal sustentado y peor comido; tenga paciencia mi señora Dulcinea, que cuando menos se cate[7], me verá hecho una criba de azotes; y hasta la muerte, todo es vida, quiero decir, que aún yo la tengo, junto con el deseo de cumplir con lo que he prometido.

Agradeciéndoselo don Quijote, comió algo, y Sancho mucho, y echáronse a dormir entrambos, dejando a su albedrío y sin orden alguna pacer del abundosa yerba de que aquel prado estaba lleno a los dos continuos compañeros y amigos Rocinante y el rucio. Despertaron algo tarde, volvieron a subir y a seguir su camino, dándose priesa para llegar a una venta que, al parecer, una legua de allí se descubría. Digo que era venta porque don Quijote la llamó así, fuera del uso que tenía de llamar a todas las ventas castillos.

....

[5] *entomece:* entumece, entorpece.

[6] *tira:* estira.

[7] *se cate:* se piense, se espere.

Llegaron, pues, a ella; preguntaron al huésped[8] si había posada. Fueles respondido que sí, con toda la comodidad y regalo que pudiera hallar en Zaragoza. [...]

Llegóse, pues, la hora del cenar, recogióse a su estancia don Quijote, trujo el huésped la olla, así como estaba, y sentóse a cenar muy de propósito. Parece ser que en otro aposento que junto al de don Quijote estaba, que no le dividía más que un sutil tabique, oyó decir don Quijote:

–Por vida de vuestra merced, señor don Jerónimo, que en tanto que trae la cena, leamos otro capítulo de la segunda parte de *Don Quijote de la Mancha*[9].

Apenas oyó su nombre don Quijote, cuando se puso en pie, y con oído alerto escuchó lo que dél trataban, y oyó que el tal don Jerónimo referido respondió:

–¿Para qué quiere vuestra merced, señor don Juan, que leamos estos disparates? Y el que hubiere leído la primera parte de la historia de don Quijote de la Mancha no es posible que pueda tener gusto en leer esta segunda.

–Con todo eso –dijo el don Juan–, será bien leerla, pues no hay libro tan malo, que no tenga alguna cosa buena. Lo que a mí en éste más desplace es que pinta a don Quijote ya desenamorado de Dulcinea del Toboso.

Oyendo lo cual don Quijote, lleno de ira y de despecho, alzó la voz y dijo:

–Quienquiera que dijere que don Quijote de la Mancha ha olvidado, ni puede olvidar, a Dulcinea del Toboso, yo le haré entender con armas iguales que va muy lejos de la verdad; porque la sin par Dulcinea del Toboso ni puede ser olvidada, ni en don Quijote puede caber olvido: su blasón es la firmeza, y su profesión, el guardarla con suavidad y sin hacerse fuerza alguna.

–¿Quién es el que nos responde? –respondieron del otro aposento.

–¿Quién ha de ser –respondió Sancho– sino el mismo don Quijote de la Mancha, que hará bueno cuanto ha dicho, y aun cuanto dijere? que al buen pagador no le duelen prendas.

Apenas hubo dicho esto Sancho, cuando entraron por la puerta de su aposento dos caballeros, que tales lo parecían, y uno dellos echando los brazos al cuello de don Quijote, le dijo:

----

[8] *huésped:* ver nota 15, cap. II de la primera parte.

[9] Se refiere, naturalmente, al *Quijote* apócrifo que, firmado por Alonso Fernández de Avellaneda, había visto la luz en 1614 (ver p. 215).

–Ni vuestra presencia puede desmentir vuestro nombre, ni vuestro nombre puede no acreditar vuestra presencia: sin duda, vos, señor, sois el verdadero don Quijote de la Mancha, norte y lucero de la andante caballería, a despecho y pesar del que ha querido usurpar vuestro nombre y aniquilar vuestras hazañas, como lo ha hecho el autor deste libro que aquí os entrego.

Y poniéndole un libro en las manos, que traía su compañero, le tomó don Quijote, y sin responder palabra, comenzó a hojearle [...].

[...]

–Créanme vuesas mercedes –dijo Sancho– que el Sancho y el don Quijote desa historia deben de ser otros que los que andan en aquella que compuso Cide Hamete Benengeli, que somos nosotros: mi amo, valiente, discreto y enamorado; y yo, simple gracioso, y no comedor ni borracho.

–Yo así lo creo –dijo don Juan–; y si fuera posible, se había de mandar que ninguno fuera osado a tratar de las cosas del gran don Quijote, si no fuese Cide Hamete su primer autor, bien así como mandó Alejandro[10] que ninguno fuese osado a retratarle sino Apeles.

–Retráteme el que quisiere –dijo don Quijote–, pero no me maltrate; que muchas veces suele caerse la paciencia cuando la cargan de injurias.

–Ninguna –dijo don Juan– se le puede hacer al señor don Quijote de quien[11] él no se pueda vengar, si no la repara[12] en el escudo de su paciencia, que, a mi parecer, es fuerte y grande.

En estas y otras pláticas se pasó gran parte de la noche; y aunque don Juan quisiera que don Quijote leyera más del libro, por ver lo que discantaba[13], no lo pudieron acabar con él[14], diciendo que él lo daba por leído y lo confirmaba por todo necio, y que no quería, si acaso llegase a noticia de su autor que le había tenido en sus manos, se alegrase con pensar que le había leído; pues de las cosas obscenas y torpes, los pensamientos se han de apartar, cuanto más los ojos. Preguntáronle que adónde llevaba determinado su viaje. Respondió que a Zaragoza, a hallarse en las justas del arnés, que en aquella ciudad suelen hacerse todos los años. Díjole don Juan que aquella nueva historia contaba cómo don Quijote, sea quien se quisiere, se había hallado en ella en una sorti-

---

[10] Se refiere a Alejandro Magno.

[11] *de quien:* de la cual.

[12] *repara:* detiene.

[13] *discantar:* comentar ampliamente.

[14] *acabar con él:* conseguir de él.

ja, falta de invención, pobre de letras, pobrísima de libreas, aunque rica de simplicidades[15].

–Por el mismo caso –respondió don Quijote– no pondré los pies en Zaragoza, y así sacaré a la plaza del mundo la mentira dese historiador moderno, y echarán de ver las gentes como yo no soy el don Quijote que él dice.

–Hará muy bien –dijo don Jerónimo–; y otras justas hay en Barcelona, donde podrá el señor don Quijote mostrar su valor.

–Así lo pienso hacer –dijo don Quijote–; y vuesas mercedes me den licencia, pues ya es hora para irme al lecho, y me tengan y pongan en el número de sus mayores amigos y servidores.

–Y a mí también –dijo Sancho–; quizá seré bueno para algo.

Con esto, se despidieron, y don Quijote y Sancho se retiraron a su aposento, dejando a don Juan y a don Jerónimo admirados de ver la mezcla que había hecho[16] de su discreción y de su locura, y verdaderamente creyeron que éstos eran los verdaderos don Quijote y Sancho, y no los que describía su autor aragonés[17].

[Emprenden el camino a Barcelona. Son asaltados por los bandoleros de Roque Guinart, personaje histórico contemporáneo. Éste se interesa por don Quijote y le sigue la corriente. Escribe una carta a un amigo suyo para que se divierta a costa de nuestros protagonistas cuando lleguen a la ciudad.]

Capítulo LXI

De lo que le sucedió a don Quijote en la entrada de Barcelona, con otras que tienen más de lo verdadero que de lo discreto

Tres días y tres noches estuvo don Quijote con Roque, y si estuviera trecientos años, no le faltara qué mirar y admirar en el modo de su vida: aquí amanecían, acullá comían; unas veces huían, sin saber de quién, y

---

[15] La *sortija* era un juego caballeresco que consistía en dar con la lanza, yendo a la carrera, en una sortija. Los participantes llevaban en sus escudos letras o leyendas relativas a sus damas, que en el caso al que ahora se alude tenían escasa brillantez (*pobre de letras*), al igual que las vestimentas de los caballeros (*pobrísima de libreas*).

[16] Se refiere a don Quijote.

[17] Aunque en la portada del *Quijote* apócrifo se dice que su autor es natural de Tordesillas (Valladolid), Cervantes sostiene que es aragonés, a juzgar por algunos rasgos lingüísticos que le atribuye.

otras esperaban, sin saber a quién. Dormían en pie, interrompiendo el sueño, mudándose de lugar a otro. Todo era poner espías, escuchar centinelas, soplar las cuerdas de los arcabuces, aunque traían pocos, porque todos se servían de pedreñales[1]. Roque pasaba las noches apartado de los suyos, en partes y lugares donde ellos no pudiesen saber dónde estaba; porque los muchos bandos que el visorrey de Barcelona[2] había echado sobre su vida le traían inquieto y temeroso, y no se osaba fiar de ninguno, temiendo que los mismos suyos, o le habían de matar, o entregar a la justicia: vida, por cierto, miserable y enfadosa.

En fin, por caminos desusados, por atajos y sendas encubiertas, partieron Roque, don Quijote y Sancho con otros seis escuderos[3] a Barcelona. Llegaron a su playa la víspera de San Juan en la noche, y abrazando Roque a don Quijote y a Sancho, a quien dio los diez escudos prometidos, que hasta entonces no se los había dado, los dejó, con mil ofrecimientos que de la una a la otra parte se hicieron.

Volvióse Roque; quedóse don Quijote esperando el día, así, a caballo, como estaba, y no tardó mucho cuando comenzó a descubrirse por los balcones del Oriente la faz de la blanca aurora, alegrando las yerbas y las flores, en lugar de alegrar el oído[4]; aunque al mesmo instante alegraron también el oído el son de muchas chirimías y atabales, ruido de cascabeles, «¡trapa, trapa[5], aparta, aparta!» de corredores, que, al parecer, de la ciudad salían. Dio lugar la aurora al sol, que, un rostro mayor que el de una rodela, por el más bajo horizonte poco a poco se iba levantando.

Tendieron don Quijote y Sancho la vista por todas partes: vieron el mar, hasta entonces dellos no visto; parecióles espaciosísimo y largo[6], harto más que las lagunas de Ruidera, que en la Mancha habían visto; vieron las galeras que estaban en la playa, las cuales, abatiendo las tiendas[7], se descubrieron llenas de flámulas y gallardetes, que tremolaban al viento y besaban y barrían el agua; dentro sonaban clarines, trompetas y chirimías, que cerca y lejos llenaban el aire de suaves y belicosos acentos. Comenzaron a moverse y a hacer modo de escaramuza por las sosegadas aguas, correspondiéndoles casi al mismo modo infinitos caballeros que de la ciudad sobre hermosos caballos y vistosas li-

---

[1] *pedreñales:* arcabuces cortos.
[2] *visorrey de Barcelona:* virrey de Cataluña.
[3] *seis escuderos:* los bandoleros de la partida de Roque.
[4] Probablemente quiere decir que no se oye el canto de los pájaros.
[5] Voz usada para pedir paso para alguien importante.
[6] *largo:* ancho.
[7] *abatiendo las tiendas:* recogiendo los toldos o cubiertas de lona.

breas salían. Los soldados de las galeras disparaban infinita artillería, a quien respondían los que estaban en las murallas y fuertes de la ciudad, y la artillería gruesa con espantoso estruendo rompía los vientos, a quien respondían los cañones de crujía de las galeras. El mar alegre, la tierra jocunda, el aire claro, sólo tal vez turbio del humo de la artillería, parece que iba infundiendo y engendrando gusto súbito en todas las gentes.

No podía imaginar Sancho cómo pudiesen tener tantos pies aquellos bultos que por el mar se movían[8]. En esto, llegaron corriendo, con grita, lililíes y algazara, los de las libreas adonde don Quijote suspenso y atónito estaba, y uno dellos, que era el avisado de Roque, dijo en alta voz a don Quijote:

–Bien sea venido a nuestra ciudad el espejo, el farol, la estrella y el norte de toda la caballería andante, donde más largamente se contiene. Bien sea venido, digo, el valeroso don Quijote de la Mancha: no el falso, no el ficticio, no el apócrifo que en falsas historias estos días nos han mostrado, sino el verdadero, el legal y el fiel que nos describió Cide Hamete Benengeli, flor de los historiadores.

No respondió don Quijote palabra, ni los caballeros esperaron a que la respondiese, sino, volviéndose y revolviéndose con los demás que los seguían, comenzaron a hacer un revuelto caracol en derredor de don Quijote, el cual, volviéndose a Sancho, dijo:

–Éstos bien nos han conocido: yo apostaré que han leído nuestra historia y aun la del aragonés recién impresa.

Volvió otra vez el caballero que habló a don Quijote, y díjole:

–Vuesa merced, señor don Quijote, se venga con nosotros; que todos somos sus servidores y grandes amigos de Roque Guinart.

A lo que don Quijote respondió:

–Si cortesías engendran cortesías, la vuestra, señor caballero, es hija o parienta muy cercana de las del gran Roque. Llevadme do quisiéredes; que yo no tendré otra voluntad que la vuestra, y más si la queréis ocupar en vuestro servicio.

Con palabras no menos comedidas que éstas le respondió el caballero, y encerrándole todos en medio, al son de las chirimías y de los atabales, se encaminaron con él a la ciudad, al entrar de la cual, el malo[9], que todo lo malo ordena, y los muchachos, que son más malos que el malo, dos dellos traviesos y atrevidos se entraron por toda la gente, y alzando el uno de la cola del rucio y el otro la de Rocinante, les pusieron y encajaron sendos manojos de aliagas[10]. Sintieron los pobres ani-

---

[8] Se refiere a los remos de las galeras.

[9] *el malo:* el diablo.

[10] *aliaga:* aulaga, planta espinosa cuyas hojas terminan en púas.

males las nuevas espuelas, y apretando las colas, aumentaron su disgusto de manera que, dando mil corcovos, dieron con sus dueños en tierra. Don Quijote, corrido y afrentado, acudió a quitar el plumaje de la cola de su matalote[11], y Sancho, el de su rucio. Quisieran los que guiaban a don Quijote castigar el atrevimiento de los muchachos, y no fue posible, porque se encerraron entre más de dos mil que los seguían.

Volvieron a subir don Quijote y Sancho; con el mismo aplauso y música llegaron a la casa de su guía, que era grande y principal, en fin, como de caballero rico, donde le dejaremos por agora, porque así lo quiere Cide Hamete.

CAPÍTULO LXII

**Que trata de la aventura de la cabeza encantada,
con otras niñerías que no pueden dejar de contarse**

Don Antonio Moreno se llamaba el huésped de don Quijote, caballero rico y discreto, y amigo de holgarse a lo honesto y afable, el cual, viendo en su casa a don Quijote, andaba buscando modos como, sin su perjuicio, sacase a plaza sus locuras; porque no son burlas las que duelen, ni hay pasatiempos que valgan si son con daño de tercero. Lo primero que hizo fue hacer desarmar a don Quijote, y sacarle a vistas con aquel su estrecho y acamuzado[1] vestido –como ya otras veces le hemos descrito y pintado– a un balcón que salía a una calle de las más principales de la ciudad, a vista de las gentes y de los muchachos, que como a mona le miraban. Corrieron de nuevo delante dél los de las libreas, como si para él solo, no para alegrar aquel festivo día, se las hubieran puesto [...]. Comieron aquel día con don Antonio algunos de sus amigos, honrando todos y tratando a don Quijote como a caballero andante, de lo cual, hueco y pomposo, no cabía en sí de contento. Los donaires de Sancho fueron tantos, que de su boca andaban como colgados todos los criados de casa y todos cuantos le oían. Estando a la mesa, dijo don Antonio a Sancho:

---

[11] *matalote:* caballería flaca y con mataduras.
[1] *acamuzado:* de camuza, gamuza.

–Acá tenemos noticia, buen Sancho, que sois tan amigo de manjar blanco[2] y de albondiguillas, que si os sobran las guardáis en el seno para el otro día[3].

–No, señor, no es así –respondió Sancho–; porque tengo más de limpio que de goloso, y mi señor don Quijote, que está delante, sabe bien que con un puño de bellotas, o de nueces, nos solemos pasar entrambos ocho días. Verdad es que si tal vez me sucede que me den la vaquilla, corro con la soguilla; quiero decir, que como lo que me dan, y uso de los tiempos como los hallo, y quienquiera que hubiere dicho que yo soy comedor aventajado y no limpio, téngase por dicho que no acierta; y de otra manera dijera esto si no mirara a las barbas honradas que están en la mesa.

–Por cierto –dijo don Quijote–, que la parsimonia y limpieza con que Sancho come se puede escribir y grabar en láminas de bronce, para que quede en memoria eterna en los siglos venideros. Verdad es que cuando él tiene hambre, parece algo tragón, porque come apriesa y masca a dos carrillos; pero la limpieza siempre la tiene en su punto, y en el tiempo que fue gobernador aprendió a comer a lo melindroso: tanto, que comía con tenedor las uvas y aun los granos de la granada.

–¡Cómo! –dijo don Antonio–. ¿Gobernador ha sido Sancho?

–Sí –respondió Sancho–, y de una ínsula llamada la Barataria. Diez días la goberné a pedir de boca; en ellos perdí el sosiego, y aprendí a despreciar todos los gobiernos del mundo; salí huyendo della, caí en una cueva, donde me tuve por muerto, de la cual salí vivo por milagro.

Contó don Quijote por menudo todo el suceso del gobierno de Sancho, con que dio gran gusto a los oyentes.

Levantados los manteles y tomando don Antonio por la mano a don Quijote, se entró con él en un apartado aposento, en el cual no había otra cosa de adorno que una mesa, al parecer de jaspe, que sobre un pie de lo mesmo se sostenía, sobre la cual estaba puesta, al modo de las cabezas de los emperadores romanos, de los pechos arriba, una que semejaba ser de bronce. Paseóse don Antonio con don Quijote por todo el aposento, rodeando muchas veces la mesa, después de lo cual dijo:

–Agora, señor don Quijote, que estoy enterado que no nos oye y escucha alguno, y está cerrada la puerta, quiero contar a vuestra merced una de las más raras aventuras, o, por mejor decir, novedades que

[2] *manjar blanco:* plato hecho a base de pechugas de gallina, harina de arroz, leche y azúcar.

[3] Eso se dice en el *Quijote* de Avellaneda.

imaginarse pueden, con condición que lo que a vuestra merced dijere lo ha de depositar en los últimos retretes[4] del secreto.

–Así lo juro –respondió don Quijote–, y aun le echaré una losa encima, para más seguridad; porque quiero que sepa vuestra merced, señor don Antonio –que ya sabía su nombre–, que está hablando con quien, aunque tiene oídos para oír, no tiene lengua para hablar; así que con seguridad puede vuestra merced trasladar lo que tiene en su pecho en el mío y hacer cuenta que lo ha arrojado en los abismos del silencio.

–En fe de esa promesa –respondió don Antonio–, quiero poner a vuestra merced en admiración con lo que viere y oyere, y darme a mí algún alivio de la pena que me causa no tener con quien comunicar mis secretos, que no son para fiarse de todos.

Suspenso estaba don Quijote, esperando en qué habían de parar tantas prevenciones. En esto, tomándole la mano don Antonio, se la paseó por la cabeza de bronce y por toda la mesa, y por el pie de jaspe sobre que se sostenía, y luego dijo:

–Esta cabeza, señor don Quijote, ha sido hecha y fabricada por uno de los mayores encantadores y hechiceros que ha tenido el mundo, que creo era polaco de nación y discípulo del famoso Escotillo[5], de quien tantas maravillas se cuentan; el cual estuvo aquí en mi casa, y por precio de mil escudos que le di labró esta cabeza, que tiene propiedad y virtud de responder a cuantas cosas al oído le preguntaren. Guardó rumbos[6], pintó carácteres, observó astros, miró puntos, y, finalmente, la sacó con la perfección que veremos mañana; porque los viernes está muda, y hoy, que lo es, nos ha de hacer esperar hasta mañana. En este tiempo podrá vuestra merced prevenirse de lo que querrá preguntar, que por experiencia sé que dice verdad en cuanto responde.

Admirado quedó don Quijote de la virtud y propiedad de la cabeza, y estuvo por no creer a don Antonio; pero por ver cuán poco tiempo había para hacer la experiencia, no quiso decirle otra cosa sino que le agradecía el haberle descubierto tan gran secreto. Salieron del aposento, cerró la puerta don Antonio con llave, y fuéronse a la sala, donde los demás caballeros estaban. En este tiempo les había contado Sancho muchas de las aventuras y sucesos que a su amo habían acontecido.

[...]

---

[4] *retrete:* aposento pequeño y recogido, en el lugar más apartado de la casa; aquí, metafóricamente.

[5] *Escotillo:* diminutivo de Escoto; aunque hay varios personajes de este nombre, quizá se refiera a un nigromante italiano, de finales del siglo XVI, al que alude Quevedo en uno de sus *Sueños*.

[6] *Guardó rumbos:* se atuvo a figuras geométricas, rombos.

Otro día le pareció a don Antonio ser bien hacer la experiencia de la cabeza encantada, y con don Quijote, Sancho y otros dos amigos, con las dos señoras que habían molido a don Quijote en el baile[7], que aquella propia noche se habían quedado con la mujer de don Antonio, se encerró en la estancia donde estaba la cabeza. Contóles la propiedad que tenía, encargóles el secreto y díjoles que aquél era el primero día donde se había de probar la virtud de la tal cabeza encantada; y si no eran los dos amigos de don Antonio, ninguna otra persona sabía el busilis del encanto, y aun si don Antonio no se le hubiera descubierto primero a sus amigos, también ellos cayeran en la admiración en que los demás cayeron, sin ser posible otra cosa: con tal traza y tal orden estaba fabricada.

El primero que se llegó al oído de la cabeza fue el mismo don Antonio, y díjole en voz sumisa[8], pero no tanto, que de todos no fuese entendida:

–Dime, cabeza, por la virtud que en ti se encierra: ¿qué pensamientos tengo yo agora?

Y la cabeza le respondió, sin mover los labios, con voz clara y distinta, de modo que fue de todos entendida, esta razón:

–Yo no juzgo de pensamientos.

Oyendo lo cual, todos quedaron atónitos, y más viendo que en todo el aposento ni al derredor de la mesa no había persona humana que responder pudiese.

–¿Cuántos estamos aquí? –tornó a preguntar don Antonio.

Y fuele respondido por el propio tenor, paso[9]:

–Estáis tú y tu mujer, con dos amigos tuyos, y dos amigas della, y un caballero famoso llamado don Quijote de la Mancha, y un su escudero que Sancho Panza tiene por nombre.

¡Aquí sí que fue el admirarse de nuevo; aquí sí que fue el erizarse los cabellos a todos, de puro espanto! Y apartándose don Antonio de la cabeza, dijo:

–Esto me basta para darme a entender que no fui engañado del que te me vendió, ¡cabeza sabia, cabeza habladora, cabeza respondona, y admirable cabeza! Llegue otro y pregúntele lo que quisiere.

Y como las mujeres de ordinario son presurosas y amigas de saber, la primera que se llegó fue una de las dos amigas de la mujer de don Antonio, y lo que le preguntó fue:

---

[7] Son dos amigas de la mujer de don Antonio, aficionadas a las burlas, que no dejaron descansar ni un momento a don Quijote.

[8] *sumisa:* baja.

[9] *paso:* en voz baja.

–Dime, cabeza, ¿qué haré yo para ser muy hermosa?

Y fuele respondido:

–Sé muy honesta.

–No te pregunto más –dijo la preguntanta.

Llegó luego la compañera, y dijo:

–Querría saber, cabeza, si mi marido me quiere bien o no.

Y respondiéronle:

–Mira las obras que te hace, y echarlo has de ver.

Apartóse la casada, diciendo:

–Esta respuesta no tenía necesidad de pregunta; porque, en efecto, las obras que se hacen declaran la voluntad que tiene el que las hace.

Luego llegó uno de los dos amigos de don Antonio, y preguntóle:

–¿Quién soy yo?

Y fuele respondido:

–Tú lo sabes.

–No te pregunto eso –respondió el caballero–, sino que me digas si me conoces tú.

–Sí conozco –le respondieron–, que eres don Pedro Noriz.

–No quiero saber más, pues esto basta para entender, ¡oh cabeza!, que lo sabes todo.

Y, apartándose, llegó el otro amigo y preguntóle:

–Dime, cabeza, ¿qué deseos tiene mi hijo el mayorazgo?

–Ya yo he dicho –le respondieron– que yo no juzgo de deseos; pero, con todo eso, te sé decir que los que tu hijo tiene son de enterrarte.

–Eso es –dijo el caballero–: lo que veo por los ojos, con el dedo lo señalo[10].

Y no preguntó más. Llegóse la mujer de don Antonio, y dijo:

–Yo no sé, cabeza, qué preguntarte; sólo quería saber de ti si gozaré muchos años de buen marido.

Y respondiéronle:

–Sí gozarás, porque su salud y su templanza en el vivir prometen muchos años de vida, la cual muchos suelen acortar por su destemplanza.

Llegóse luego don Quijote, y dijo:

–Dime tú, el que respondes: ¿fue verdad o fue sueño lo que yo cuento que me pasó en la cueva de Montesinos? ¿Serán ciertos los azotes de Sancho mi escudero? ¿Tendrá efeto el desencanto de Dulcinea?

–A lo de la cueva –respondieron–, hay mucho que decir: de todo tiene; los azotes de Sancho irán despacio; el desencanto de Dulcinea llegará a debida ejecución.

---

[10] Alude a un proverbio: «Lo que con el ojo se ve, con el dedo se adivina»; quiere decir que no hace falta mucha inteligencia para comprender lo que está a la vista.

–No quiero saber más –dijo don Quijote–, que como yo vea a Dulcinea desencantada, haré cuenta que vienen de golpe todas las venturas que acertare a desear.

El último preguntante fue Sancho, y lo que preguntó fue:

–¿Por ventura, cabeza, tendré otro gobierno? ¿Saldré de la estrecheza de escudero? ¿Volveré a ver a mi mujer y a mis hijos?

A lo que le respondieron:

–Gobernarás en tu casa; y si vuelves a ella, verás a tu mujer y a tus hijos; y, dejando de servir, dejarás de ser escudero.

–¡Bueno par Dios! –dijo Sancho Panza–. Esto yo me lo dijera: no dijera más el profeta Perogrullo.

–Bestia –dijo don Quijote–, ¿qué quieres que te responda? ¿No basta que las respuestas que esta cabeza ha dado correspondan a lo que se le pregunta?

–Sí basta –respondió Sancho–; pero quisiera yo que se declarara más y me dijera más.

Con esto se acabaron las preguntas y las respuestas; pero no se acabó la admiración en que todos quedaron, excepto los dos amigos de don Antonio, que el caso sabían. El cual quiso Cide Hamete Benengeli declarar luego, por no tener suspenso al mundo, creyendo que algún hechicero y extraordinario misterio en la tal cabeza se encerraba; y, así, dice que don Antonio Moreno, a imitación de otra cabeza que vio en Madrid, fabricada por un estampero[11], hizo ésta en su casa, para entretenerse y suspender a los ignorantes; y la fábrica era de esta suerte: la tabla de la mesa era de palo, pintada y barnizada como jaspe, y el pie sobre que se sostenía era de lo mesmo, con cuatro garras de águila que dél salían para mayor firmeza del peso. La cabeza, que parecía medalla y figura de emperador romano, y de color de bronce, estaba toda hueca, y ni más ni menos la tabla de la mesa, en que se encajaba tan justamente, que ninguna señal de juntura se parecía. El pie de la tabla era ansimesmo hueco, que respondía a la garganta y pechos de la cabeza, y todo esto venía a responder a otro aposento que debajo de la estancia de la cabeza estaba. Por todo este hueco de pie, mesa, garganta y pechos de la medalla y figura referida, se encaminaba un cañón de hoja de lata, muy justo, que de nadie podía ser visto. En el aposento de abajo correspondiente al de arriba se ponía el que había de responder, pegada la boca con el mesmo cañón, de modo que, a modo de cerbatana, iba la voz de arriba abajo y de abajo arriba, en palabras articuladas y claras, y de esta manera no era posible conocer el embuste. Un sobrino de don Antonio, estudiante, agudo y discreto, fue el respondiente;

[11] *estampero:* fundidor, el que hacía los tipos para imprimir libros.

el cual estando avisado de su señor tío de los que habían de entrar con él en aquel día en el aposento de la cabeza, le fue fácil responder con presteza y puntualidad a la primera pregunta; a las demás respondió por conjeturas, y, como discreto, discretamente. Y dice más Cide Hamete: que hasta diez o doce días duró esta maravillosa máquina[12]; pero que divulgándose por la ciudad que don Antonio tenía en su casa una cabeza encantada, que a cuantos le preguntaban respondía, temiendo no llegase a los oídos de las despiertas centinelas de nuestra fe[13], habiendo declarado el caso a los señores inquisidores, le mandaron que la deshiciese y no pasase más adelante, porque el vulgo ignorante no se escandalizase; pero en la opinión de don Quijote y de Sancho Panza, la cabeza quedó por encantada y por respondona, más a satisfacción de don Quijote que de Sancho.

[...]

CAPÍTULO LXIV

Que trata de la aventura que más pesadumbre dio a don Quijote de cuantas hasta entonces le habían sucedido

[...]

Y una mañana, saliendo don Quijote a pasearse por la playa armado de todas sus armas, porque, como muchas veces decía, ellas eran sus arreos, y su descanso el pelear, y no se hallaba sin ellas un punto, vio venir hacia él un caballero, armado asimismo de punta en blanco, que en el escudo traía pintada una luna resplandeciente; el cual, llegándose a trecho que podía ser oído, en altas voces, encaminando sus razones a don Quijote, dijo:

—Insigne caballero y jamás como se debe alabado don Quijote de la Mancha, yo soy el Caballero de la Blanca Luna, cuyas inauditas hazañas quizá te le habrán traído a la memoria. Vengo a contender contigo y a probar la fuerza de tus brazos, en razón de hacerte conocer y confesar que mi dama, sea quien fuere, es sin comparación más hermosa que tu Dulcinea del Toboso; la cual verdad si tú la confiesas de llano en llano, excusarás tu muerte y el trabajo que yo he de tomar en dártela;

[12] *máquina:* artificio, invención.
[13] Se refiere al tribunal de la Inquisición.

y si tú peleares y yo te venciere, no quiero otra satisfación sino que dejando las armas y absteniéndote de buscar aventuras, te recojas y retires a tu lugar por tiempo de un año, donde has de vivir sin echar mano a la espada, en paz tranquila y en provechoso sosiego, porque así conviene al aumento de tu hacienda y a la salvación de tu alma; y si tú me vencieres, quedará a tu discreción mi cabeza, y serán tuyos los despojos de mis armas y caballo, y pasará a la tuya la fama de mis hazañas. Mira lo que te está mejor, y respóndeme luego, porque hoy todo el día traigo de término para despachar este negocio.

Don Quijote quedó suspenso y atónito, así de la arrogancia del Caballero de la Blanca Luna como de la causa por que le desafiaba, y con reposo y ademán severo le respondió:

–Caballero de la Blanca Luna, cuyas hazañas hasta agora no han llegado a mi noticia, yo osaré jurar que jamás habéis visto a la ilustre Dulcinea; que si visto la hubiérades, yo sé que procurárades no poneros en esta demanda, porque su vista os desengañara de que no ha habido ni puede haber belleza que con la suya comparar se pueda; y, así, no diciéndoos que mentís, sino que no acertáis en lo propuesto, con las condiciones que habéis referido aceto vuestro desafío, y luego, porque no se pase el día que traéis determinado; y sólo exceto[1] de las condiciones la de que se pase a mí la fama de vuestras hazañas, porque no sé cuáles ni qué tales sean: con las mías me contento, tales cuales ellas son. Tomad, pues, la parte del campo que quisiéredes; que yo haré lo mesmo, y a quien Dios se la diere, San Pedro se la bendiga.

Habían descubierto de la ciudad al Caballero de la Blanca Luna, y díchoselo al visorrey que estaba hablando con don Quijote de la Mancha. El visorrey, creyendo sería alguna nueva aventura fabricada por don Antonio Moreno o por otro algún caballero de la ciudad, salió luego a la playa con don Antonio y con otros muchos caballeros que le acompañaban, a tiempo cuando don Quijote volvía las riendas de Rocinante para tomar del campo lo necesario.

Viendo, pues, el visorrey que daban los dos señales de volverse a encontrar, se puso en medio, preguntándoles qué era la causa que les movía a hacer tan de improviso batalla. El Caballero de la Blanca Luna respondió que era precedencia[2] de hermosura, y en breves razones le dijo las mismas que había dicho a don Quijote, con la acetación de las condiciones del desafío hechas por entrambas partes. Llegóse el viso-

---

[1] *exceto:* exceptúo.
[2] *precedencia:* acción de preceder, primacía, superioridad.

rrey a don Antonio, y preguntóle paso si sabía quién era el tal Caballero de la Blanca Luna, o si era alguna burla que querían hacer a don Quijote. Don Antonio le respondió que ni sabía quién era, ni si era de burlas ni de veras el tal desafío. Esta respuesta tuvo perplejo al visorrey en si les dejaría o no pasar adelante en la batalla; pero no pudiéndose persuadir a que fuese sino burla, se apartó diciendo:

–Señores caballeros, si aquí no hay otro remedio sino confesar o morir, y el señor don Quijote está en sus trece, y vuestra merced el de la Blanca Luna en sus catorce, a la mano de Dios[3], y dense.

Agradeció el de la Blanca Luna con corteses y discretas razones al visorrey la licencia que se les daba, y don Quijote hizo lo mesmo; el cual, encomendándose al cielo de todo corazón y a su Dulcinea –como tenía de costumbre al comenzar de las batallas que se le ofrecían–, tornó a tomar otro poco más del campo, porque vio que su contrario hacía lo mesmo, y sin tocar trompeta ni otro instrumento bélico que les diese señal de arremeter, volvieron entrambos a un mesmo punto las riendas a sus caballos; y, como era más ligero el de la Blanca Luna, llegó a don Quijote a dos tercios andados de la carrera, y allí le encontró con tan poderosa fuerza, sin tocarle con la lanza –que la levantó, al parecer, de propósito–, que dio con Rocinante y con don Quijote por el suelo una peligrosa caída. Fue luego sobre él, y poniéndole la lanza sobre la visera, le dijo:

–Vencido sois, caballero, y aun muerto, si no confesáis las condiciones de nuestro desafío.

Don Quijote, molido y aturdido, sin alzarse la visera, como si hablara dentro de una tumba, con voz debilitada y enferma dijo:

–Dulcinea del Toboso es la más hermosa mujer del mundo, y yo el más desdichado caballero de la tierra, y no es bien que mi flaqueza defraude esta verdad. Aprieta, caballero, la lanza, y quítame la vida, pues me has quitado la honra.

–Eso no haré yo, por cierto –dijo el de la Blanca Luna–: viva, viva en su entereza la fama de la hermosura de la señora Dulcinea del Toboso; que sólo me contento con que el gran don Quijote se retire a su lugar un año, o hasta el tiempo que por mí le fuere mandado, como concertamos antes de entrar en esta batalla.

Todo esto oyeron el visorrey y don Antonio, con otros muchos que allí estaban, y oyendo asimismo que don Quijote respondió que, como no le pidiese cosa que fuese en perjuicio de Dulcinea, todo lo demás cumpliría como caballero puntual y verdadero.

....

[3] *a la mano de Dios:* expresión que indica determinación y firmeza.

Hecha esta confesión, volvió las riendas el de la Blanca Luna, y haciendo mesura[4] con la cabeza al visorrey, a medio galope se entró en la ciudad.

Mandó el visorrey a don Antonio que fuese tras él y que en todas maneras supiese quién era. Levantaron a don Quijote, descubriéronle el rostro y halláronle sin color y trasudando. Rocinante, de puro malparado, no se pudo mover por entonces. Sancho, todo triste, todo apesarado, no sabía qué decirse ni qué hacerse; parecíale que todo aquel suceso pasaba en sueños y que toda aquella máquina era cosa de encantamento. Veía a su señor rendido y obligado a no tomar armas en un año; imaginaba la luz de la gloria de sus hazañas escurecida, las esperanzas de sus nuevas promesas deshechas, como se deshace el humo con el viento. Temía si quedaría o no contrecho[5] Rocinante, o deslocado su amo; que no fuera poca ventura si deslocado quedara[6] Finalmente, con una silla de manos, que mandó traer el visorrey, le llevaron a la ciudad, y el visorrey se volvió también a ella, con deseo de saber quién fuese el Caballero de la Blanca Luna, que de tan mal talante había dejado a don Quijote.

Capítulo LXV

Donde se da noticia quién era el de la Blanca Luna [...]

Siguió don Antonio Moreno al Caballero de la Blanca Luna, y siguiéronle también, y aun persiguiéronle, muchos muchachos, hasta que le cerraron en un mesón, dentro de la ciudad. Entró el don Antonio con deseo de conocerle; salió un escudero a recebirle y a desarmarle; encerróse en una sala baja, y con él don Antonio, que no se le cocía el pan[1] hasta saber quién fuese. Viendo, pues, el de la Blanca Luna que aquel caballero no le dejaba, le dijo:

—Bien sé, señor, a lo que venís, que es a saber quién soy; y porque no hay por qué negároslo, en tanto que este mi criado me desarma o

---

[4] *mesura:* reverencia.
[5] *contrecho:* contrahecho, lisiado.
[6] Juego de palabras con *deslocado,* 'dislocado' y 'sin locura'.
[1] *no se le cocía el pan:* estaba muy impaciente.

lo diré, sin faltar un punto a la verdad del caso. Sabed, señor, que a mí me llaman el bachiller Sansón Carrasco; soy del mesmo lugar de don Quijote de la Mancha, cuya locura y sandez mueve a que le tengamos lástima todos cuantos le conocemos, y entre los que más se la han tenido he sido yo; y creyendo que está su salud en su reposo, y en que esté en su tierra y en su casa, di traza para hacerle estar en ella, y así, habrá tres meses que le salí al camino como caballero andante, llamándome el Caballero de los Espejos, con intención de pelear con él y vencerle, sin hacerle daño, poniendo por condición de nuestra pelea que el vencido quedase a discreción del vencedor; y lo que yo pensaba pedirle, porque ya le juzgaba por vencido, era que se volviese a su lugar y que no saliese dél en todo un año, en el cual tiempo podría ser curado; pero la suerte lo ordenó de otra manera, porque él me venció a mí y me derribó del caballo, y, así, no tuvo efecto mi pensamiento; él prosiguió su camino, y yo me volví, vencido, corrido y molido de la caída, que fue además peligrosa; pero no por esto se me quitó el deseo de volver a buscarle y a vencerle, como hoy se ha visto[2]. Y como él es tan puntual en guardar las órdenes de la andante caballería, sin duda alguna guardará la que le he dado, en cumplimiento de su palabra. Esto es, señor, lo que pasa, sin que tenga que deciros otra cosa alguna: suplícoos no me descubráis ni le digáis a don Quijote quién soy, porque tengan efecto los buenos pensamientos míos y vuelva a cobrar su juicio un hombre que le tiene bonísimo, como le dejen las sandeces de la caballería.

–¡Oh señor –dijo don Antonio–, Dios os perdone el agravio que habéis hecho a todo el mundo en querer volver cuerdo al más gracioso loco que hay en él! ¿No veis, señor, que no podrá llegar el provecho que cause la cordura de don Quijote a lo que llega el gusto que da con sus desvaríos? Pero yo imagino que toda la industria del señor bachiller no ha de ser parte para volver cuerdo a un hombre tan rematadamente loco; y si no fuese contra caridad, diría que nunca sane don Quijote, porque con su salud, no solamente perdemos sus gracias, sino las de Sancho Panza su escudero, que cualquiera dellas puede volver a alegrar a la misma melancolía. Con todo esto, callaré, y no le diré nada, por ver si salgo verdadero en sospechar que no ha de tener efecto la diligencia hecha por el señor Carrasco.

[...]

---

[2] En realidad, a Sansón Carrasco lo mueve, tanto o más que la piedad, el deseo de tomarse la revancha.

CAPÍTULO LXVI

Que trata de lo que verá el que lo leyere, o lo oirá el que lo escuchare leer

Al salir de Barcelona, volvió don Quijote a mirar el sitio donde había caído, y dijo:

–¡Aquí fue Troya![1] ¡Aquí mi desdicha, y no mi cobardía, se llevó mis alcanzadas glorias; aquí usó la fortuna conmigo de sus vueltas y revueltas; aquí se escurecieron mis hazañas; aquí, finalmente, cayó mi ventura para jamás levantarse!

Oyendo lo cual Sancho, dijo:

–Tan de valientes corazones es, señor mío, tener sufrimiento[2] en las desgracias como alegría en las prosperidades; y esto lo juzgo por mí

Grabado del siglo XIX (Madrid, Hijos de doña Catalina Piñuela) en que se muestra a don Quijote vencido por el Caballero de la Blanca Luna.

[1] *¡Aquí fue Troya!:* expresión con que se lamenta la decadencia a que ha llegado algo que fue notable en otro tiempo.

[2] *sufrimiento:* entereza para soportar el sufrimiento.

mismo, que si cuando era gobernador estaba alegre, agora que soy escudero de a pie, no estoy triste; porque he oído decir que esta que llaman por ahí Fortuna es una mujer borracha y antojadiza, y, sobre todo, ciega, y, así, no ve lo que hace, ni sabe a quién derriba, ni a quién ensalza.

–Muy filósofo estás, Sancho –respondió don Quijote–, muy a lo discreto hablas; no sé quién te lo enseña. Lo que te sé decir es que no hay fortuna en el mundo, ni las cosas que en él suceden, buenas o malas que sean, vienen acaso[3], sino por particular providencia de los cielos, y de aquí viene lo que suele decirse: que cada uno es artífice de su ventura. Yo lo he sido de la mía, pero no con la prudencia necesaria, y, así, me han salido al gallarín[4] mis presunciones; pues debiera pensar que al poderoso grandor[5] del caballo del de la Blanca Luna no podía resistir la flaqueza de Rocinante. Atrevíme, en fin, hice lo que pude, derribáronme, y aunque perdí la honra, no perdí, ni puedo perder, la virtud de cumplir mi palabra. Cuando era caballero andante, atrevido y valiente, con mis obras y con mis manos acreditaba mis hechos; y agora, cuando soy escudero pedestre, acreditaré mis palabras cumpliendo la que di de mi promesa. Camina, pues, amigo Sancho, y vamos a tener en nuestra tierra el año del noviciado, con cuyo encerramiento cobraremos virtud nueva para volver al nunca de mí olvidado ejercicio de las armas.

[...]

Capítulo LXVII

De la resolución que tomó don Quijote de hacerse pastor
y seguir la vida del campo, en tanto que se pasaba el año
de su promesa, con otros sucesos en verdad gustosos y buenos

Si muchos pensamientos fatigaban a don Quijote antes de ser derribado, muchos más le fatigaron después de caído. A la sombra del árbol estaba, como se ha dicho, y allí, como moscas a la miel, le acudían y picaban pensamientos: unos iban al desencanto de Dulcinea, y otros a la vida que había de hacer en su forzosa retirada. [...]

....

[3] *acaso:* por casualidad.

[4] *me han salido al gallarín:* me han salido mal; *gallarín* significa 'pérdida muy grande'.

[5] *grandor:* tamaño.

En estas pláticas iban siguiendo su camino, cuando llegaron al mesmo sitio y lugar donde fueron atropellados de los toros. Reconocióle don Quijote; dijo a Sancho:

–Éste es el prado donde topamos a las bizarras pastoras y gallardos pastores que en él querían renovar e imitar a la pastoral Arcadia[1], pensamiento tan nuevo como discreto, a cuya imitación, si es que a ti te parece bien, querría, ¡oh Sancho!, que nos convirtiésemos en pastores, siquiera el tiempo que tengo de estar recogido. Yo compraré algunas ovejas, y todas las demás cosas que al pastoral ejercicio son necesarias, y llamándome yo *el pastor Quijotiz,* y tú *el pastor Pancino,* nos andaremos por los montes, por las selvas y por los prados, cantando aquí, endechando[2] allí, bebiendo de los líquidos cristales de las fuentes, o ya de los limpios arroyuelos, o de los caudalosos ríos. Daránnos con abundantísima mano de su dulcísimo fruto las encinas, asiento los troncos de los durísimos alcornoques, sombra los sauces, olor las rosas, alfombras de mil colores matizadas los extendidos prados, aliento el aire claro y puro, luz la luna y las estrellas, a pesar de la escuridad de la noche, gusto el canto, alegría el lloro, Apolo versos, el amor conceptos, con que podremos hacernos eternos y famosos, no sólo en los presentes, sino en los venideros siglos.

–Pardiez –dijo Sancho–, que me ha cuadrado, y aun esquinado[3], tal género de vida; y más, que no la ha de haber aún bien visto el bachiller Sansón Carrasco y maese Nicolás el barbero, cuando la han de querer seguir, y hacerse pastores con nosotros; y aun quiera Dios no le venga en voluntad al cura de entrar también en el aprisco, según es de alegre y amigo de holgarse.

–Tú has dicho muy bien –dijo don Quijote–; y podrá llamarse el bachiller Sansón Carrasco, si entra en el pastoral gremio, como entrará sin duda, *el pastor Sansonino,* o ya *el pastor Carrascón;* el barbero Nicolás se podrá llamar *Miculoso*[4], como ya el antiguo Boscán se llamó Nemoroso[5]; al cura no sé qué nombre le pongamos, si no es algún derivativo de su nombre, llamándole *el pastor Curiambro.* Las pastoras de quien hemos de ser amantes, como entre peras podremos escoger sus nombres; y pues el de mi señora cuadra así al de pastora como al de

---

[1] Poco antes de ser vapuleados por los toros, habían encontrado en ese hermoso paraje a un grupo de aldeanos que, disfrazados de pastores, querían hacer revivir la antigua Arcadia, lugar ideal donde se sitúan muchas de las fábulas pastoriles.

[2] *endechando:* cantando endechas, canciones lastimeras.

[3] Juego de palabras caprichoso: 'me ha gustado'.

[4] En la lengua rústica, *Miculás* y *Micolás* eran variantes habituales de *Nicolás.*

[5] En otro tiempo se creía que el pastor Nemoroso, que aparece, junto con Salicio, en la *Égloga I* de Garcilaso de la Vega, representaba a su amigo el poeta Juan Boscán (*nemus:* bosque). Hoy se piensa que ambos personajes deben de ser el propio autor.

princesa, no hay para qué cansarme a buscar otro que mejor le venga; tú, Sancho, pondrás a la tuya el que quisieres.

–No pienso –respondió Sancho– ponerle otro alguno sino el de *Teresona*, que le vendrá bien con su gordura y con el propio que tiene, pues se llama Teresa; y más, que celebrándola yo en mis versos, vengo a descubrir mis castos deseos, pues no ando a buscar pan de trastrigo[6] por las casas ajenas. El cura no será bien que tenga pastora, por dar buen ejemplo; y si quisiere el bachiller tenerla, su alma en su palma[7].

–¡Válame Dios –dijo don Quijote–, y qué vida nos hemos de dar, Sancho amigo! ¡Qué de churumbelas han de llegar a nuestros oídos, qué de gaitas zamoranas, qué tamborines, y qué de sonajas, y qué de rabeles! Pues ¡qué si destas diferencias de músicas resuena la de los albogues! Allí se verá casi todos los instrumentos pastorales.

[...]

> [Después de algunas otras andanzas, llegan por fin don Quijote y Sancho a su aldea, donde son recibidos con los brazos abiertos por familiares y amigos.]

Capítulo LXXIV

De cómo don Quijote cayó malo, y del testamento que hizo, y su muerte

Como las cosas humanas no sean eternas, yendo siempre en declinación de sus principios hasta llegar a su último fin, especialmente las vidas de los hombres, y como la de don Quijote no tuviese privilegio del cielo para detener el curso de la suya, llegó su fin y acabamiento cuando él menos lo pensaba; porque, o ya fuese de la melancolía que le causaba el verse vencido, o ya por la disposición del cielo, que así lo ordenaba, se le arraigó una calentura, que le tuvo seis días en la cama, en los cuales fue visitado muchas veces del cura, del bachiller y del barbero, sus amigos, sin quitársele de la cabecera Sancho Panza, su buen escudero.

Éstos, creyendo que la pesadumbre de verse vencido y de no ver cumplido su deseo en la libertad y desencanto de Dulcinea le tenía de

---

[6] *buscar pan de trastrigo:* pretender cosas fuera de tiempo o mezclarse en las que sólo pueden ocasionar daños; aquí se refiere a los amores adúlteros.

[7] *su alma en su palma:* que haga lo que quiera.

aquella suerte, por todas las vías posibles procuraban alegrarle, diciéndole el bachiller que se animase y levantase, para comenzar su pastoral ejercicio, para el cual tenía ya compuesta una égloga[1], que mal año para cuantas Sanazaro[2] había compuesto, y que ya tenía comprados de su propio dinero dos famosos perros para guardar el ganado, el uno llamado Barcino[3], y el otro Butrón, que se los había vendido un ganadero del Quintanar[4]. Pero no por esto dejaba don Quijote sus tristezas.

Llamaron sus amigos al médico, tomóle el pulso, y no le contentó mucho, y dijo que, por sí o por no, atendiese a la salud de su alma, porque la del cuerpo corría peligro. Oyólo don Quijote con ánimo sosegado; pero no lo oyeron así su ama, su sobrina y su escudero, los cuales comenzaron a llorar tiernamente, como si ya le tuvieran muerto delante. Fue el parecer del médico que melancolías y desabrimientos le acababan. Rogó don Quijote que le dejasen solo, porque quería dormir un poco. Hiciéronlo así, y durmió de un tirón, como dicen, más de seis horas; tanto, que pensaron el ama y la sobrina que se había de quedar en el sueño. Despertó al cabo del tiempo dicho, y dando una gran voz, dijo:

–¡Bendito sea el poderoso Dios, que tanto bien me ha hecho! En fin, sus misericordias no tienen límite, ni las abrevian ni impiden los pecados de los hombres.

Estuvo atenta la sobrina a las razones del tío, y pareciéronle más concertadas que él solía decirlas, a lo menos, en aquella enfermedad, y preguntóle:

–¿Qué es lo que vuestra merced dice, señor? ¿Tenemos algo nuevo? ¿Qué misericordias son éstas, o qué pecados de los hombres?

–Las misericordias –respondió don Quijote-, sobrina, son las que en este instante ha usado Dios conmigo, a quien, como dije, no las impiden mis pecados. Yo tengo juicio ya, libre y claro, sin las sombras caliginosas de la ignorancia, que sobre él me pusieron mi amarga y continua leyenda[5] de los detestables libros de las caballerías. Ya conozco sus disparates y sus embelecos, y no me pesa sino que este desengaño ha llegado tan tarde, que no me deja tiempo para hacer alguna recompensa[6], leyendo otros que sean luz del alma. Yo me siento, sobrina, a punto de muerte; querría hacerla de tal modo, que diese a entender que no había

----

[1] *égloga:* égloga, composición poética pastoril.

[2] Se refiere a Jacopo Sannazaro (1458-1530), poeta italiano, autor de *La Arcadia*, que es el modelo del que parten las novelas pastoriles renacentistas.

[3] *barcino:* de pelo blanco y pardo, a veces rojizo.

[4] *Quintanar:* Quintanar de la Orden, pueblo de la provincia de Toledo.

[5] *leyenda:* lectura.

[6] *recompensa:* compensación, reparación.

sido mi vida tan mala, que dejase renombre de loco; que puesto que lo he sido, no querría confirmar esta verdad en mi muerte. Llámame, amiga, a mis buenos amigos: al cura, al bachiller Sansón Carrasco y a maese Nicolás el barbero, que quiero confesarme y hacer mi testamento.

Pero de este trabajo se excusó la sobrina con la entrada de los tres. Apenas los vio don Quijote, cuando dijo:

–Dadme albricias[7], buenos señores, de que ya yo no soy don Quijote de la Mancha, sino Alonso Quijano, a quien mis costumbres me dieron renombre de *Bueno*. Ya soy enemigo de Amadís de Gaula y de toda la infinita caterva de su linaje; ya me son odiosas todas las historias profanas del andante caballería; ya conozco mi necedad y el peligro en que me pusieron haberlas leído; ya, por misericordia de Dios, escarmentando en cabeza propia, las abomino.

Cuando esto le oyeron decir los tres, creyeron, sin duda, que alguna nueva locura le había tomado. Y Sansón le dijo:

–¿Ahora, señor don Quijote, que tenemos nueva que está desencantada la señora Dulcinea, sale vuestra merced con eso? Y ¿agora que estamos tan a pique de ser pastores, para pasar cantando la vida, como unos príncipes, quiere vuesa merced hacerse ermitaño? Calle, por su vida, vuelva en sí, y déjese de cuentos.

–Los de hasta aquí –replicó don Quijote–, que han sido verdaderos en mi daño, los ha de volver mi muerte, con ayuda del cielo, en mi provecho. Yo, señores, siento que me voy muriendo a toda priesa; déjense burlas aparte, y tráiganme un confesor que me confiese y un escribano que haga mi testamento; que en tales trances como éste no se ha de burlar el hombre con el alma; y, así, suplico que, en tanto que el señor cura me confiesa, vayan por el escribano.

[...]

Y, volviéndose a Sancho, le dijo:

–Perdóname, amigo, de la ocasión que te he dado de parecer loco como yo, haciéndote caer en el error en que yo he caído, de que hubo y hay caballeros andantes en el mundo.

–¡Ay! –respondió Sancho, llorando–. No se muera vuestra merced, señor mío, sino tome mi consejo, y viva muchos años; porque la mayor locura que puede hacer un hombre en esta vida es dejarse morir, sin más ni más, sin que nadie le mate, ni otras manos le acaben que las de la melancolía. Mire no sea perezoso, sino levántese desa cama, y vámonos al campo vestidos de pastores, como tenemos concertado; quizá

---

7 *albricias:* regalo que se hace al mensajero que trae buenas noticias; *dadme albricias* es frase hecha: felicitadme, alegraos conmigo.

tras de alguna mata hallaremos a la señora doña Dulcinea desencantada, que no haya más que ver. Si es que se muere de pesar de verse vencido, écheme a mí la culpa, diciendo que por haber yo cinchado mal a
Rocinante le derribaron; cuanto más que vuestra merced habrá visto
en sus libros de caballerías ser cosa ordinaria derribarse unos caballeros a otros, y el que es vencido hoy ser vencedor mañana.

–Así es –dijo Sansón–, y el buen Sancho Panza está muy en la verdad destos casos.

–Señores –dijo don Quijote–, vámonos poco a poco, pues ya en
los nidos de antaño no hay pájaros hogaño[8]. Yo fui loco, y ya soy cuerdo: fui don Quijote de la Mancha, y soy agora, como he dicho, Alonso
Quijano el Bueno. [...]

Cerró con esto el testamento, y tomándole un desmayo, se tendió
de largo a largo en la cama. Alborotáronse todos, y acudieron a su remedio, y en tres días que vivió después deste donde hizo el testamento, se desmayaba muy a menudo. Andaba la casa alborotada; pero, con
todo, comía la sobrina, brindaba el ama, y se regocijaba Sancho Panza;
que esto del heredar algo borra o templa en el heredero la memoria de
la pena que es razón que deje el muerto.

En fin, llegó el último[9] de don Quijote, después de recebidos todos los sacramentos y después de haber abominado con muchas y efi-
caces razones de los libros de caballerías. Hallóse el escribano presente,
y dijo que nunca había leído en ningún libro de caballerías que algún
caballero andante hubiese muerto en su lecho tan sosegadamente y tan
cristiano como don Quijote; el cual, entre compasiones y lágrimas de
los que allí se hallaron, dio su espíritu, quiero decir que se murió.

Viendo lo cual el cura, pidió al escribano le diese por testimonio
cómo Alonso Quijano el Bueno, llamado comúnmente don Quijote de
la Mancha, había pasado desta presente vida, y muerto naturalmente; y
que el tal testimonio pedía para quitar la ocasión de algún otro autor
que Cide Hamete Benengeli le resucitase falsamente, y hiciese inacaba-
bles historias de sus hazañas.

[...]

---

[8] Las cosas han cambiado; ahora (*hogaño*) ya no son lo que eran antes (*antaño*).
[9] *el último:* el último fin.

Estudio de

DON QUIJOTE
DE LA MANCHA

Sociedad y cultura
de la época

Miguel de Cervantes nació en los últimos tiempos del reinado de Carlos I. Cuando era niño, subió al trono Felipe II. Poco después de cumplir los cincuenta años, coronaron a Felipe III. Su vida se desarrolló en la segunda mitad del siglo XVI y los tres primeros lustros del XVII. En su obra puede apreciarse el influjo de los ambientes culturales de esos tres reinados sucesivos.

Se formó con maestros que habían vivido el ambiente intelectual de la corte de Carlos I y conocían los movimientos de renovación que se habían dado en Europa durante la primera mitad del siglo.

Felipe II se propuso cortar estas tendencias por temor a que en España se produjeran las guerras de religión que en su tiempo asolaban a Francia y a Centroeuropa. Para ello prohibió que los españoles estudiaran fuera de sus fronteras, si no era en determinadas universidades, como las de Bolonia o Lovaina, defensoras del dogma católico romano. En el interior también se produjo una profunda depuración ideológica.

Sin embargo, se han podido identificar en la obra de Cervantes muchos conceptos que proceden de tendencias intelectuales del reinado de Carlos I, sobre todo del erasmismo, corriente de renovación religiosa encabezada por el holandés Erasmo de Rotterdam.

Durante el reinado de Felipe II, España fue el más poderoso y extendido de los Estados de su tiempo. Para intentar mantener esa primacía, hubo de hacer frente a diversos competidores: el imperio turco, Inglaterra, Francia, los protestantes de los Países Bajos... La primera parte de esa lucha fue victoriosa: San Quintín (1557), Lepanto (1571), incorporación de Portugal a la corona española (1580). Corresponde a la juventud de Cervantes, que, como tantos españoles de su tiempo, se consagró a la carrera militar y participó en «la más alta ocasión que vieron los siglos», es decir, en la batalla naval de Lepanto, en la que se derrotó a la armada turca.

El declive de España se inició con el fracaso de la expedición contra Inglaterra, llevada a cabo por la armada a la que sus enemigos llamaron irónicamente la «Invencible». Felipe II sostenía un duro enfrentamiento con Isabel I, cuyos barcos competían con los españoles por el dominio de los mares. En 1589 quiso dar un golpe definitivo: lanzar una gran armada que ocupara Inglaterra y acabara con ese peligro para la hegemonía hispánica. Pero la empresa fracasó, en parte por la pésima organización, y en parte por las adversas condiciones atmosféricas en que se desarrolló: una tormenta deshizo parte de la flota.

Ahí comenzó una decadencia política que se hizo más patente con el triunfo de los rebeldes holandeses y el fortalecimiento paulatino de Francia. Cervantes tenía cuarenta y dos años cuando se produjo el desastre de la Invencible, y sus circunstancias personales no eran las más idóneas para abrigar muchas ilusiones.

El reinado de Felipe III no hizo sino confirmar que el proyecto de mantenerse como primerísima potencia era una quimera irrealizable. Por eso en muchas manifestaciones artísticas de la época se percibe un sentimiento de melancolía y desengaño.

El joven Cervantes había sentido, sin duda, el orgullo de ser miembro de una nación que dominaba el mundo. Incluso le cupo el honor de haber contribuido con su esfuerzo a sostener esa posición de privilegio. Pero cuando escribe y publica sus obras más importantes (*Quijote*, I, 1605; *Novelas ejemplares*, 1613; *Quijote*, II, 1615; *Los trabajos de Persiles y Sigismunda*, 1616), la situación ha cambiado por completo. España es una potencia cuyo poder disminuye día a día y cuyo futuro se ve cada vez más oscuro.

Se unen, pues, en nuestro autor impresiones históricas contrapuestas: una formación cultural en la que todavía sobreviven algunos ideales de renovación de la época de Carlos I, una proyectada carrera militar que vio el triunfo de las armas cristianas en Lepanto, y una madurez en la que se hacían evidentes las señales de la decadencia y el agotamiento.

Al concebir su obra maestra, se mezclaron en Cervantes todas estas vivencias colectivas y muchas otras desdichadas circunstancias personales. Por eso en ella se han podido ver reliquias del humanismo renacentista y manifestaciones del desengaño barroco.

Sobre la vida y la obra
de Cervantes

Síntesis biográfica

Miguel de Cervantes Saavedra nació en Alcalá de Henares (Madrid), probablemente el 29 de septiembre (día de la festividad del santo de su nombre) de 1547. Su padre era un médico cirujano que tuvo muchas dificultades para sacar adelante a su familia numerosa. Por motivos profesionales, Rodrigo de Cervantes tuvo que ir de una ciudad a otra: Valladolid, vuelta a Alcalá, Córdoba, Sevilla y Madrid. Poco se conoce de la infancia y la juventud de nuestro autor. Son muchas las dudas que se plantean en torno a esa etapa. Ni siquiera tenemos la absoluta certeza de que acompañara a su padre en los diversos traslados.

Con el viaje a Italia de finales de 1569 se inician las peripecias de una vida difícil y ajetreada, llena de adversidades. Parece que tuvo que marcharse porque había sido acusado de herir al adversario en un duelo. En Roma entró al servicio del joven monseñor Acquaviva, que muy pronto alcanzaría el rango de cardenal.

Siguió luego Cervantes la carrera de las armas. En 1571 tomó parte en la batalla de Lepanto, donde peleó valerosamente en la galera *La Marquesa* y recibió una herida que le dejó inútil la mano izquierda. Siempre recordará con orgullo este episodio. Tras restablecerse en el hospital de Mesina, se reincorporó al servicio en Italia. Cuando en 1575 regresaba a España, tal vez para pretender el grado de capitán, la nave en que viajaba fue apresada por los corsarios berberiscos, que lo llevaron a Argel, donde sufrió cautiverio durante cinco años.

Tras muchas penalidades, lo rescató un fraile trinitario. A finales de 1580 está de nuevo en Madrid con su familia. Intenta en vano obtener algún beneficio por su condición de antiguo combatiente y vive una etapa de penuria económica. En 1584 nació la que fue su única hija, Isabel de Saavedra. Ese mismo año conoció a la joven Catalina de Salazar y Palacios, y se casó con ella; a sus treinta y siete años, prácticamente le doblaba la edad. No parece que la experiencia resultara demasiado satisfactoria. Durante un tiempo vivió en Esquivias (Toledo), el pueblo de su mujer, haciendo esporádicos viajes a Madrid y otros puntos. En 1587 se marchó solo a Sevilla para desempeñar el cargo de comisario de suministros de la Armada Invencible. Ciertas irregularidades administrativas dan con él en la cárcel de esta ciudad. Concibe entonces la primera idea del *Quijote*. Cuando en 1604 se traslada a Valladolid, que ha pasado a ser la capital del reino, casi tiene terminada la primera parte. Allí vive con su mujer, su hija y algunos familiares de Catalina. La mala suerte lo persigue. Aparece muerto un caballero a la puerta de su casa y se ven involucrados en un desagradable proceso que acaba por resolverse a su favor.

La revelación de Cervantes se produjo en 1605 con la publicación de la primera entrega del *Quijote*. Antes había dado a la imprenta su novela pastoril *La Galatea* (1585) y algunos versos; pero a sus cincuenta y siete años cumplidos era un fracasado del que poco o nada se podía esperar.

En 1606 volvió a Madrid con la corte. En estos últimos años, tras el éxito de la que sería su obra maestra, se concentra su mayor actividad literaria. Salen a la luz las *Novelas ejemplares* (1613), el *Viaje*

Miguel de Cervantes en un dibujo de G. Kent para una edición del Quijote *publicada en Madrid en 1674.*

del *Parnaso* (1614) y *Ocho comedias y ocho entremeses nuevos nunca representados* (1615), así como la segunda parte del *Quijote* (1615).

En 1609 se hace cofrade de la Congregación de los Esclavos del Santísimo Sacramento y, cuatro años después, ingresa como novicio en la Orden Tercera de San Francisco, a la que ya pertenecía su mujer; hará votos definitivos poco antes de su muerte. Los últimos días los dedicó a rematar *Los trabajos de Persiles y Sigismunda*, una compleja novela simbólica que se publicó póstumamente (1617). Murió el 23 de abril de 1616. Se le enterró en el convento de las trinitarias de la calle que hoy se llama Lope de Vega.

Perfil humano

Aunque probablemente no llegó a cursar estudios universitarios (se ha apuntado la posibilidad de que asistiera a la Universidad de Salamanca, pero no está claro), era un hombre muy culto, con extraordinaria afición a la lectura. En su juventud fue discípulo en Madrid del humanista Juan López de Hoyos, que imprimió en él la huella del erasmismo.

Fue un espíritu profundamente religioso. La crítica no se ha puesto de acuerdo a la hora de enjuiciar esta faceta de su personalidad. Mientras que unos lo consideran un librepensador progresista, otros ven en él la encarnación del espíritu de la Contrarreforma.

Destacan, por encima de todo, su talante paciente y bienhumorado, lleno de comprensión y tolerancia con la criatura humana, su esencial escepticismo y el humor y la ironía que presiden su visión del mundo, rasgos todos ellos que se traslucen claramente en sus obras.

Obra poética

La producción poética de nuestro autor, pese a su importancia cuantitativa, ha sido lo menos valorado del conjunto de su obra. Ya sus propios contemporáneos menospreciaban esta manifestación del ingenio cervantino. Aun así, dedicó a lo largo de toda su vida un sostenido esfuerzo a la poesía. Suele considerarse que se sentía frustrado por sus limitaciones en este campo. La base fundamental en que se apoya esta idea es un famoso terceto del *Viaje del Parnaso*:

> Yo, que siempre trabajo y me desvelo
> por parecer que tengo de poeta
> la gracia que no quiso darme el cielo...

Aunque se ha dicho que estos versos, vistos en su contexto podrían resultar irónicos, creemos que encierran un fondo de verdad. En cualquier caso, es evidente que Cervantes no supo encontrar en el verso el instrumento adecuado para plasmar su mundo literario y expresivo. Tiene algunas composiciones interesantes y una cierta valía pero no se pueden dejar de señalar sus muchas imperfecciones.

Cultivó tanto la poesía italianista como los metros tradicionales, que son lo mejor de todo. Sobresalen algunos romances y letras para cantar que se insertan en las novelas y en las piezas de teatro: «Escuchadme los de Orán...», «Derramastes el agua la niña...», «Por un morenico de color verde...», «Madre, la mi madre...», etc.

Su obra más ambiciosa, aunque no plenamente lograda, es el ya citado *Viaje del Parnaso*, con casi 3.000 versos, en los que enjuicia a los poetas de su tiempo.

Mayor interés tienen algunas composiciones sueltas, como los cuatro sonetos satíricos de *Al túmulo de Felipe II*.

Obra dramática

También en el arte escénico contrasta la asiduidad y entrega del autor con el escaso éxito que obtuvo. Esa sensación de fracaso aflora repetidamente en sus escritos.

En una primera etapa, en los años inmediatamente posteriores a su vuelta del cautiverio (1580), cultivó una estética clasicista. Sólo nos quedan dos textos: *El trato de Argel*, que recoge su dura experiencia en esas tierras, y *La Numancia*, que representa la heroica resistencia de los numantinos frente a los romanos. En tiempos recientes esta obra ha despertado gran interés entre los directores de escena y ha vuelto a ser representada varias veces. Durante la guerra civil, el poeta Rafael Alberti la utilizó como instrumento de propaganda política para animar a los soldados republicanos que resistían en Madrid el cerco de las tropas de Franco.

El triunfo apoteósico de la fórmula dramática creada por Lope de Vega cambia el gusto del público, y el teatro de Cervantes ya no tiene cabida. En un principio, se opone resueltamente a su rival, cuyas piezas considera acartonadas e inverosímiles, pero al final no le queda más remedio que adaptarse a los nuevos tiempos. Pese a sus esfuerzos no puede competir con la genialidad de Lope. En 1615 publica *Ocho comedias y ocho entremeses nuevos nunca representados*. Es posible que algunas de estas piezas sean refundiciones y adaptaciones de viejos textos al nuevo sistema dramático. Las más interesantes son *Pedro de Urdemalas*, historia de un personaje popular travieso y simpático que acaba dedicándose al teatro, y *El rufián dichoso*, comedia sobre la conversión y milagros de un golfo sevillano.

Los entremeses constituyen la parte más viva del teatro de Cervantes. Presentan tipos populares muy bien trazados. El lenguaje es coloquial y gracioso. Los más célebres son *El retablo de las maravillas*, *La cueva de Salamanca* y *El viejo celoso*.

Creación de la novela moderna

La narrativa es, con mucho, la faceta más interesante de la producción cervantina. En la prosa acierta Cervantes a dar vida a un universo literario singularmente rico. Si exceptuamos *La Galatea* (1585), con la que paga el tributo a la moda de la novela pastoril, el resto de sus narraciones son obras de plena madurez, digno remate de una intensa dedicación a las letras.

Con las *Novelas ejemplares* y sobre todo con el *Quijote*, Cervantes se acredita como indiscutible creador de la novela moderna. Hace gala de extraordinarias cualidades en el manejo de los ingredientes esenciales del realismo: descripción de ambientes, estudio psicológico de los personajes, lenguaje coloquial. Logra pintar con objetividad cuanto ve, sin entrometerse en la vida de sus criaturas.

Un hito fundamental en la historia de la narrativa española es la publicación de las *Novelas ejemplares* en 1613. Con ellas se abren nuevos caminos y se introduce definitivamente el relato breve. Son doce obritas, de tema variado, en las que el autor, pese a lo que sugiere el título, no atiende tanto a la moral como a la enseñanza para la vida que se puede deducir de su peripecia; su aspiración es que «cada uno pueda llegar a entretenerse», sin perjuicio de nadie.

Más de una vez se ha intentado clasificarlas. La primera distinción que se percibe claramente es la que se da entre las novelas idealizantes y las de tipo realista. Estos relatos resultan mucho más logrados en la medida en que Cervantes ejercita sus dotes de observador de la realidad contemporánea. De acuerdo con este criterio, pueden establecerse tres grupos, entre los que se aprecia una notable diferencia de calidad, si bien en cada uno de ellos existen gradaciones.

NOVELAS IDEALIZANTES: *El amante liberal*, *La señora Cornelia*, *Las dos doncellas*, *La española inglesa*, *La fuerza de la sangre*. Son las más flojas en su concepción y desarrollo. Sus esquemáticos personajes aparecen adornados de todas las gracias imaginables. La peripecia argumental cae en lo inverosímil. El mundo real está prácticamente ausente de sus páginas.

NOVELAS IDEORREALISTAS: *La gitanilla, La ilustre fregona, El casamiento engañoso, El celoso extremeño*. Aunque no falta en ellas la idealización, toman como punto de partida la realidad. Mezclan personajes y aventuras casi de cuento de hadas con la descripción de escenarios cotidianos, aptos para la plasmación de la vida contemporánea.

NOVELAS REALISTAS: *Rinconete y Cortadillo, El coloquio de los perros, El licenciado Vidriera*. Constituyen un magistral cuadro de costumbres con sus ribetes de sátira e ironía. Son textos que podrían calificarse de «denuncia social». El argumento no tiene demasiado relieve. La realidad no sirve de apoyo para aventuras más o menos fantásticas, sino que tiene su importancia propia.

Análisis de la obra

El texto

*D*on Quijote de la Mancha se publicó en dos partes. Al aparecer la primera (Madrid, 1605), hubo un enorme revuelo en el mundo literario. Con algunas voces discordantes, como la de Lope de Vega, la opinión general proclamó que se trataba de una obra de excepción. El éxito fue inmediato. En vida del autor se realizaron dieciséis ediciones y se tradujo al inglés y al francés.

En 1614 se publicó en Tarragona una segunda parte apócrifa firmada por un tal Alonso Fernández de Avellaneda. Todo parece indicar que se trata de un seudónimo. Debe de ocultarse tras él un rival de Cervantes, ya que en el prólogo lo insulta y denigra. Se piensa que quizá pertenecía al círculo de Lope.

Portada de una edición del Quijote, *que vio la luz en Londres en el año 1900.*

La natural irritación llevó a nuestro autor a rematar rápidamente su segunda parte para replicar al impostor. A fin de distanciarse de él, alteró el plan primitivo de la obra. Esta segunda parte se publicó en Madrid en 1615.

Al *Quijote* debe Cervantes todo cuanto es, no sólo en lo que respecta a las generaciones que lo siguieron, sino también entre sus coetáneos. Aunque en aquellos tiempos el quehacer literario no daba para vivir, mejoró su situación económica.

Fuentes e influencias

El origen y las fuentes del *Quijote* parecen estar íntimamente ligados a la intención con que se escribió. En el prólogo nos dice el autor que fue concebido como «una invectiva contra los libros de caballerías», destinada a deshacer, por medio de la parodia de sus fabulosos disparates, «la autoridad y cabida que en el mundo tienen». Es lógico, por tanto, que los primeros modelos sean las propias obras del género que pretende parodiar: *Amadís de Gaula, Tirante el Blanco, Amadís de Grecia...*, todas ellas bien conocidas por el novelista.

Se han buscado también modelos reales en los que pudiera haberse inspirado Cervantes para trazar la figura del hidalgo manchego. Pero esta teoría ha caído en un merecido desprestigio. El *Quijote* no es la caricatura de un individuo de carne y hueso; parece más probable el influjo de los modelos literarios.

Los estudiosos han aportado algunas posibles fuentes, unas extranjeras y otras españolas. Entre estas últimas figura el anónimo *Entremés de los romances*, cuyo protagonista, al igual que el nuestro, enloquece por la lectura, en ese caso de romances, y se identifica con los héroes ficticios.

Es evidente, sin embargo, que sean cuales sean las fuentes que se señalen, poco tienen que ver con el producto final. Estamos ante un texto extraordinariamente elaborado y complejo, que va mucho más allá de lo cómico para entrar en el mundo más profundo de lo humorístico.

Estructura narrativa

El argumento del *Quijote* se organiza en torno a tres salidas de los personajes: dos en la primera parte y una en la segunda. Cada una de ellas tiene un movimiento circular: partida, aventuras y vuelta a casa.

Se trata de una novela itinerante, en la que los protagonistas se van perfilando a través de las peripecias que les sobrevienen en su peregrinación por las tierras orientales de España: La Mancha, Aragón y Cataluña.

La estructura es abierta. No hay una trama propiamente dicha, sino una serie de episodios más o menos sueltos, cuya trabazón hay que buscarla en la presencia física y la visión del mundo de don Quijote y Sancho.

Se cree que Cervantes pensaba en un principio escribir una novela corta; por eso en los primeros capítulos (hasta la aventura del vizcaíno, capítulo VIII) no hay digresiones y los lances se suceden con rapidez. Luego quiso darle un desarrollo más amplio y abandonó la economía por la que hasta entonces se había regido, introduciendo narraciones secundarias (historia de Marcela, de Cardenio y Dorotea, *Novela del curioso impertinente...*) y elementos digresivos. Aunque los relatos marginales son pequeñas obras maestras, ya los primeros lectores los consideraron un estorbo y el autor se vio obligado a disculparse en la segunda parte y a prescindir de ellos. Por eso, desde el punto de vista de la estructura, esta última es más compacta y unitaria que la primera. La genialidad espontánea del texto de 1605 ha dejado paso a una reflexiva, aunque fresca y jugosa, creación sin altibajos.

El narrador y el punto de vista

No hay un punto de vista único en nuestro relato. Hasta la aventura del vizcaíno, nos encontramos con un narrador omnisciente (lo sabe todo) que extrae los datos de diversas crónicas, aunque a veces los presenta de forma inexacta y nebulosa, comenzando por el propio nombre del protagonista y su lugar de origen.

El corte brusco que se produce en el capítulo VIII introduce una nueva perspectiva. Cervantes inventa un sabio moro, redactor de la historia, al que burlescamente llama Cide (señor) Hamete Benengeli (berenjena). La interposición de esta figura le permite distanciarse del relato y aportar comentarios, entre humorísticos y escépticos, que, de ser él mismo el cronista, no habrían tenido cabida. Esta ficción histórica está justificada por el tono paródico de la obra. Los libros de caballerías acostumbraban a servirse de recursos similares.

La segunda parte abre una nueva perspectiva. La historia de Cide Hamete Benengeli, ya dada a la imprenta, es conocida por los personajes que ahora intervienen, que opinan acerca de los descuidos e inexactitudes del cronista y conocen perfectamente las andanzas y comportamiento de don Quijote y Sancho. De este modo, el texto novelesco de 1605 y su enorme fama gravitan sobre el desarrollo del de 1615.

La parodia y el equívoco cómico

Con el fin paródico que persigue, Cervantes contrapone a la realidad las fantásticas alucinaciones del protagonista, que lo interpreta todo según las pautas de los libros de caballerías. Así, al ver la mole de los molinos de viento, cree que son gigantes; al sentir el vino que destilan los cueros agujereados, imagina que es la sangre de sus enemigos; al notar las miradas maliciosas de Maritornes, le vienen a las mientes las tiernas doncellas que se enamoran perdidamente de los caballeros andantes...

Cuando la evidencia recorta las posibilidades a la fantasía, para seguir con su manía obsesiva el hidalgo recurre al expediente de echar la culpa a los encantadores que lo persiguen. De no actuar así, hubiera quedado fuera de combate a las primeras de cambio.

Al principio, la transformación de la realidad es un esfuerzo solitario de nuestro aventurero. Pero pronto otros personajes se percatan de su locura y le siguen la corriente, bien para ayudarle (Dorotea, Sansón Carrasco...), bien por burlarse de él (los duques, Maritornes...). De ese modo, don Quijote ve confirmado su código sin necesidad de deformar los hechos por su cuenta y riesgo; le basta con aceptar lo que los demás le proponen. Esta situación se da mucho más en la segunda parte que en la primera.

La comicidad de la obra surge del violento contraste entre los delirios del caballero y lo que realmente ocurre a su alrededor.

La personalidad de don Quijote

Nuestro protagonista es, pues, un monomaníaco. Las raíces de su locura están perfectamente claras. Cuando lo conocemos, tiene unos cincuenta años. Su vida, ociosa y sin amores, carece de alicientes, y busca la compensación en los libros. En los caballeros andantes admira justamente lo que a él le falta. Poco a poco ese mundo fantástico se va apoderando del cerebro del apacible hidalgo, y cae en el desvarío de creer que es don Quijote de la Mancha, que su jamelgo es Rocinante y que la labradora Aldonza Lorenzo es Dulcinea del Toboso.

Si el personaje no tuviera otro trasfondo, sería simplemente un figurón más o menos cómico. El acierto de Cervantes consiste en haber pintado una criatura sumamente compleja, en la que alternan los disparates caballerescos y la reflexión sensata. Cuando no trata de asuntos relativos a su monomanía, don Quijote admira a todos por su cordura y agudeza. A medida que avanza la obra, su figura va creciendo; aun dentro de su locura, presenta los mil recovecos y entresijos del alma humana.

Rasgos fundamentales de su carácter son la bondad y la nobleza. Aunque yerre y resulte ridículo, el lector va cobrándole cariño al ver que todas sus acciones se encaminan a la práctica del bien y la justicia.

En la segunda parte, se ofrece una dimensión distinta. Don Quijote, que hasta ahora ha fantaseado con la realidad, se encuentra con que los demás personajes dominan las claves de su código y lo utilizan en su provecho. Ha caído en su propia trampa. El universo por él creado se le escapa de las manos. Su fe empieza a agrietarse. Paulatinamente va dando paso al desengaño y, con él, a la muerte.

La personalidad de Sancho

Tiende a creerse que Sancho es la antítesis radical de don Quijote tanto en lo físico como en lo moral, de modo que se le define por rasgos negativos: cobarde, glotón, avariento... Sin embargo, al leer con atención la novela, observamos que se trata de una criatura mucho más rica y compleja. En él hallamos simplezas y boberías, entre otras la de hacerse escudero; pero también se advierten actitudes propias de una persona sensata y honrada.

Cervantes se propuso primero pintar un buen hombre; pero, como ocurrió con don Quijote, fue ahondando progresivamente en su talante y descubriendo nuevas y cambiantes perspectivas. Aunque Sancho no es arrojado y heroico, tiene el valor suficiente para no dejarse atropellar por nadie. Es iluso y, al mismo tiempo, escéptico y realista. Las quimeras de don Quijote lo abocan a un constante titubeo: unas veces piensa que son sandeces sin pies ni cabeza, otras cree en las ventajas y beneficios que le van a reportar.

A lo largo del relato, se va contagiando del habla y la mentalidad de su señor, hasta que al final, cuando el hidalgo está ya desengañado, es él quien lo anima a seguir las aventuras caballerescas.

Los inmortales protagonistas de Don Quijote de la Mancha, *en un dibujo de José del Castillo para la edición publicada por la Real Academia Española en Madrid, 1780.*

Los personajes secundarios

Una novela itinerante y episódica, como es el *Quijote,* da ocasión para retratar un conjunto de figuras representativas de grupos y actitudes sociales. Cervantes se inclina por la técnica realista; sus personajes secundarios no son en ningún momento una alegoría abstracta, sino individuos de carne y hueso.

Naturalmente, se perfilan con mayor detalle los que mantienen una relación más estrecha con los protagonistas. Ése es el caso de sus parientes y paisanos: el ama, la sobrina, Teresa Panza, Sanchica, el cura, el barbero, Sansón Carrasco... Hay en ellos apuntes que revelan un hondo conocimiento del alma humana. Sirvan de ejemplo la inquina que ama y sobrina cobran al pobre Sancho, al que culpan de las locuras de don Quijote, o el deseo de tomarse la revancha que empuja la lanza del caballero de la Blanca Luna.

También están vivas las figuras que los andariegos protagonistas topan en su camino. El conjunto es un retablo crítico y realista de la España del siglo XVII. Mesoneros, arrieros, mozas del partido (prostitutas), galeotes, moriscos, bandoleros, cuadrilleros de la Santa Hermandad, titiriteros y viajeros de toda índole asoman a las páginas de nuestra

CLÁSICOS ESENCIALES SANTILLANA

novela. La visión que Cervantes ofrece de ellos es levemente satírica; no iracunda, sino irónica y distante.

Esta fauna de los caminos españoles alcanza también a la aristocracia. El retrato de los duques y su corte es indudablemente crítico.

Los personajes más esquemáticos son los que protagonizan las narraciones marginales de la primera parte. Su caracterización recurre a técnicas y clichés propios de la novela italiana, pastoril o morisca. Las damas son siempre bellísimas; los galanes, amantes fervorosos. En suma, una sombra carente del relieve que hemos visto en otras criaturas. Sin embargo, van cobrando vida a medida que se aproximan a la pareja central.

Lengua y estilo

Cervantes explica en el prólogo del *Quijote* de 1605 su ideal de lengua literaria:

> ...procurar que a la llana, con palabras significantes, honestas y bien colocadas, salga vuestra oración y periodo sonoro y festivo, pintando, en todo lo que alcanzáredes y fuere posible, vuestra intención; dando a entender vuestros conceptos sin intricarlos y escurecerlos.

En efecto, el estilo de la obra es sencillo y llano, pero esa sencillez resulta más aparente que real. Un detallado análisis revela el sabio manejo de numerosas figuras retóricas (ironías, elipsis, juegos de palabras, antítesis...), con las que el autor consigue dar singulares perspectivas a su relato.

Es célebre como culminación de la técnica de contrastes el cambio de género en una frase de la aventura del yelmo de Mambrino (capítulo XXI de la primera parte):

> Mandó [don Quijote] a Sancho que alzase el yelmo, el cual, tomándola en las manos, dijo...

El pronombre femenino tiene su razón de ser, aunque vaya contra la gramática, porque para Sancho se trata de una bacía de barbero, no de un yelmo.

La frase cervantina discurre, dentro de su elaboración culta, con extraordinaria claridad. El periodo es largo, pero perfectamente equilibrado y armónico. Su estructura rítmica viene dictada por modelos renacentistas.

Los personajes presentan una cuidada caracterización lingüística que los define. Así, don Quijote emplea diversas jergas, según las circunstancias. Cuando se encuentra en su papel de caballero andante, usa un lenguaje arcaico (*ferida, fermosura, ínsula...*) y disparatado, aprendido en las novelas:

> No fuyan las vuestras mercedes ni teman desaguisado alguno; ca a la orden de caballería que profeso non toca ni atañe facerle a ninguno, cuanto más a tan altas doncellas como vuestras presencias demuestran. (Capítulo II de la primera parte.)

Sin embargo, a medida que avanza la obra, decrece el exceso de arcaísmos.

Si la conversación no roza temas caballerescos, su lengua es la coloquial propia de la época, cortés y sencilla, aun dentro de su elaboración. En los discursos adopta un tono ciceroniano de amplia retórica:

> Dichosa edad y siglos dichosos aquellos a quien los antiguos pusieron nombre de dorados, y no porque en ellos el oro, que en nuestra edad de hierro también se estima, se alcanzase en aquella venturosa sin fatiga alguna, sino porque entonces los que en ella vivían ignoraban estas dos palabras de *tuyo* y *mío*. (Capítulo XI de la primera parte.)

El habla de Sancho es menos variada, más regular, ya que no participa de la esquizofrenia de su señor, aunque a veces se contagia de las locuciones de éste. Se caracteriza, por una parte, por el uso de refranes:

> ...yo tendré cuenta de aquí adelante de decir los [refranes] que convengan a la gravedad de mi cargo; que en casa llena, presto se guisa la cena, y quien destaja, no baraja; y a buen salvo está el que repica, y el dar y el tener, seso ha menester. (Capítulo XLIII de la segunda parte.)

Lo cierto es que no empieza a servirse de ellos hasta el capítulo XIX de la primera parte; después los ensarta, vengan o no a cuento, en todas las circunstancias. Don Quijote se desespera con la manía de su escudero; pero éste contesta a sus continuas represiones con un nuevo montón de refranes, de modo que hasta el propio hidalgo llega a contagiarse.

Otra característica del habla de Sancho, además de su irreprimible charlatanería, es la deformación de las palabras cultas (*sobajada* por *soberana*, *presonaje* por *personaje*, etc.). Don Quijote se esfuerza en corregirlo, pero es inútil. Por lo demás, su lengua es expresiva y graciosa; en ella lo afectivo domina sobre lo racional y académico.

También los restantes personajes participan de esta riqueza lingüística, aunque, como es natural, su menor relieve reduce los matices.

Los protagonistas de los relatos secundarios tienen un habla más acartonada y convencional que la que vemos en «la fauna de los caminos» y en los paisanos y familiares de don Quijote y Sancho, que resulta mucho más viva.

Intención e interpretaciones

Nuestro libro ha sido objeto de innumerables enfoques. Su misma riqueza hace que cada uno saque de él conclusiones distintas. El autor manifiesta que su intención fue ridiculizar las novelas caballerescas. Sus contemporáneos fueron fieles a esta interpretación y vieron en el *Quijote* una obra divertida, cuya clave estaba precisamente en el humor.

Con el Romanticismo llegaron las interpretaciones trascendentes. Fue considerado un texto simbólico, cuyo protagonista representa el heroísmo, la entrega, la generosidad sin límites. De esa época procede la esquemática visión de Sancho como prototipo del materialismo y del caballero como ejemplo de idealidad. Otras lecturas han identificado al personaje con el espíritu español en su vertiente idealista.

Sin embargo, no creemos que sea necesario convertir a don Quijote en un Cristo redentor de la humanidad ni en el adalid de los valores hispanos para comprender la grandeza de la creación cervantina. La criatura desmitificadora se ha convertido en mito y corremos, con ello, el riesgo de perder el esencial placer de la lectura directa, sin prejuicios.

La novela se concibió como una parodia despiadada; pero, a medida que avanzaba su redacción, el autor iba percibiendo la complejidad de su personaje, la mezcla que se da en él de rasgos cómicos y entrañables. Lo novedoso y trascendente es el juego de perspectivas, de ironía y simpatía en que sustenta esta genial creación.

Opiniones sobre

DON QUIJOTE DE LA MANCHA

«La crítica de las novelas de caballerías se hace de dos maneras: mediante juicios más o menos directos dentro de la ficción, y también mediante la ficción misma. Estas críticas en forma de ficción son casi siempre parodias, y el *Quijote* es hasta cierto punto una parodia; pero lo extraordinario del libro estriba en que el objeto de esa parodia está contenido dentro de la obra misma, como un ingrediente vital. Las novelas de caballerías existen en el libro de la misma manera que existen "Rocinante" o la bacía de barbero. Tan palpablemente se hallan presentes, que algunas de ellas pueden ser quemadas. La originalidad de Cervantes no reside en ser él mismo quien las parodie (ni en parodiarlas de manera incidental), sino en hacer que el hidalgo loco las parodie involuntariamente en sus esfuerzos por darles vida, imitando sus hazañas.»

(EDWARD C. RILEY: *Teoría de la novela en Cervantes*, Taurus, Madrid, 1972, p. 66.)

«Del estudio psicopatológico se desprende una cosa clara: que don Quijote es loco, pero lo menos loco posible; no es un demente ni furioso que produzca peligro en las calles; sólo cuando se le toca en la imagen obsesiva pierde el sentido de la circunstancia y desbarra.

El contenido de esa locura y obsesión es la bondad: ayudar al menesteroso, vencer a los soberbios. Romper con todas las convenciones para realizar la perfecta armonía que es la justicia ideal. El único torcimiento que se permite en el perfecto equilibrio de la balanza es el que se incline por el lado de la clemencia frente al lado del rigor. La locura de don Quijote consiste en romper el tejido de los crímenes sancionados por la historia y por la lengua, arrojar a los mercaderes del templo donde realizan sus tradicionales y respetables negocios y oponer la locura de la verdad a la necedad y bellaquería de la convención.»

(CIRIACO MORÓN ARROYO: *Nuevas meditaciones del* Quijote, Ed. Gredos, Biblioteca Románica Hispánica, II, 240, Madrid, 1976, p. 207.)

«Cuando el mundo se quijotiza, don Quijote [...] pierde la ilusión de su ser. Cuando ingresa al castillo de los Duques, don Quijote ve que el castillo es castillo, mientras que en las ventas humildes podía imaginar que veía un castillo. La realidad le roba su imaginación. En el mundo de los Duques, ya no será necesario que imagine un mundo irreal: los Duques se lo ofrecen en la realidad. ¿Tiene sentido la lectura si corresponde a la realidad? Entonces, ¿para qué sirven los libros?

De allí en adelante, todo es tristeza y desilusión, tristeza de la realidad, desilusión de la razón. Paradójicamente, don Quijote es despojado de su fe en el instante mismo en que el mundo de sus lecturas le es ofrecido en el mundo de la realidad.»

(CARLOS FUENTES: *Cervantes o la crítica de la lectura*, Centro de Estudios Cervantinos, Alcalá de Henares, 1994, p. 81.)

«De las sorpresas que la personalidad de Sancho causa conforme se va desarrollando (es usual asombrarse de su discreta inteligencia como juez. ¡Tan tarde ya!) la que se considera más importante para la novela, la que hace posible alguno de sus pasajes más extraordinarios y toda la segunda parte "es la aptitud de Sancho para el juego": entra en el de su amo en cuanto lo descubre y comprende, y, a partir de este momento, situable en el bloque de capítulos correspondientes a las aventuras en Sierra Morena, la novela se transforma y anuncia en estos pasajes lo que la segunda parte va a ser. La aparición sucesiva de rasgos caracterizantes y ninguno de ellos dominante (tampoco la de Sancho es una mente compacta y sin fisuras), traza una personalidad bastante compleja cuyas cualidades responden a la situación y justifican la conducta. El descubrimiento de la capacidad de juego es tardía, pero, a juzgar por el ulterior desarrollo de la acción, quizá resulte capital, por encima de otras (no se hace referencia ahora de las morales). Sancho es un "trabajador" que descubre el juego y se apasiona por él, hasta el punto de que, al anuncio de su presentido cese, busca ansiosamente nuevos juegos que lo sustituyan: su interés por la posible ficción pastoril que su amo anuncia como salida, como medio para mantenerse dentro de la literatura, es mayor que el del mismo don Quijote.»

(GONZALO TORRENTE BALLESTER: *El* Quijote *como juego*, Ed. Guadarrama, Madrid, 1975, pp. 91-92.)

«Por su forma, así como por su cometido, es el *Quijote* una acabada obra de arte. Don Quijote y Sancho Panza, en su manifiesta oposición, disminuyéndose en la segunda parte, ponen ante los ojos una eterna antítesis lingüística hasta los más mínimos pormenores. Ésta aparece continuamente en una lengua popular y otra que alterna las frases realistas con una jerga produciendo ironía plena de humor. La lengua quijotesca se hace muchas veces hinchada, toda imitada de las novelas de caballerías, contrastando cómicamente con las prevaricaciones de Sancho. Este contraste fundamental se sigue por las variaciones antitéticas en la estructura de la novela, variaciones entre descripción y diálogo, acción y contemplación, atisbos románticos y concordia en la honda humanidad, en el sentir benévolo y comprensivo de Cervantes. El poeta está en medio de la obra y ensambla los floridos períodos del Caballero de la Triste Figura con los torpes anacolutos del saber popular de Sancho y proporciona a la narración la perfección del casticismo.»

(HELMUT HATZFELD: *El* Quijote *como obra de arte del lenguaje*, Anejo LXXXIII de la *RFE*, Madrid, 1972, 2.ª ed., reimpr., p. 2.)

Cuadro cronológico

Años	Sociedad	Cultura
1547	• Victoria de Carlos V en la batalla de Mülberg. • Mueren Francisco I de Francia y Hernán Cortés.	• Nace Cervantes en Alcalá de Henares. • Nace Mateo Alemán.
1556	• Carlos V abdica en su hijo Felipe II. • Muere en Roma San Ignacio de Loyola.	
1563	• Clausura del concilio de Trento. • Se inicia la construcción de El Escorial.	
1564		• Nace William Shakespeare. • Nace Galileo Galilei.
1566	• Insurrección en los Países Bajos contra la corona española.	
1568	• Sublevación de los moriscos en las Alpujarras. • Muere la reina Isabel de Valois.	• *Historia verdadera de la conquista de la Nueva España*, de Bernal Díaz del Castillo.
1570	• Túnez cae en poder de los turcos. • El papado, Venecia y España forman la Santa Liga contra las agresiones turcas en el Mediterráneo.	
1571	• Batalla de Lepanto. • Fin de la guerra de las Alpujarras.	
1572	• Matanza de protestantes en París la Noche de San Bartolomé.	• *Os Lusiadas*, de Luis Camoens.
1578	• Nace el futuro Felipe III. • Muere don Juan de Austria.	

Años	Sociedad	Cultura
1580	• Felipe II, rey de Portugal.	• Nace Francisco de Quevedo.
1582	• Muere Santa Teresa de Jesús.	• Nace el conde de Villamediana.
1583		• *De los nombres de Cristo,* de fray Luis de León.
1585		• Cervantes publica la novela pastoril *La Galatea.*
1587	• Ejecución de María Estuardo.	
1588	• Derrota de la Armada Invencible.	• *Libro de la vida* y *Las moradas,* de Santa Teresa de Jesús (publicados póstumamente). • El Greco finaliza *El entierro del conde de Orgaz.*
1591	• Alborotos en Aragón por la detención de Antonio Pérez. • Muere San Juan de la Cruz.	• Muere fray Luis de León.
1595	• Enrique IV de Francia declara la guerra a Felipe II.	
1597		• Muere Fernando de Herrera.
1598	• Se firma la paz con Francia. • Muere Felipe II. • Sube al trono Felipe III. • Comienza la privanza del duque de Lerma.	• Nace Zurbarán.
1599		• Nace Velázquez. • Primera parte del *Guzmán de Alfarache,* de Mateo Alemán
1600	• La corte se traslada a Valladolid.	• Nace Pedro Calderón de la Barca. • *Hamlet,* de Shakespeare.
1601		• Nace Baltasar Gracián.
1604		• Segunda parte del *Guzmán de Alfarache.* • *Rimas*, de Lope de Vega.

Años	Sociedad	Cultura
1605	• Nace el futuro Felipe IV.	• Publicación de la primera parte del *Quijote*.
1606	• Retorno de la corte a Madrid.	• Nace Rembrandt.
1609	• Tregua con los Países Bajos. • Expulsión de los moriscos.	• *Arte nuevo de hacer comedias*, de Lope de Vega.
1610	• Asesinato de Enrique IV de Francia. • Toma de Larache por los españoles.	• Galileo publica *Siderius mundi*.
1613		• Se difunden el *Polifemo* y las *Soledades*, de Luis de Góngora. • Cervantes publica las *Novelas ejemplares*.
1614		• *Viaje del Parnaso*, de Cervantes. • Aparece el *Quijote*, de Avellaneda. • *Rimas sacras*, de Lope de Vega. • Muere El Greco.
1615		• Publicación de *Ocho comedias y ocho entremeses nuevos nunca representados* y de la segunda parte del *Quijote*.
1616		• Muere Shakespeare. • Muere Cervantes.
1617		• Edición póstuma de *Los trabajos de Persiles y Sigismunda*.

Bibliografía comentada

CANAVAGGIO, JEAN: *Cervantes. En busca del perfil perdido*, Espasa-Calpe, Madrid, 1992, 2.ª edición aumentada y corregida.

Es una completísima biografía en la que se reúnen todos los datos conocidos, sometiéndolos a comentario crítico, y se aclaran algunos pasajes oscuros. Se habla también de las obras literarias que jalonaron la existencia de Cervantes.

CASTRO, AMÉRICO: *El pensamiento de Cervantes*, Noguer, Barcelona, 1972, nueva edición ampliada y con notas del autor y de Julio Rodríguez Puértolas.

Obra de consulta obligada para aproximarse a la visión cervantina del mundo. Entre otras propuestas, defiende la formación erasmista del autor, bajo el influjo de López de Hoyos; si bien es cierto que supo fingir adhesión a la Contrarreforma católica, ocultando su auténtica actitud.

HATZFELD, HELMUT: *El* Quijote *como obra de arte del lenguaje*, Anejo LXXXIII de la *RFE*, Madrid, 1972, 2.ª edición, reimpresión.

Al contrario de Américo Castro, percibe en nuestra obra múltiples manifestaciones de la influencia del Concilio de Trento. De su detallado análisis estilístico deduce que es un «inequívoco y espontáneo espejo del espíritu de la Contrarreforma».

MÁRQUEZ VILLANUEVA, FRANCISCO: *Personajes y temas del* Quijote, Taurus, Madrid, 1975.

Pasa revista este estudio a muchos de los temas que afloran en los episodios de la novela y a la significación de numerosos personajes. En todo ello se refleja la intencionalidad y pensamiento del autor.

RILEY, EDWARD C.: *Teoría de la novela en Cervantes*, Taurus, Madrid, 1972.

Se ocupa de los principios teóricos de que parte Cervantes en la elaboración de sus novelas, aplicables al *Quijote* aunque no se refiera a él en exclusiva más que en el último capítulo, en el que destacan las reflexiones en torno a Cide Hamete Benengeli.

RIQUER, MARTÍN DE: *Aproximación al* Quijote, Teide, Barcelona, 1976, 4.ª edición.

Tras unas páginas dedicadas a la vida y personalidad del creador, se comentan las diversas aventuras del hidalgo manchego, teniendo en cuenta tanto los aspectos externos como la significación profunda y los planteamientos de la crítica en torno a ellas.

ROSALES, LUIS: *Cervantes y la libertad*, Ediciones Cultura Hispánica, Madrid, 1985 (2 volúmenes).

Sostiene Rosales que las peripecias de don Quijote son el último reducto de la libertad porque la locura le preserva de caer en las normas establecidas. La grandeza del personaje reside en las humillaciones que padece y en los reiterados fracasos que, paradójicamente, lo elevan a los ojos del lector.

ROSENBLAT, ÁNGEL: *La lengua del* Quijote, Gredos, Biblioteca románica hispánica, II, 158, Madrid, 1978, reimpresión.

Es un trabajo en el que se analiza la actitud del autor ante la lengua, así como los múltiples recursos estilísticos que realzan la prosa, al servicio de la intencionalidad cervantina.

VILANOVA, ANTONIO: *Erasmo y Cervantes*, Lumen, Barcelona, 1989.

Se estudia la presencia del erasmismo en España, su influjo en el humor cervantino y, en particular, las relaciones entre el *Quijote* y el *Elogio de la locura* de Erasmo, partiendo de la idea de que ambas obras subrayan el abismo que media entre lo que en realidad son las cosas y la percepción que de ellas tiene el ser humano.